神探阿布勒

Uncle Abner

［美］梅尔维尔·波斯特——著

董 杰——译

上海文艺出版社
上海故事会文化传媒有限公司

编委会

总策划 夏一鸣

主　编 黄禄善

副主编 高　健

编辑成员（按姓氏拼音为序）

蔡美凤　高　健　洪圣兰　胡　捷

黄禄善　吴　艳　夏一鸣　杨怡君　朱崟滢

名家导读

/ 刘苏周

　　刘苏周（1976— ），男，安徽泗县人，文学博士，现为淮北师范大学外国语学院副教授，硕士生导师。近年来在国内各级刊物上发表论文十余篇，参编（著）教材四部、字典一部，独立翻译小说一部，独立校注小说一部，参与国家社科基金项目两项，主持安徽省社科基金项目两项。

　　当英国古典式侦探小说在柯南·道尔等众多侦探作家的努力下蒸蒸日上并进入黄金时代之际，曾诞生了"侦探小说之父"爱伦·坡的故乡美国，却在侦探小说发展之路上举步维艰，直到19世纪末期，美国侦探小说才开始逐渐繁荣。

　　随着南北战争的结束，美国的城市化进程进一步加速，城市人口随之急剧增长，城市也成了犯罪和腐败相对集中的孳生地，这为美国侦探小说的发展提供了合适的土壤。在此期间，美国涌现了一大批早期侦探小说作家，梅尔维尔·戴维森·波斯特（Melville Davison Post）

就是其中著名的一位。他先后创作了"伦道夫·梅森系列"和"阿布勒大叔系列"等六个不同系列作品,共计二百三十余部。这其中,由二十二个"阿布勒大叔系列"故事组成的《神探阿布勒》(Uncle Abner, Master of Mysteries, 1918) 更是被评论界称为"美国史上最优秀的侦探小说"。为现代西方的历史谜案题材类侦探小说筑起了标杆,尽管专业圈外的人对波斯特这个名字还不熟悉,但时至今日他的许多作品集依旧被不断再版,他的小说也经常被其他侦探小说集收录其中。

1869年4月19日,波斯特出生于美国西弗吉尼亚州哈里森县一个富有的农民家庭,他从小就接触了成群的牛马、户外生活、边疆人物、民间故事以及传统价值观。这一切不仅为他提供了丰富的文学素材,而且让他在此后的文学叙事中更多地采用年轻人的视角。1892年,波斯特从西弗吉尼亚大学获得法学学位,并开始了他在法律和政治领域的短暂职业生涯。这段经历促成了他的"伦道夫·梅森系列"的第一部小说《伦道夫·梅森的奇怪计划》。1896至1930年间,波斯特先后在《皮尔森》(Pearson's)、《星期六晚邮报》(The Saturday Evening Post)、《都市报》(Metropolitan)、《女性之家杂志》(Ladies' Home Journal) 等报刊上发表了大量侦探小说。1903年,波斯特与安·布鲁姆菲尔德·甘布尔·斯科菲尔德 (Ann Bloomfield Gamble Schofield) 结婚,并且经常周游欧洲。这样的生活方式不仅给他们带来了国际视角,给他的"亨利·马奎斯爵士系列"作品增添了异域情调,更让他的《神探阿布勒》和《上校布拉克斯顿》等系列作品充满了对西弗吉尼亚丘陵地带的怀旧之风。1930年7月23日，波斯特骑马时摔伤，病逝后被埋葬在哈里森县。

总体上，波斯特的犯罪和侦探故事遵循了"谜案—推理"的基本传统。和爱伦·坡笔下的奥古斯特·杜宾（C. Auguste Dupin）以及柯南·道尔笔下的夏洛克·福尔摩斯（Sherlock Holmes）一样，波斯特系列作品中的人物通常拒绝使用强硬的暴力，而更倾向于用公正的理性来洞察神秘，恢复社会秩序。尽管他的小说常常使用通俗剧的夸张语言，却能制造出恐怖和悬念，而且结局往往令人出乎意料。通过使用这些系列人物，波斯特试图在故事集中将小说的连续性和有机的形式呈现出来，这在家庭杂志中尚属首次。事实上，他的大部分小说都经历了这样的转变。

在小说《伦道夫·梅森的奇怪计划》（1896）的序言中，波斯特确立了自己小说的基本特征。在他看来，作家就像一个娱乐"魔术师"，其责任就是要将读者从老生常谈的单调乏味当中解脱出来。同时，作家的这一责任与爱伦·坡和柯南·道尔所建立起来的"谜案—推理"传统之间并不矛盾，因为谜是人类所能经历的一种普遍范式，也是人类大脑最喜欢思考的问题，而且每一代新人对表面之下谜的意义都会有一个全新的体验。与此同时，波斯特还试图寻求各种新颖性。面对新一代的美国读者，波斯特对"谜案—推理"传统进行了改编，他将启蒙故事、神秘情节和历史叙事综合进自己的小说中，通过发现更有独创性的方法来寻求新颖性，以便能找到令人满意的解决方案。

与侦探小说的传统相类似，梅森与他的助手帕克斯之间的关系很明显是一种理智、高级的侦探与心腹之间的关系。帕克斯成了梅森思想的有形中介，在案件的整个过程中负责将律师的建议传达给诉讼委托人。然而，帕克斯和杜宾的无名心腹以及福尔摩斯的朋友兼助手华生又有着明显的不同，那就是，他和梅森压根就不属于同一个社会阶层。同时，帕克斯也不像英国侦探小说女作家多萝西·赛耶斯（Dorothy L. Sayers, 1893—1957）小说中的邦特（Bunter）那样，与他的主人之间关系熟络。最后，他更不像雷克斯·斯托特（Rex Stout, 1886—1975）笔下的阿奇·古德温（Archie Goodwin）那样肌肉发达，并且与侦探尼禄·伍尔夫（Nero Wolfe）成为后来"脑力—体力"分工的变体。

在此后十年间，波斯特创作了大量短篇侦探小说，并将其收录于《神探阿布勒》中。按照查理斯·A.诺顿（Charles A. Norton）的说法，《神探阿布勒》刚一出版就获得评论界的一致赞扬。之所以如此，主要是因为这个系列作品将作家深深感受到的主题和人物与有说服力的叙事技巧紧密地结合在一起。即便将每篇小说分开，它们同样具备内在的生命力。如果将这些小说合在一起，它们又达到了小说连续性的效果。这是波斯特在收录合集之初就一直努力追求的目标，也是他在任何其他作品中都没能够实现的愿望。

在这个系列作品中，波斯特成功地将主人公阿布勒塑造成一位侦探大师。阿布勒大叔是一个居住在弗吉尼亚边境的牧场主，经常在野外活动。他时值中年，是一个父亲般的守护者和明智的哲人。他相信个人的勇气，相信可以通过常识来推理揭秘。他坚持犹太教和基督教伦理，并且笃信美国司法体系的进步。因此，他经常直接参与解决农村犯罪和神秘事件，而他的案情分析则是基于坚实、优越的推理、《圣经》的伦理道德以及美国宪法的法律精神。

《神探阿布勒》中的一个故事"上帝的使者"或许算得上第一部历史推理类型作品。故事中的美国还处于南北战争之初，新生的美国还没有建立起有效的警察制度，因此阿布勒大叔充分展示了他在推理断案方面的超凡能力，并依据法律有效地解决了他在西弗吉尼亚边远地区遇见的各种谜团。在自愿承担这些任务的过程中，阿布勒一直遵守着两个伟大的原则，即对《圣经》要有深刻的了解和爱，对人类的行为要有敏锐的观察。

在小说的叙事层面，波斯特认为，单一的叙述视角有利于将故事统一起来。因此，他在《神探阿布勒》中安排年轻人马丁作为所有事件的观察者和汇报者，而阿布勒大叔和他的心腹伦道夫则处于事件的中心。于是，马丁总是从阁楼上，从窗户内，从门廊里以及灌木篱墙后去偷听、偷窥阿布勒大叔的一言一行，而他要做的只是看、听、记，对理解不了的东西也不做解释。正是通过这样一种叙事方式，波斯特在小说中无须讲述也能展示阿布勒的成功之处。不过，波斯特对叙事风格的管控的确起到了不小的作用。《神探阿布勒》中的故事变得简单、直接，再也没有了波斯特早期过度夸张的语言风格。与此同时，故事的叙述也充满了活力，并得以从过去复杂的混乱中解脱出来。美国著名推理小说家艾勒里·奎恩（Ellery Queen）后来称，这些故事"对未来侦探故事作家来说，都是个了不起的目标"，而霍华德·海克拉夫（Howard Haycraft）更是认为，阿布勒大叔是在爱伦·坡的奥古斯特·杜宾之后，对侦探名单"最伟大的美国贡献"。

尽管波斯特的后期小说并未能与早期作品很好地保持一致性，尽管他的作品还存在这样那样的失误，但作为一个侦探小说作家，波斯特无疑是成功的。

微信扫描二维码（封二）：
听悬疑故事，看精选书单

Contents

兹姆道夫疑案 1

错误的血手印 19

上帝的使者 37

上帝的旨意 58

夺宝者 74

逝者的家宅 91

黄昏历险 106

奇迹时代 122

第十戒 138

魔鬼的工具 154

消失的金币 172

藏金之谜 188

稻草人 206

天意难测 225

看不见的路 242

阴影边缘 261

养　女 278

拿伯的葡萄园 297

微信扫描二维码（封二）：
听悬疑故事，看精选书单

兹姆道夫疑案

弗吉尼亚西部，茫茫群山，拓荒者并非是这里唯一的居民。殖民战争（1689－1762）后，外国军队连同一支支探险队四散定居下来，算是在这里扎下了根。他们大多都是布拉道克将军[1]和法国探险家拉萨尔的追随者，在墨西哥一个个王朝分崩离析后纷纷蜂拥至此。

我想兹姆道夫也许就是追随着探险家伊特彼德漂洋过海至此的，后来倒霉的伊特彼德返回墨西哥后就被倚墙击毙了。虽来自南方，兹姆道夫身上却没有南方人的特征。从外表来看，他明显出自欧洲某个偏远野蛮的民族：身材高大、方形黑胡、手掌宽厚、手指方平。

1　爱德华·布拉道克(1695–1755) 法印战争时期在美国服役的英国将军。

在丹尼尔·戴维森领地和华盛顿测绘边界处有一块楔形土地,这就是被兹姆道夫选中的安家落户之处。这块三角形的不毛之地人迹罕至,无人问津,一块凸岩耸立在河床之上,凸岩北面的一座山峰是附近山脉的最高峰。

兹姆道夫就盘踞在这凸岩之上。在马上讨生活的时候,他必定积累了万贯家财。来到这儿,他就雇用了老罗伯特·斯图尔特家的奴隶,在凸岩上修建了一座大石屋,从切萨皮克[1]经由陆路辗转运来一堆家具什物。石屋建好后,屋后的山上凡是可以种点东西的地方,都让兹姆道夫栽上了桃树。黄澄澄的金子花盛放了,却也为魔鬼积累了丰富的资源。兹姆道夫让人用木材建了一座酿酒室,桃园里的第一季果实全部被用来做他的地狱之酿了。闲汉与恶棍们纷纷提着石壶而至,暴力与混乱开始四处蔓延。

此地天高路远,弗吉尼亚政府鞭长莫及、无能为力;相比之下,山脉西部那些乡绅们的应对方法就快速有效多了,他们曾获得乔治国王御封领地对付野蛮人,后又调转矛头反对乔治国王本人。开始时他们也一直忍耐,忍耐无果之下,就开始离开领地,誓要像上帝降下天罚一般将这罪恶之酿逐出这片土地。

于是乎,有一日,我的叔叔阿布勒和乡绅伦道夫就骑马穿过山谷

---

[1] 切萨皮克:美国弗吉尼亚州东南部城市。

来和兹姆道夫解决这个问题了。这地狱之酿融合了伊甸园的异香和魔鬼的冲动于一体，绝不能再放任不管了：喝醉酒的黑奴们枪杀了老邓肯家的牛，并烧了他家的干草堆，整片土地都被困在扰攘动乱中。

骑马而来的虽只有他们两人，气势却相当于千军万马。伦道夫固然自高自大，言语浮夸，不过内里却是一个十足的绅士，向来不知畏惧为何物，阿布勒在这块土地上更是举足轻重。

时值初夏，阳光炽热。两人越过山谷沿着河道在栗树的荫蔽下前行。山路狭窄，两匹马只能依次通过，随着山势上升，山路开始远离河道，蜿蜒穿过桃林一直伸展到兹姆道夫石屋靠山的一侧。伦道夫和阿布勒下马卸鞍，让马儿自行吃草，要知道兹姆道夫的事儿不是用个把小时就能解决的。随后两人沿着一条陡峭的山路一路步行，来到了兹姆道夫的石屋前。

门前砾石铺就的庭院中有一人骑在一匹红马之上。这是一个面容憔悴的老人，头上没戴帽子，两手扶着鞍鞯，下巴缩进绸领带中，面现沉思之色，微风拂过，一头白色卷发在空中乱舞。老人身下的红马四蹄舒展，立于风中一动不动，宛如一座石雕。

四下静寂无声，通向房子的门是关着的。阳光下，昆虫在悄悄蠕动，在静静伫立的老人身上慢慢投下了一道影子，一大群黄色的蝴蝶像军队一样在盘旋飞舞。

阿布勒和伦道夫停下了脚步。他们认识这个可怜的家伙——他是附近山区的巡回牧师,总是四处传布《圣经·以赛亚书》的神责,他传道的口气就像是一个急切复仇的君王的代言人。在他口中,弗吉尼亚政府俨然也成了《圣经·列王纪》中糟糕的神权政体。那匹红马儿热汗直流,老人风尘仆仆,显然是长途跋涉而来。

"布朗森,"阿布勒招呼道,"兹姆道夫在哪儿?"

老人抬起头,目光越过鞍鞯俯视着阿布勒,说道:"他必是在楼上大解[1]。"

阿布勒走上前去敲门,很快,眼前出现了一张苍白、受惊的女人面孔。她身材瘦小纤弱,头发亮丽,面庞宽大,看上去很像是外国人,从很多微妙的细节都可看出她出身不凡。阿布勒再次问道:"兹姆道夫在哪儿?"

"啊,先生,"她的口音很怪,口齿不清地说道,"像往常一样,他午饭后就躺到南屋休息了,我刚刚去果园看了是否有成熟的果子。"说到这儿,她有些犹豫,声音越发低了,简直像是在耳语:"他一直没出来,我也叫不醒他。"

---

[1] 出自《旧约圣经·士师记》第三章:以笏出来之后,王的仆人到了,看见楼门关锁,就说:"他必是在楼上大解。"他们等烦了,见仍不开楼门,就拿钥匙开了,不料,他们的主人已死,倒在地上。

两人随她穿过大厅来到了门前。

"他睡觉时总会把门插上的。"说着,她用指尖轻轻叩门,无人应答。

伦道夫开始猛叩门把手,敞着他那大嗓门吼道:"兹姆道夫,快给我出来!"

他的声音在橡木间回荡,却仍是无人应答。于是,伦道夫就一膀子将门撞开了。

大家冲进门去。阳光透过南面的窗户洒满了房间,兹姆道夫躺在屋内一个小壁阶内的卧榻上,胸膛上猩红一片,地板上也有一摊鲜红的血泊。

女人站在那儿先是目瞪口呆,接着就嚷嚷起来:"我终于杀了他啦!"说完就像只受惊的兔子,一下子跑开了。

两人关好房门,来到了卧榻前。兹姆道夫是被枪杀的,背心处有一个不规则的大窟窿。他们开始寻找凶器,很快就找到了——靠墙的山茱萸木叉上正挂着一把鸟枪,刚刚开过火,击锤下的纸火帽被击发爆炸过。

屋内陈设很少:地板上铺着一张有些破烂的机织地毯,窗子的百叶开着,橡木桌上放置着一只又大又圆的玻璃水杯,水杯里灌满了酿酒室的新酿。酒色透明澄澈仿若甘泉,要不是酒味异常辛辣刺鼻,定会让人误以为这是上帝所酿。阳光透过水杯射在对面的墙壁上,杀人凶器正挂在那儿。

"阿布勒,"伦道夫嚷道,"这是谋杀!是那女人从墙上拿起枪杀了睡着的兹姆道夫。"

阿布勒站在桌边,手摸着下巴,问道:"伦道夫,布朗森来这儿做什么?"

"他来这儿是出于与我们同样的义愤,这个老牧师一直在远近的山区布道声讨兹姆道夫。"

阿布勒还是摸着下巴。

"你觉得是那女人杀了兹姆道夫?那好吧,让我们先来问问布朗森怎么说。"

他们没有动榻上的尸体,关上门来到了院子里。

老牧师已经下了马,手里正提着一把斧子。他的外套已经脱了,衬衫袖子高高挽起,正要去酿酒室劈碎那些酒桶。看到两人出来,老人停下了脚步。

阿布勒问他:"布朗森,是谁杀了兹姆道夫?"

"我杀的。"老牧师说完就向酿酒室走去。

伦道夫轻声诅咒道:"上帝啊,不可能每个人都是凶手吧!"

阿布勒说:"谁又能肯定有多少人参与了谋杀呢?"

"已经有两人承认了!"伦道夫大声说道,"会不会还有第三人?

阿布勒，你有没有参与杀他？我呢？天哪，这不可能！"

"你认为的不可能也许就是事实真相呢。跟我来吧，伦道夫，我带你看一件更不可能的事儿。"

他们穿过大厅踏上台阶又进了那个房间，阿布勒关上了门。

"看看这个吧，门闩是在里面被闩上的，和锁并不相连。既然门是被闩上的，那个杀死兹姆道夫的凶手又是怎么进入房间的呢？"

"从窗户进去的呗。"伦道夫应道。

这个房间只有两扇朝南的窗户，阳光可以透窗而入。阿布勒领着伦道夫到了窗边。

"看，房子的墙壁和外面凸岩的峭壁都是直上直下，而这里距河有一百英尺，凸岩光滑得像玻璃一样。这还不算，你再看这些窗框和窗扉间都落满了灰尘，窗框边上还布满了蜘蛛网。这两扇窗户显然都没有被打开过，那么凶手又是怎么从窗户进来的呢？"

"显而易见，"伦道夫答道，"杀死兹姆道夫的凶手先藏在房中，趁他睡着，杀人后又离开了房间。"

"这解释听起来很不错，只不过凶手杀人逃离后又是怎么从里面把门闩上的呢？"

伦道夫无奈地举起了双手："谁知道呢？也许兹姆道夫是自杀呢。"

阿布勒笑了："那他得先对着自己心脏开上几枪，然后再小心翼翼地把枪挂回到墙上的枪架上才成!"

"好吧,"伦道夫说道,"要解开这个谜也不难。布朗森和那女人都说自己是杀死兹姆道夫的凶手,他们肯定知道是怎样做到的,何不去问问他们呢?"

"在世俗法庭上,按这样的程序处理是十分合理的。不过,我们站在上帝的法庭上,事情的处理方式会有很大的不同。如果可以,问话之前我们应该先弄清楚死者是几点去世的。"说完,阿布勒走上前去,从死者的口袋里掏出了一只大银表。银表也被子弹打破了,指针停在了午后一点钟。

阿布勒用手摸索着下巴,站了一会儿才说道:"死于下午一点钟,我想那个点布朗森正在来这里的路上,而那个女人正在山上的桃园里看果子呢。"

伦道夫耸了耸肩,道:"阿布勒,在这里瞎猜做什么?不是浪费时间吗?我们知道谁是凶手,直接过去从他们口中掏出真相不就行了?反正兹姆道夫不是死于布朗森就是死于那个女人之手。"

阿布勒答道:"要不是因为有那么一条庄严律法的话,我也愿意这么相信。"

"什么律法?"伦道夫问道,"是弗吉尼亚的法令吗?"

"确实是一条法令,不过比弗吉尼亚法令更有权威。请注意它的措辞:'用刀杀人的,必被刀杀。'[1]"

阿布勒说完,走上前去抓住了伦道夫的胳膊,说道:"伦道夫,注意到'必'这个字了吗?这是强制法,没有幸运脱逃的余地,根本绕不开。要知道,种瓜得瓜,种豆得豆,付出什么就会收获什么。最终毁灭我们的恰恰就是我们自己手中的武器。你现在看看吧。"

阿布勒将伦道夫的身子扭过去,桌子、武器和死尸都在眼前,"用刀杀人的,必被刀杀。现在让我们尝试下世俗法庭的手段吧,似乎你对世俗法庭的智慧更有信心。"

他们来到酿酒室,发现老牧师正在竭力破坏兹姆道夫的酿酒桶,举着斧头一阵猛劈。

伦道夫问道:"布朗森,你是怎么杀死兹姆道夫的?"

老人拄着斧头停了下来。"就像以利亚先知杀死亚哈谢王的五十夫长和五十名手下那样[2]。不过不是通过任何人的手,而是祈祷上帝降下天火,烧灭兹姆道夫。"

1　出自《圣经·启示录》第十三章:凡有耳的,就应当听;掳掠人的,必被掳掠;用刀杀人的,必被刀杀。圣徒的忍耐和信心就是在此。

2　出自《旧约圣经·列王纪下》第一章:亚哈谢王无视上帝的存在而去祈求邪神的祝福,这激怒了上帝。先知以利亚传达上帝的警告,亚哈谢王派遣了五十人去逮捕以利亚,但是从天上突然降下大火,把卫兵们都烧死了,亚哈谢王在位仅仅两年也死去了。

说着,老牧师站起身来,伸开了双臂,说道:"兹姆道夫双手沾满了血腥,从邪神巴力果园里弄出来的这邪恶东西让人们相互争斗残杀。寡妇孤儿们的哭诉会直达上帝,'我总要听他们的哀声'[1],这是《圣经》中写得明明白白的话,这是上帝的许诺。这片土地已经厌倦他了,我向上帝祈祷,请求上帝降下天火像烧死俄摩拉城[2]宫殿中的王子那样毁灭他!"

伦道夫做了个手势,表示无法相信,不过阿布勒的脸上却流露出一副深沉、古怪的表情。

"降下天火!"阿布勒低声重复了一句,接着问布朗森道,"刚刚我们来的时候,我问你兹姆道夫在哪里,你用《圣经·士师记》第三章的话来回答我们,布朗森,你为何会说'他必是在楼上大解'?"

老牧师应道:"那女人告诉我兹姆道夫还没有从他睡觉的房间下来,而房门是锁上的,我就知道他肯定像摩押王伊矶伦那样死在了凉楼上。"

他伸出手臂指向南方:"我从弗吉尼亚大峡谷一路翻山越岭来到这儿,打算亲手砍掉这邪神巴力的果树林,倒光这害人的酒酿。没想到的是,我的祈祷上帝原来已经听到了,亲降怒火到兹姆道夫身上,直

---

1 出自《旧约圣经·出埃及记》第二十二章:不可苦待寡妇和孤儿。若是苦待他们一点,他们向我一哀求,我总要听他们的哀声。

2 俄摩拉城:据《圣经·创世记》,该城因居民罪恶深重而被神毁灭。

到那女人在这门口跟我说话,我才明白这一点。"说完,他就走向了马匹,连斧子也丢在破烂的酒桶中间不要了。

伦道夫插话道:"我说,阿布勒,别浪费时间了,布朗森不是杀死兹姆道夫的凶手。"

阿布勒的回答缓慢、低沉、平静:"伦道夫,你明白兹姆道夫是怎么死的了吗?"

"反正绝不可能是因降下天火而死的。"

"伦道夫,你敢确定吗?"

"阿布勒,"伦道夫大声说道,"你真爱开玩笑,不过我可是很认真的。这里发生了违反政府法令的案件,作为一名治安法官,我要尽力找出凶手。"

说完,伦道夫和阿布勒一前一后走向了石屋。伦道夫背着手,肩膀略微前倾,嘴角浮现苦笑:"和这疯疯癫癫的老牧师没什么可聊的了,就让他把酒倒完走开吧,我不能对他签发拘捕令。阿布勒,祈祷也许真的是谋杀的好手段,不过弗吉尼亚法令可不认可祈祷能够致命。兹姆道夫在布朗森来这儿口述《圣经》箴言前可就死了。看来那女人是凶手,我得对她进行审问。"

"随你吧,"阿布勒应道,"你还是对世俗法庭的那一套有信心。"

"难道你还有更好的办法吗?"伦道夫问道。

"也许吧，不过要等你问完再说。"

夜幕已经降临在山谷中。两人走进屋子，开始准备兹姆道夫的后事。他们找出蜡烛，做了一个棺材，将兹姆道夫的尸体置于其中，拉直他蜷曲的双腿，将他双手交叉放在胸口的大洞上，最后将棺木停放在了大厅的长凳上。

饭厅里生起了炉火，两人坐在壁炉前，门开着，火光在兹姆道夫狭长、坚固的房中闪烁摇曳。桌上，那女人早就摆好了一盘冷肉、一块金黄色的奶酪和一条面包。不过她人却没有出现，只能听到她在房间到处走动的声音，终于，外面砾石铺就的院子里传来了她的脚步声和马嘶声。接着，她走进屋子，一身要远行的打扮。

伦道夫一下子跳了起来，"你要去哪里？"

"去海边，到船上去，"女人一边回应，一边向厅内示意，"他现在死了，我自由了。"

一刹那，这女人容光焕发。伦道夫向前一步，厉声问道："是谁杀死了兹姆道夫？"

"我杀的，"女人说道，"这很公平！"

"公平！你这话是什么意思？"

女人耸耸肩，伸出双手做了一个怪异的手势："在我的记忆中，有一个年纪很大很大的老人靠坐在一面洒满阳光的墙壁下，旁边还有一个小女孩,小女孩在草地上摘着黄花往头上插。这时来了一个陌生人和老人聊了很长时间。最后,这陌生人给老人一条金链子就把小女孩领走了。"

说到这儿,她又伸出了手臂,说道:"噢,我杀死他,这很公平!"她抬起头来,脸上浮现出有些怪异、惹人怜惜的微笑。

"那老人现在应该已经死了,不过,也许我还能找到那面洒满阳光的墙壁,还有那草地上的黄花,现在我可以走了吗?"

讲故事的艺术法则之一就是讲故事的人不亲口去讲,而是让听众来讲,他只需要给听众适当的启发就够了。

伦道夫站起身来,在地上来回踱步。当时的治安法官还是延续英国的传统由当地乡绅担任,作为其中的一员,他对行使法律职责看得很重。若是他一味姑息,弱者和恶人还会敬畏法律吗?现在这女人已在他面前亲口承认自己是凶手,他又怎会放她走?

阿布勒静静地坐在壁炉边,手肘搁在椅子扶手上,手掌托着下巴,脸色深沉,一脸沟壑。伦道夫虽有爱虚荣、爱摆阔的缺点,不过他还是很负责的。很快,他停下了脚步,看着那个女人。女人看起来脸色苍白,很是憔悴,就像是刚从童话故事中的地牢里越狱逃脱的传奇囚犯。

火光摇曳,越过那女人,照在大厅长凳上放置的棺材上。天堂浩瀚、神秘的正义之光穿过大厅照耀在了伦道夫的身上。

"哦，走吧！在弗吉尼亚，陪审团不会因为你开枪射杀这样一个禽兽就拘捕你。"伦道夫伸手指着厅中放置的死尸说道。

女人略微笨拙地行了一个礼。"谢谢您，先生。"说到这儿，她有点犹豫，口齿不清地说道，"可是我没有用枪杀他啊。"

"没有用枪杀他！"伦道夫叫了起来，"怎么会？他的心脏都快被打成筛子了。"

"是的，先生，"她说话有些孩子气，"我杀了他，不过没有用枪杀他。"

伦道夫又向前走了两大步，重复了一句女人的话："没有用枪杀他，天哪，那你到底是如何杀死他的？"他的大嗓门在整个房间内回荡。

"先生，我来展示给你看吧。"女人说着转身走进了房中。很快，她手里拿着一个裹在一条亚麻毛巾里的东西出来了。她把东西放在了桌子上，正好放在了面包和奶酪中间。

伦道夫站在桌前，女人手指灵巧地解开了这包裹着致命东西的毛巾，很快，这东西就露出了真面目。

这是一只做工粗糙的小蜡偶，一根针正扎在蜡偶人的胸口。

伦道夫猛吸一口气，惊得站了起来，大声叫道："天哪，这是魔法！"

"是的，先生，"女人的声音举止就像是一个天真的孩子，"好多次，我都试着杀死他——哦，我试了太多次了——所有我记得的咒语都试过了，结果他还是活得好好的。最后，我以他的形象做了一个蜡偶人，用针刺穿了蜡偶人的心脏，很快他就被我杀死了。"

事情终于大白于天下了，即便是伦道夫也知道这女人是无辜的了。她那无害的小魔法就像是天真的孩子要试图努力杀死恶龙一般可笑。伦道夫话到嘴边又犹豫了，最后他决定自己还是得像一个绅士一样，就不要揭穿她了吧。要是这可怜的半大孩子愿意相信是她的魔法杀死了这个恶魔……哎，就让她这么觉得吧，或许这样对她还好些。

"那么，先生，现在我可以走了吗？"

伦道夫惊讶地看着这个女人："现在是夜晚，要走很长的山路，难道你不害怕吗？"

"不，先生，我不怕，"她的回答很简单，"现在仁慈的上帝无处不在了。"

兹姆道夫听闻此言真要死不瞑目了——这个稀奇古怪的半大孩子认为他死了，这世间一切罪恶都将随之而去了，来自天堂的阳光就会洒满世间每一个角落了。

两人都不忍心打破她这美好的信念，就随她去了。天很快就要亮了，山中通往切萨皮克的道路也快要开放了。

伦道夫将她扶上马后又回到炉边坐了下来。他无聊地用拨火棍儿敲了几下壁炉，才开口说道："这是我遇到的最稀奇的事儿，疯疯癫癫的老牧师认为是他引来天火杀死了兹姆道夫，就像提斯比先知伊利亚那样；而这个孩子般单纯的女人认为兹姆道夫是被她用中世纪的黑巫术杀死的——两人在这件事上都和我一样清白。可是，天哪，这禽兽确实是死了！"

他边说边用拨火棍敲打着壁炉，一下又一下。

"有人枪杀了兹姆道夫，不过是谁呢？他又是如何进出闩好的房屋的呢？凶手必须进入房子才能杀死兹姆道夫。那么，他究竟是怎么进去的呢？"伦道夫似乎只是在自言自语，不过坐在对面的阿布勒还是做出了回应："从窗户进来的。"

"从窗户进来的！"伦道夫重复了一句，"哎，我说，你自己向我展示过了，窗户事先没有被打开过，而窗户下面的峭壁就是苍蝇也很难爬上来。你现在要对我说窗户曾经被打开过吗？"

"不，窗户从来没有被打开过。"

伦道夫一下子站了起来，说道："阿布勒，你是说凶手爬上了绝壁，通过紧闭的窗户进入房间，却一点儿没有碰到窗框上的灰尘和蛛网吗？"

阿布勒盯着伦道夫的脸："凶手的所作所为还不止于此，凶手不仅爬上悬崖，通过密闭的窗户进入房间，还射杀了兹姆道夫后再次从紧闭的窗户出去，身体没有在屋子里留下任何痕迹，也没有碰到一粒灰尘、一丝蛛网。"

伦道夫咒骂了一声："这是不可能的，现如今在弗吉尼亚，不会再有黑巫术或上帝诅咒杀人的事儿了。"

"不是黑巫术，"阿布勒应道，"不过上帝的诅咒嘛，我想是的。"

伦道夫右手握拳狠狠地锤了一下左手掌，说道："上帝啊，我倒想看看这个杀人凶手是怎么做到的，不管他是来自地狱的恶魔，还是来自天堂的天使。"

"好吧，"阿布勒还是波澜不惊，"凶手明天返回时，我会让你见到是谁杀死兹姆道夫的。"

天亮了，他们在桃林里挖了一个墓坑，在山边将尸体埋葬了。中午这个活儿才完工，阿布勒扔下铁锹，抬头看了看太阳，对伦道夫说道："伦道夫，我们去埋伏等着那个凶手吧，他已经在来这儿的路上了。"

阿布勒的埋伏设得很怪。两人再次进入兹姆道夫死去的房间后，阿布勒就插上了门，给鸟枪装填好了子弹，小心翼翼地将鸟枪又挂回到了墙壁上的枪架上。然后，他又做了一件更离奇的事儿：他取来了那件血衣——这血衣在埋葬死者时就从死者身上剥下来了——在里面包上了一个枕头，摆放在兹姆道夫在卧榻上睡觉的位置。阿布勒的这番举动让一边站着的伦道夫惊奇不已。阿布勒对他说："看吧，伦道夫，我们来耍耍这个凶手……我们会把他抓个现行的。"

说完，他就上前抓住了一头雾水的伦道夫的手，"看！凶手沿着墙过来了！"

可是伦道夫什么也没有听到，什么也没有看到，只有阳光进入了房间。阿布勒抓紧了他的胳膊，手指着墙壁说："在这儿，快看！"

伦道夫顺着他手指的方向，就看到一个小巧明亮的光圈从墙壁上慢慢移到鸟枪枪机的位置。阿布勒此时的手就像一只老虎钳一样有力，声音更像是在敲击金属一般铿锵："'用刀杀人的，必被刀杀。'正是这盛满兹姆道夫酒酿的水杯，聚焦了阳光。伦道夫，快来看，布朗森的祈祷是如何被上帝回应的！"

"降下天火！"阿布勒的声音之高，盖过了鸟枪的咆哮。伦道夫看到死者的衣服在榻上弹跳了起来，被子弹打成了筛子。鸟枪自然而然地挂在枪架上，枪口正好对着屋子尽头壁阶上面的卧榻，经由瓶子聚焦的阳光恰好引爆了火药。

伦道夫伸出手臂，做了一个夸张的手势，感叹道："这世上总是充满了神秘的意外。"

阿布勒应道："这世上总是充满了神秘的神之正义！"

错误的血手印

如有选择，阿布勒肯定不会带我去那座房子。他要去做一件很危险的事，带孩子去绝不合适，可他别无他法。初冬的傍晚，十分阴冷，夜幕即将降临，眼看冷雨淋头，而我却走不了了。我一路抄近道翻山越岭从内陆返回，本该早已到家，却因坏了一只鞋子，耽搁了行程。

快走到十字路口时，我才看到阿布勒叔叔的栗色马立于路间草地上，马上的阿布勒叔叔远看就像是一座石雕。我想他肯定老远就看到我了，在我走向他时，他已决定带我同行。

这地方看上去地势十分险恶。房子坐落在一座小山上，山下的草地旁有一条河环山蜿蜒，河水湍急，静水深流，小山西边是一座森林，再远处则是高耸入云的大山。房子有些年头了,高窗上只余下寥寥几块玻璃,古老的白门表面早已漆面斑驳。

房子的住户是附近山里人的笑柄。他是一个驼子,坐在他那杂色马上看起来活像一只大蜘蛛。这驼子结过两次婚,第一任妻子疯了,而另一任妻子则在一个夏日早晨吊死在自家门前大榆树的粗树枝上。阿布勒叔叔家的赶牛人发现她时,她的喉咙处正结着一条缰绳,赤着双脚来回摇摆,搅动得下面豚草黄色的花粉四处飘荡。这榆树自此就成了我们眼中的绞刑树[1],因为这飘荡的鬼魂,再也没人敢从树下骑马经过。

这产业归高尔和他住在山那边的弟弟共同所有。一直以来,都是由高尔打理。除了最近这次,他弟弟从没来过。有人说他弟弟是觉得自己被哥哥骗了,这次来是分地产的。不过高尔却说这是谣言,他弟弟这次来是因为兄弟情笃。

这两种说法真伪难辨,高尔的弟弟因何而来无法确定,唯一可以确定的是他为何滞留。

一日早晨,阿布勒叔叔正骑着他那高头大马疾驰,被高尔一下子

---

[1] 又称迪尔树(Dule Tree)、悲伤树(Grief Tree),据说苏格兰国王马尔科姆三世(1058—1093年在位)曾于1057年下令每一个男爵领地都要设有一棵绞刑树和一个溺人坑(drowning-pit)用来分别公开处死犯罪的男女。

抓住了马鞍头,拦了下来。高尔说他弟弟死了,尸体没人动过,他请求阿布勒叔叔找几个人过去看看,让他弟弟可以尽早入土为安。

这驼子大声哭诉说,看到弟弟喉咙被割开,全身是血地躺在床上,他是既悲且惊,六神无主。早上他发现弟弟没有起床,就去喊他。他只是向门里望了一眼就跑来了,具体情形也没看清楚。无法想象弟弟怎么会这样——弟弟一直身体很好,当晚留宿也是因兄弟情深。这驼子说话时红眼皮眨呀眨的,毛茸茸的大手搓来搓去,面容悲切。这显得既怪异又恶心,不过,一只陷入困境的癞蛤蟆不就是这个样子吗?

就这样,阿布勒和我父亲还有以利拿单·斯通三人一起去了现场。他们发现确如高尔所说——死者手边有一把剃刀,身上和床上到处都是死者的手印和挣扎的痕迹。全村人都去观看了他的葬礼,整个山区都在热议,可阿布勒、我的父亲和以利拿单·斯通三人却一言不发:从高尔的房子来到墓地,他们始终一言不发;死者被抬出棺材安葬,他们立于尸体前一言不发;然后死者入土,三人脱帽致哀,还是一言不发。

葬礼过后不久,高尔就拿出了一份弟弟的遗嘱。遗嘱中满是死者对哥哥的孝悌之情。死者将自己的一半房产产权遗赠给了驼子,却给自己的孩子留下了很寒酸的遗产。看到这份遗嘱,三人碰面交流了一番,阿布勒更是琢磨了一夜。

快走到房子时，阿布勒叔叔问我是否吃过了晚饭，我说吃过了。在蹚水过河时，他停马驻足了片刻，对我说："马丁，去喝点水吧，这河水是圣洁干净的。"说完，他手指向远处那模糊的房子，"我们一会儿要去那房子，不过不会在里面吃喝任何东西，要知道我们可不是为了和平而来。"

我对这房子了解不多，只看到其中一间房，房间里面很空，蛛网密布，看起来乱糟糟的，到处是灰尘和垃圾。高高的双扇窗户上只有几块玻璃硕果仅存，窗下河水深邃，无声流淌；窗外急雨入林，群山隐现。屋里生着火：一棵苹果树的树干一头儿正在壁炉里燃烧着；地上摆放着几把老旧的翻毛皮椅和一只旧沙发，一碰就尘土飞扬。驼子没有坐在椅子或沙发上，而是坐在壁炉边上一把有点像是长靠椅的高背椅上，椅子座位和扶手上都加有衬垫，只是衬垫被他的手长期弹弄，早已破烂不堪了。

他身着一件蓝色外套，外套上做有一个小斗篷，用以遮掩他的驼背。我们进屋时，他正在用手杖敲击着燃烧的树干。这手杖顶端镶有黄金，人们谣传，这样一来，驼子的手指就总能摸到他最爱的东西了。从烟囱里冲下的气流将他一头灰白的头发吹得歪向了一边。

由于不明我们的来意，他眼神有些不安：打量我们时，目光灼灼，仿佛两团火焰，思索我们来意时，目光呆滞，仿佛火焰燃尽。

驼子虽然身材畸形，却充满了力量与活力，大嘴似山洞，声音若风箱。

外表看来，他虽矮小虬结，显得有些发育不良，而内里还是充满了高大橡树的坚韧、强健。看到阿布勒叔叔，驼子不晓得他是碰巧路过，还是有事，就惊叫起来："阿布勒，今夜可真是鬼天气——风雨交加的。"

"天气好坏全凭上帝。"阿布勒应道。

"上帝，"高尔大声说道，"我真想用鞋带抽他！秋天还没过去一半呢，冬天就又来了，喂牛都没有地方。"

紧接着，他看到了我被他吓得苍白的脸——这下他确信我们只是碰巧来此了，于是伸着粗脖子看着我说："小家伙，进来暖暖手吧。我不会伤害你的，我可不是为了吓孩子而把自己身子弯成这样子的——那是阿布勒的上帝才会干的事儿。"

我们进屋坐在壁炉边，苹果树干被烧得噼啪作响。

门外风更急了，雨中也开始夹杂着冰雹，噼噼啪啪地敲击在窗玻璃上，就像是在打枪。两人站在布满油脂的壁炉两边，风嘶吼着灌入烟囱，时不时地就会有一股儿烟沿着被熏黑的挡炉板向上升腾起来。

阿布勒和驼子闲谈起来。他们谈到了牛价，也谈到了对小牛犊来说致命的"黑腿病"[1]和"大颌病"[2]。

高尔说将小牛犊分散成小群饲养就可以很大程度上避免"黑腿病"感染，而"大颌病"就是一种细菌。牛一发"大颌病"，就用嫩玉米把牛养肥，然后运走卖掉。荷兰佬会买去吃的——又有什么细菌或是毒药能伤得了荷兰佬？阿布勒说像这种病牛应当被射杀掉。

"那我买牛的钱和一夏天辛苦的喂养不就全亏了？"高尔嚷道，"我才不会这么傻呢，我会把这些发病的畜生运走卖掉。"

"要是你这么干的话，"阿布勒说道，"市场稽查员会把牛射杀，而你也会被罚个底朝天。"

"市场稽查员？！我塞给他几张美钞——就像这样，"驼子说着用大拇指蹭了下手掌，"他就会高兴地说：'高尔，运多少都行，这对我们来说都不算事儿。'"说完，驼子就咯咯地偷笑起来。

接着两人又谈起了佃户以及帮忙收割干草和冬天喂牛的临时工。谈到这个话题，高尔笑不出来了，他咒骂说会干活儿的人都死绝了，这帮新手毫无用处——还有工时限制——他的咒骂声在屋子里回荡。

---

[1] 黑腿病：又称气肿疽、鸣疽，是由气肿疽梭菌引起的反刍动物急性、热性、败血性传染病。

[2] 大颌病：是牛的一种慢性化脓性肉芽肿性传染病，多发于2－5岁的牛，当换牙或采食粗糙带刺的饲料时，口腔黏膜被刺破为此菌的侵入创造条件而发病，也可由呼吸道吸入而侵害肺。病牛多上下颌骨肿大，极为坚硬，不能移动。

工时!哼,他们父亲那代,人们从早干到晚,刷马都是提着灯笼刷的……我们这个时代就是一个堕落的时代。在过去的好年月,买个人只要十个鹰扬金币[1];现在这些家伙成了公民了,可以投票了——就连踢也踢不得了。要是拿手杖敲他们一下,就会立马被他们以侵害罪诉诸法院,要求赔偿……这种奇怪的想法简直让人抓狂,再这样下去,地里不到处都是荒草才怪!

阿布勒说:"你这话有点儿道理——现在人确实比父辈们更懒了。某些传道士宣扬说劳动是祸害,还拿出《圣经》为证;可是当他亲自读遍《圣经》,却发现懒惰才是祸害。劳动和《圣经》,就像两双翅膀,可以拯救世人,带着人们的灵魂飞入天堂。"

"要我说,这些家伙都该下地狱,"高尔说道,"我每天起来都是要先干活儿的。"

他一边用手杖敲打着树干,一边嚷嚷着说他的雇工们都是强盗。他得一天到晚骑在马上盯着,不然他们就不动镰刀;他得在牛肉里添加硫黄,不然他们就会偷牛肉;这些家伙还偷偷挤牛奶喂他们下贱的小崽子。要不是有法律管着,这些家伙会被他剥了皮。

阿布勒说一个人在做好每日工作的同时,也要做好其他事情:做兄长的,要监护、照看好弟弟,不要学该隐那样绝情;兄长有权享受

---

[1] 鹰扬金币:美国1933年前通行的价值十美元的金币。

每日工作的收益,可弟弟也有权获得哥哥监护下的自己那份收益。弟弟与哥哥其实是一种托付关系,怎能有负所托?

高尔大声说道:"我不明白你说的什么托付,我住在这儿全是为了自己。"

"为你自己?你知道上帝是怎么看你的吗?"阿布勒问道。

"那你知道我是怎么看上帝的吗?"高尔针锋相对道。

"你是怎么看上帝的?"

"阿布勒,我觉得上帝就是一个吓鸟的稻草人,而我是一只比你更聪明的鸟。我才不会被他吓得缩在树上嘎嘎乱叫。我早已看到了他破衣服下面的木头躯干,从袖里露出来的横杆,还有晃晃荡荡的假腿。到地里我想要什么就拿什么,才不在乎他这个套着燕尾服摇摇摆摆的木头假人呢……哼,阿布勒,你的上帝靠的就是恐惧,而我无所畏惧。"

阿布勒紧盯着他,没有作声,而是扭过头对我说道:"马丁,你这孩子该睡觉去了。"说完,他就用大衣裹着我放在了身后角落的沙发上。我躺在那儿,虽微暖舒适,却无法像扫罗[1]一样呼呼大睡。我对阿布勒的来意也很是好奇,就偷偷地从大衣的一个纽扣孔向外偷瞄着。

阿布勒双手合拢,手肘放在膝上,眼睛盯着壁炉,默然许久。驼

1　扫罗:是以色列犹太人进入王国时期的第一个王,公元前1047—前1007年在位,曾宿于军营在沉睡之中被仇敌大卫从头旁拿走枪和水瓶而不自知。

子毛茸茸的大手在扶手上摸索着，双眼像是两颗玻璃闪烁不定地望着阿布勒。终于，阿布勒以为我睡熟了，就开口问道："高尔，你刚才说上帝是个稻草人？"

"没错。"高尔答道。

"你说你想要什么就拿什么？"

"是的。"

"好吧，"阿布勒说道，"我来这儿就是让你归还你拿走的东西——还有其他一些东西作为利息。"

说着，阿布勒从口袋里掏出了一张被折叠起来的纸，伸手递给了壁炉那边的高尔。

高尔接过了纸，身子靠在椅子里，懒洋洋地打开，读了起来："不动产转让契约,所有土地……给我兄弟的孩子。这些条款是完全合法的：'认可完全担保地契'。写得真不错,阿布勒,可问题是我不想'认可'。"

"高尔，肯定有理由可以打动你的。"

驼子对此付之一笑道："理由再好，也不能让人自愿放弃到手的产业吧？"

"确实有好理由，我先提一条最好的理由。"阿布勒说道。

"请说吧。"高尔怪笑道。

"是这样的，高尔，你自己没有子女，你弟弟的儿子现在业已成人——他将娶妻生子继承这些产业。既然他要完成你未能肩负的责任，他就应该拥有你产业的使用权。"

"你这理由真不错，"高尔应道，"真让人佩服，不过我有一个更好的理由。"

"什么理由，高尔？"阿布勒问道。

高尔咧嘴一笑道："那就是，得我乐意才行！"说着，他用黑手杖敲了敲靴帮，"说吧，这蠢事究竟是谁在背后指使的？"

"没人指使。"阿布勒答道。

驼子的浓眉垂了下来。他表面很平静，却也知道阿布勒不会无故做蠢事，于是问道："阿布勒，你说你这么做是有理由的，是吗？"

"我这么做确实有理由，"阿布勒应道，"刚才说的就是最好的理由。"

"那其他理由就没必要费口舌再提了。"

"你错了，我说我会给出最好的理由，而不是最强的理由……考虑下吧，高尔，这世上的产业并非归我们所有，只是用某种服务来换取租用权而已。如果我们没有履行服务，那租约就会被撤销了，产业就会归属他人。"

高尔没听明白，心里有些烦了，说道："我只是执行了我弟弟的遗嘱罢了。"

"可死者无法再占有东西，产业顶多就是活着占有一辈子，土地和财产都是让后来者用的。生者的需求应比死者的安排更重要。"

尽管知道阿布勒说的这些是题外话，高尔还是紧盯着阿布勒，静静地听着。他将两只毛茸茸的大手握在一起，以一种审判的口气说道："你的说法根本站不住脚，死者才是统治者。看看吧，伙计！死者是如何将意志加在我们生者身上的。法律是由谁制定的？是死者！那些我们生者必须遵从、对我们生活有深刻影响的习俗是由谁制定的？是死者！还有我们生者对土地的所有权，难道不是死者遗赠给我们的吗？测量员要标画一条界线，起始点往往也是死者设好的；法官判案前也会先翻阅下一本本的判例汇编，看看死者是怎么处理的——然后依例而行；任何作家要想让自己的见解显得举足轻重、有权威，就得引用死者的话；不管是演说家或是布道者——他们的口中难道不也总是充斥着死者说过的话吗？嗨，伙计，我们生者的生活其实是沿着死者用大拇指指甲画好的道路在走呢！"

说完，他站起身，看着阿布勒说道："阿布勒，我会遵从我弟弟在遗嘱中写的条款，那份遗嘱你看过了吧？"

"还没有，我只看过县书记官那里的抄录件，其中提到把这些土地遗赠给你。"

驼子于是走向靠墙的一个旧写字台，拉开抽屉，从中拿出了那份遗嘱和一沓信件。回到壁炉边，他把信件丢到了桌子上，恰好丢在了阿布勒拿出的那份契约旁，接着他就把那份遗嘱递给了阿布勒。

阿布勒接过来读了起来。

"你认识我弟弟的笔迹吧？"高尔问道。

"是的。"

"那你就该知道这份遗嘱是他本人写的。"

"确实如此，这是伊诺克的笔迹。不过遗嘱上的日期是你弟弟来此一个月前。"

"是的，"高尔表示认可，"遗嘱不是在这屋里写的，是我弟弟寄给我的。看，这个信封上面戳有那天的日期。"

阿布勒拿过信封对照了下日期，"日期相同，信封上的地址也是伊诺克的笔迹。"

"是的，我弟弟说他是在遗嘱上签过字后，再在信封上写的地址。"驼子说到这儿撮紧了腮帮子，眼帘也耷拉了下来，"啊，我弟弟很爱我。"

"他得多爱你啊，居然为了你剥夺自己至亲血肉的继承权。"

驼子嚷了起来："我难道就不是他的血肉至亲了？说到血统远近，他那些孩子们的血统已经被稀释了，我的才更纯。难道爱自己的血统不应该吗？"

"爱！"阿布勒回应道，"高尔，你口口声声说'爱'——可是你明白什么是'爱'吗？"

"我当然明白,因为爱,弟弟才依恋我。"

"你也因为爱而依恋你弟弟吗?"阿布勒问道。

高尔的白色眼帘垂了下来,脸也拉长了。"我们就像是大卫和约拿单[1],为了他我可以不要右手,为了我他可以送命。"

"他还真为你送了命!"阿布勒说道。

驼子惊得站了起来,为了掩饰失态,他急忙弯下腰,将烧着的苹果树干又往壁炉里推了推,里面立马冒出了一团火花。一阵狂风吹来,我们身后的窗框被吹得啪啪作响,就像是一个被关在门外的人在愤怒地拍门。看到驼子起身,阿布勒叔叔继续说道:"要是你真的爱你的弟弟,那就为他做这件事吧——签了这份契约。"

"可是,阿布勒,这个不是我弟弟的遗嘱。根据法律规定,这些孩子在我死后是可以继承这些产业的。他们就不能等等吗?"

"你等了吗?"阿布勒质问道。

驼子猛地抬起头,大声质问道:"阿布勒,你这话是什么意思?"驼子想从我叔叔的脸上看出点儿什么,不过看来看去,什么也没看出来——阿布勒还是一脸严肃和平静。

"我的意思是说一个人不该对另一个人的死感兴趣。"

"为何?"高尔问道。

---

[1] 大卫和约拿单都是《圣经》中的人物,两人是同生共死的朋友,莫逆之交。

"因为，这会诱惑他在上帝行使其旨意前就提前插手。"

对于阿布勒的讽刺，高尔顾左右而言他："你是说，这些孩子们也许会来要我的命？"

阿布勒的回答让我大吃一惊："是的，我就是这个意思。"

"伙计，"驼子嚷道，"你说得太好笑了！"

"你尽管笑，不过我认为这些孩子对这件事的看法和我们的看法会很不一样。"

"和谁的看法不一样？"高尔问道。

"我兄弟鲁弗斯、以利拿单·斯通还有我自己。"阿布勒答道。

"哦，原来你们这些绅士老爷们已经考虑好如何救我的小命了。我真是感激不尽啊。"驼子边说边滑稽地鞠了一躬，尽是嘲讽，"你们打算怎么救我这条小命呢？"

"签下这份契约即可保命。"阿布勒道。

"我谢谢你们啦！"驼子叫道，"可我不想用这办法救自己的小命。"

我本以为阿布勒会反唇相讥，然而阿布勒说话还是慢条斯理的，甚至有些犹豫。

"除此就别无他法了。我们认为，你的死会让这些孩子蒙受杀亲的污名和丑闻，这对这些孩子有极大的伤害，甚至比在你的有生之年让他们丧失产业伤害更大。但很显然，我想这些孩子不会这么看。要是你不签这份契约，我们就不得不对他们坦白了。这个问题也不该由我兄弟鲁弗斯、以利拿单·斯通还有我来决定。"

"什么问题？"高尔问道。

"你是死是活的问题！"阿布勒答道。

驼子的脸色严肃果决起来。他坐回到了椅子上，手杖放在两腿中间，盯着我叔叔的眼睛说："阿布勒，你说话就像是在打哑谜……坦白说吧，你是不是认为我伪造了遗嘱？"

"不是的。"阿布勒应道。

"也没人能这么说，"驼子嚷道，"这是我弟弟的笔迹——每个字都是他的笔迹。再说了，这屋里既没墨水，也没纸。我算账都是在石板上算的；我要说什么事儿，我就跑去说。"

"可在你弟弟死前的一天，"阿布勒插嘴道，"你却买了一些邮局的大页纸。"

"不错，"高尔说道，"是为我弟弟买的。伊诺克想用铅笔算点东西。我这儿还有他演算过的纸张。"说完，他走到桌边拿过来几张纸。

"不过，"阿布勒说道，"这遗嘱也是写在同样的纸上啊。"

"那又能说明什么？"高尔问道，"这纸难道不是每个商店，甚至连墨西哥都有得卖吗？"

事实确实如此——阿布勒敲了敲桌子。

高尔说道："现在我们已经解决了第一个疑点。说说另一个疑点吧：对我弟弟的死你们究竟发现了什么？"

"为什么他会在这个房子自杀？"

"这个我也不知道。"高尔应道。

"我告诉你吧，"阿布勒说道，"我们在你弟弟的身上发现了一个血手印！"

"这就是你们所有的发现吗？"

"是的。"阿布勒说道。

"咳，"高尔大声说道，"有血手印就能证明是我杀了他？我可以当面回答你这恶心的猜疑。我弟弟的双手难道不是沾满了鲜血？床上难道不是到处都是他死前挣扎乱抓的指印？"

"是的，你说的都对。"

"那手印上有没有什么痕迹和标志可以让你们认出是哪个人的手，"说着，高尔伸开了自己的手掌，"比如说，是我的手？"

"没有。"阿布勒说道。

高尔一脸胜利的表情。

他现在已摸清了阿布勒的所有底牌，不用再害怕了。没有什么对他不利的证据——即便在我看来也是如此。

"你现在可以走了吧？我不想跟你废话了。滚吧！"

阿布勒没有动。之前有五分钟他都在做着什么事情，不过因为是背对着我，我看不到。现在他转过身，我终于看到他在高尔坐着的桌边做什么了。他刚才竟一直在做鹅毛笔！他把做好的鹅毛笔放在桌子上，旁边就是一瓶墨水。他打开带来的契约，手指着其中一行，在鹅毛笔上蘸好了墨水递给了高尔。

"在这儿签名吧！"他说道。

驼子站起身，咒骂起来："拿着你这破纸快滚！"

阿布勒没有动。"你签过名再说。"

"签名！"驼子叫道，"你、你兄弟鲁弗斯、以利拿单·斯通，你们都下地狱去吧！"

"高尔，"阿布勒应道，"所有该下地狱的人，你日后都会在地狱中看到的。"

通过阿布勒的举止，我知道这个事情就要结束了。他抓起高尔从写字台拿出的遗嘱和信封递到了高尔面前，道："你刚才说这遗嘱和信封是一起写的？看！写信封的手很稳定很平静，而写遗嘱上的手是颤抖的。看这字有多歪！我来解释下吧。这信封是你从旧信中找出的，而这遗嘱是在这房子中写的——是在恐惧中写的！就是在你弟弟死的当日早晨写的⋯⋯以利拿单·斯通从你弟弟的床边后退时被一块地毯绊倒了，那块地毯背面到处都是墨水瓶破碎后洒出的墨汁。我把手放在上面，发现墨迹还没干呢！"

驼子开始困兽般地嚎叫起来。我蜷缩在阿布勒叔叔的大衣下面瑟瑟发抖。他的嚎叫声在这空荡的大屋中回荡。嚎叫声在风中越来越大,听上去令人毛骨悚然。与此同时,屋外冰雹敲打着窗户,声音刺耳;松动的屋瓦不时地咔嗒作响;烟囱在啸叫——就像是魔鬼在亲手弹弄什么古怪的乐器。

阿布勒则一直站着俯视着这个不愿妥协、矢志复仇的涅墨西斯[1],他声音还是一贯低沉平和:"其实,在这之前,我们就知道是你杀了你弟弟!我们站在死者床前时就知道了。'看这里,'鲁弗斯当时说道,'看这个血手印!'……我们看后就肯定这手印不是死者伊诺克的。高尔,你知道我们为什么这么肯定吗?告诉你吧,因为你弟弟右手上印着的血手印是一个右手手印!"

高尔签了那份契约,并承诺当天下午叫一个公证人来做公证。天一破晓,我们就骑马离去了。然而,高尔再也没有出现过。

直到阿布勒去找他,才发现他正吊在自家的大榆树上来回晃荡呢。

---

[1] 涅墨西斯:希腊神话中冷酷无情的复仇女神。

上帝的使者

我觉得父亲这次有些太冒险了，不过，话又说回来，总得有人去冒险，而我又是最不起眼、最不招人注意的。我们这地方很乱，没有银行，要付钱买牛，就得有人随身携带现金。父亲和叔叔一直都被人盯着，也许父亲的做法也有道理吧。

"阿布勒，"父亲对叔叔说，"我打算派马丁去，谁也不会料到我们会指望一个孩子带钱。"

阿布勒叔叔却仿佛没有听到，只是指关节不停轻叩桌面，双脚轻踏着地板。他至今独身，为人严肃，从不轻言。其实他这人口才很好，一旦他开了口，从头到尾你只有洗耳恭听的份儿，对于自己说出的话，他总是会负责到底。

父亲接着说:"马丁被劫了,不过是丢了点钱而已;你要是被劫了,那可就要闹出人命了。"

父亲这话的意思我懂:除非阿布勒叔叔被先行击毙,否则谁也别想抢劫他。

关于我叔叔阿布勒我还想再多说几句。和宗教改革[1]造就的其他人一样,阿布勒叔叔生活朴素、十分虔诚。他总是随身携带一本《圣经》,走到哪儿读到那儿。有一次在罗伊客栈,阿布勒叔叔拿出《圣经》坐在炉边阅读时,遭到了一帮人的嘲笑。结果一场大战过后,阿布勒叔叔赔偿了罗伊客栈十八银圆的桌椅损失,而那帮嘲笑他的人全被干趴下了。阿布勒叔叔是当时客栈中唯一还能骑马的。此战之后,再也没人敢拿这个嘲笑他了。阿布勒叔叔属于战斗教会[2],他信仰的神是战神。

就这样,父亲和叔叔将一沓沓"绿背票"(美钞)用报纸裹好,塞进鞍囊里打发我出发了。当时我差不多有九岁,不,其实也没你想得那么糟:九岁的我已经可以在马背上待上一整天了——几乎什么马我都会骑。我身子很皮实,对去的地方也很熟悉。可别把我想成是公园

---

1 这里指开始于欧洲16世纪基督教自上而下的宗教改革运动,该运动奠定了新教基础,同时也瓦解了从罗马帝国颁布基督教为国家宗教以后由天主教会所主导的政教体系。
2 在基督教中,指在人间与邪恶作战的基督教教会。

里那些推铁环玩的小男孩了。

这是初秋的下午,夜晚被冻的土路白天就会化冻,变得黏糊糊的。我打算在河南岸的罗伊客栈过一夜,第二天一早再继续赶路。路上时不时地会碰到几个牧牛人,不过都被我甩在了后面。天快黑时,我听到后面传来马蹄声,有人赶了上来。这人我认识,他叫迪克斯,是个养牛人,以前曾是个牲口贩子,不过却是霉运连连:先是他的合伙人阿尔凯尔卷走了一大笔牧场主的钱,这可把迪克斯害惨了,他不得不将自己为数不多的土地赔给了那些牧场主;之后,好不容易翻山越岭找亲戚朋友借了一笔巨款买了一大片牧场,又被几个外国人拿着几张旧地契告上了法庭,结果迪克斯败诉,落了个地财两空。迪克斯一直住在他妻子的土地上,他妻子和我家算是远房表亲,地块和阿布勒叔叔家的相邻。

看到我,迪克斯似乎很惊奇,道:"是你啊,马丁,我还以为会是阿布勒去内地呢。"

虽然我才九岁,可不代表我没心机,我才不会告诉别人我要去干什么呢。

我轻松地说道:"我父亲想把牛群赶到河对岸放牧个把月,我去通知下牧牛人。"

他仔细打量了我几眼,用指关节敲了敲我的鞍囊,说道:"孩子,你带的包裹可不轻啊。"

我笑着道："都是马饲料，我父亲这人你是知道的，他常说人倒没什么，马必须按时喂料。"

路上有人做伴总是一件幸事，我们一路边走边聊起来。迪克斯对我说他要去"十里乡"，对此我一直没有怀疑，罗伊客栈门前一英里处有一条路一直向南就能通往"十里乡"。迪克斯为人举止谦卑却又狡诈多疑，我不太喜欢。

很快，后面有人骑马赶上了我们。这人叫马克斯，是个牲畜贩子，也和阿布勒叔叔是邻居。他急着天黑前赶回家，同我们打了个招呼，就纵马走了。我们身上都被溅了一身泥，迪克斯大声咒骂起来。我从来没见过像他这么邪恶的脸孔，也许是因为我看到的迪克斯平时总是咧嘴笑吧，这张脸一旦扭曲起来，真是太难看了！

打这之后一路上他都没有再开口，只是低着头骑在马上，手摸索着下巴，像是有什么事想不通。到十字路口时，他停下马思量了好一阵儿。我没有等他，自己往前赶了，不过在过桥时他又追了上来，对我说他想在罗伊客栈吃过晚饭再赶路。

罗伊客栈下面只有一个大房间，客房就是上面的阁楼。一条窄窄的廊道从这房间一直通向客栈主人罗伊一家住的房子。客人们总是喜欢把马鞍挂在廊道两边墙上的木钉上，我就曾见过廊道两边的墙上挂满马鞍的场景。不过今天晚上，客栈里只有我和迪克斯两个客人。天很冷，我们进客栈时，路面已经被冻上了。客栈主人罗伊早在客栈中生了火。迪克斯坐在了火旁，我则越过他顺着梯子爬上了阁楼。看着我从走进客栈到爬上阁楼一路都提着鞍囊，迪克斯诡秘地笑了。不过他没说什么——实际上之前他也几乎没怎么说话。我和衣而卧，罗伊客栈床上铺的是麦秸垫子，上面覆着一张牛皮，夏天倒还能凑合，这个天气身上盖着厚厚的黑白格子手织毛毯还是难挡寒气。

把鞍囊枕在头下，我倒头就睡着了。突然，我醒了过来。迷糊间，我以为是阁楼里点了蜡烛，却发现是楼下的火光从地板缝儿透了上来。向上拉了拉毯子，我躺在那儿看着这亮光。看着看着，我就有些疑惑：楼下的火为何还烧得这么亮呢？迪克斯应该早就出发了，按理说最后一个离开的人应该把火灭掉的。楼下静悄悄的，火光透过地板缝直直地照上来。

我一下子就想到可能是迪克斯忘掉灭火了，我得下去将火灭掉，罗伊睡觉前还警告我们得注意火来着。我裹着毯子从床上爬起来，整个身子趴在地板上，顺着透光的裂缝向下望去：用来生火的山核桃木已经燃成了灰烬，像烧红的煤块一样闪闪发光。

迪克斯双手竭力向前伸着，身子蜷曲着站在火前，一副冷入骨髓的样子。然而，他那火光照耀下的脸庞却是满头大汗。我永远也忘不了他当时的样子：眼窝深陷，嘴咧着，牙齿紧绷着，在我印象中被毒鼠碱药死的狗就是这个样子！

我趴在地板上向下看着：迪克斯身体里似乎隐藏着一个强大的恶魔，正在竭力让迪克斯的脸庞化成自己的样子。我彻底被吓呆了——他的脸像是用塑料做的可以任意扭曲，脸上大汗淋漓，身子却很冷。他蜷曲着身子往火边凑，双手竭力向前伸，然而他的身体似乎化成了寒冰，热量根本无法进入，他感觉不到丝毫暖意。

似乎即便火把他烧焦他也会觉得冷似的——这种寒冷让人害怕，让人绝望！我几乎能闻到他身上冒出的焦味，然而寒冷犹如恶魔，不可战胜。看着看着，我自己也浑身颤抖起来，即使身上裹着厚厚的毯子也没用。

这诡异的情形比女人生孩子的场景更让人觉得不寒而栗。屋子里火光熊熊，毫无动静，万籁俱寂。迪克斯脱掉了靴子，一言不发地在火前扭曲着身子，活像惊悚故事里被药物控制、改造的怪物。我想迪克斯肯定会把自己活活烧死的，他的衣服好像都冒烟了。他怎么会这么冷呢？

好在，这诡异的情形很快就结束了！刚开始他低着头，脸朝着火光，我看不到。突然，他平静下来了，回到了屋子。说实话，我真的害怕看到他！我不知道我想看到什么，我不认为进来的人还会是以前的迪克斯。

好吧，是迪克斯，却不是我们大家所熟悉的那个迪克斯。以前的那个迪克斯看起来总是谦卑多疑、奴态十足；现在进来的这个人身上看不出一丁点这些弱点，反而是一脸坚毅果敢，不再拖沓懈怠，也不再贼眉鼠眼。只见他稳稳当当地站在地上，勇气十足。从来无所畏惧的我现在也有点怕他了！隐藏在奴颜婢膝、花招迭出的伪装之下的恶魔现在出世了，赋予他令人恶心的勇气。

很快，他开始在屋里快速走动起来。他望了望窗外，扒在门口听了听，轻轻地进入了廊道。我以为他这是要出发了，不过他怎么会把靴子脱掉放到火边呢？不一会儿，他手里拿着一块马鞍座毯轻轻地穿过屋子朝梯子走来。

我一下子明白了他想干什么，吓得一动不敢动。我想站起来，却浑身无力，只能躺在地板上竭力睁大着眼睛。听到他的脚已经踏在了梯子上，感觉到他的手似乎就要掐住我的喉咙，手里的毯子就要捂在我的脸上，我已经感受到了死亡前的窒息。就在这时，远处冻上的路面传来了一阵马蹄声。

迪克斯也听到了，在梯子上站住身子，恶毒的脸望向了门口。马从桥对面的长坡上，如被魔鬼驾驭般飞驰而来。这是一个漆黑难行的夜晚：冻上的路面坚硬如石，马蹄铁落在上面咔咔作响。在这样的夜晚骑马要么是疯子，要么就是为了自己的性命或是比自己性命更重要的东西。我听到马蹄踏在桥面上轰隆而至。迪克斯刚才一直在听着动静，这时他松开手从梯子上轻轻跳下来，穿上靴子，站在了火前，脸上还是流露出恶魔般的勇气。他刚站好，马就停在了门前。

我能听到勒缰绳止马前奔时，马蹄铁划开路面的声音。接着，门被猛一下推开了，阿布勒叔叔走进了屋子。我兴奋得快要窒息了，有好一阵子，我几乎什么也看不到——眼前的一切都雾蒙蒙的。

阿布勒叔叔扫了屋子一眼，狠狠地握了下拳头说道："感谢上帝，还好赶上了。"

"赶上了什么？"迪克斯问道。

阿布勒叔叔打量了一眼迪克斯，肩膀上的肌肉一下子绷紧了，又仔细看了几眼，才怪异地问道："是你吗，迪克斯？"

"不是我还能是谁？"

"也有可能是魔鬼啊，"阿布勒道，"你知道自己现在的脸是个什么样子吗？"

"有关系吗？"

"哈，你这张脸看起来还真是勇气十足呢。"

迪克斯猛地抬起头说道："喂，阿布勒，你这种牛气哄哄的样子我受够了。你作死一般骑马冲进这里，你到底犯什么病了？"

"我没什么毛病，"阿布勒低声说道，"不过，迪克斯，你的毛病可不小。"

"你是着魔了吧。"迪克斯打量着阿布勒说道。他没发作倒不是因为害怕，现在他无所畏惧，我觉得没发作是出于谨慎。

阿布勒的眼睛亮了，他的声音却还是一贯地低沉、平和："你可真是大言不惭。"

"随你怎么说吧，"迪克斯说道，"你先出去让我过去！"

"先别急，"阿布勒说，"我还有话同你说呢。"

"你说吧，先出去。"

"急什么呢？离天亮还早着呢，我要说的话老长呢。"

"那就不要跟我说了，我得连夜赶路呢，先出去。"

阿布勒没有动，说道："迪克斯，你今晚要走的路比你预想的可还要长呢，不过还是听我把该说的话说完再上路吧。"

我看到迪克斯站起了身。我知道他想要什么：一件武器或是一身能够和阿布勒对拼的钢筋铁骨。然而，他两样都没有，就只能站在那儿低声咒骂——极端恶毒、狠厉的诅咒就像一柄柄飞刀嗖嗖地向阿布勒叔叔射来。

阿布勒叔叔饶有兴趣地望着迪克斯，有点惊奇。

"真奇怪，"他仿佛在自言自语，"不过也说得通。没有信仰就没有勇气，一旦一个人选择了是要信仰上帝或是魔鬼，就会从他信奉的主那里得到勇气。"

接着，他就对迪克斯喝道："坐下！"十里八村的山民都知道一旦阿布勒叔叔用这种平淡、低沉的声音说话时，你就得马上做出决定，因为阿布勒肯定言出必行。迪克斯也明白这一点，不过一刹那，他还是站住了，嘴角扭曲，眼睛像黄鼠狼一样闪闪放光。他不怕！要是有那么一丁点儿机会对付阿布勒，他也会毫不犹豫出手。可惜一点儿机会也没有，他只好咒骂着将马鞍座毯丢到了屋子的一角，在火边坐了下来。

阿布勒叔叔这时也从门边走了进来，脱下了厚厚的外套，往火里又加了一根山核桃木，他也坐在了壁炉旁，与迪克斯正对面。新加的木柴在火中噼啪作响，两人却坐在壁炉两边，很长时间相对无言。

阿布勒叔叔似乎一直在研究面前的这个人，最后他终于开口道："迪克斯，你相信上帝的旨意吗？"

迪克斯猛地抬起头。

"阿布勒，"他大声说道，"你要是打算同我说这些废话，我可坚决不会待在这儿听你胡说八道的。"

阿布勒叔叔没有立即回应，而是转到了另一个话题。

"迪克斯，也许你会说你一直霉运连连……"

"唉，阿布勒，你可算说对了，我是倒霉到底了。"

"倒霉到底了，"阿布勒说道，"这话我信。你的合伙人卷走了河对岸所有牧场主的钱，打官司又让你失去了土地，那可是一大片土地啊，还有就是今晚你身上一个子儿也没有。话说，当初你是从哪儿弄来那么一大笔钱的？"

"我已经说过一百遍了，我是从山那边的亲戚那里借来的。这你是知道的啊。"

"是的，迪克斯，"阿布勒说道，"我知道你这钱从哪儿来的，还有一件事我也知道。不过，你还是先看看这个吧，"说着，阿布勒从口袋里掏出一个小折叠刀，"迪克斯，我想对你说我是相信上帝的旨意的。"

"你信什么关我屁事。"迪克斯说道。

"不过我知道些什么你肯定关心。"

"你知道什么？"

"我知道你的合伙人在哪儿。"

我猜不透迪克斯听到这话会是什么反应，不过他最终只是嗤笑一声，说道："这么说你知道一些别人都不知道的事情？"

"不，还有一个人知道。"

"谁？"

"你。"

迪克斯俯下身子，仔细地盯着阿布勒，大声说道："阿布勒，你这是在胡说八道。谁也不知道阿尔凯尔在哪儿，我要是知道早去追他了。"

"迪克斯，"阿布勒还是那副低沉、平和的语气，"迪克斯，我敢说，要是我再晚来五分钟，你就追他去了。听我说吧！在内地，我听说你要找合伙人，在回去的路上走到大伊伦这地方时，我的一条马镫皮带断了，没有刀子修，我只好到一家店买了这把刀。店主告诉我说阿尔凯尔已经去找你了。我不想碍他的事儿就又折返回去了……就这样，我没有成为你的合伙人，也就没有失踪……是什么阻止这一切的？是那条断掉的马镫皮带？还是这把刀？迪克斯，古人很盲目，上帝得让他们睁开眼睛，他们才能看到眼前上帝的使者……现代人依旧很盲目，不过也不至于如此盲目吧……唉，在阿尔凯尔失踪的那天晚上，他在去你家的路上遇到了我。就在那边的那座桥上，他的一条马镫皮带断了，想用钉子钉起来。他问我有没有小刀，我就给了他这把刀。当时天开始下雨了，我就继续上路了，只留他一个人手拿着小刀在路上。"

阿布勒叔叔停了下来，下巴上的肌肉绷紧了："上帝请原谅我！这又是您的旨意！此后我再也没有见过阿尔凯尔。"

迪克斯说道："此后谁也没有见过他，他那天晚上就逃到山外去了。"

"不，"阿布勒说道，"阿尔凯尔不是晚上出发的，而是白天出发的。"

"阿布勒,你说这话可真蠢。要是阿尔凯尔白天走在路上,肯定会有人见过他的。"

"不会有人在他走的那条路上见到他的。"阿布勒说道。

"哪条路?"

"迪克斯,一会儿你就知道了。"

阿布勒严厉地盯着迪克斯,接着说道:"他出发时你是亲眼看着的,那你有没有看到有什么人跟他一起走?"

"没有,他是一个人骑马离开的。"

"并非是他一个人,还有另外一个人。"

"我没看到。"迪克斯说道。

"可是,是你让他和阿尔凯尔一起走的啊。"

我看到迪克斯脸上浮现出了狡猾的神色。他是有些迷惑,不过他觉得阿布勒是在故意诈他。

"是我让他和阿尔凯尔一起走的,是吗?好吧,他是谁?你看到他了吗?"

"没人看到过他。"

"那他是个外乡人了?"

"不,他在这片山区骑马纵横的时间可比我们早多了。"

"是吗,"迪克斯说,"他骑的是什么样的马?"

"白马[1]！"阿布勒说道。

迪克斯有点儿搞明白阿布勒的言外之意了，他一下子被气得脸色铁青。

"你想说什么？"他大吼道，"你在这里旁敲侧击是想做什么？要是知道些什么就讲出来啊，让我也听听，到底你都知道些什么？"

阿布勒伸出他强健的手臂，仿佛要把迪克斯推回到椅子里。

"听好了，"他说，"那次之后又过了两天，我又骑马去十里乡，路经你家的土地。你家房子西边有一条狭窄的山谷，山谷中间有一条小径蜿蜒穿过。小径上有一株苹果树引起了我的注意。我驻足观察了五分钟，搞明白了苹果树下发生过什么事儿……有人骑马在这苹果树下驻足，后来应该是发生了什么事，马跑掉了——小径上的马蹄印可以说明这一点。马上是有骑手的，因为苹果树上稍高处的一根枝条被折断了。马儿曾在苹果树下停留过，一大堆嫩枝掉落在了小径上。这马是受惊跑掉的，可以看出地上的草皮是在马儿跃起的时候，被马蹄蹬开的……又观察了十分钟，我看出马儿逃跑的时候，骑手已经不在马上了。这件事就发生在前一天。我是怎么知道这一点的呢？

---

[1] 这里指开始于欧洲16世纪基督教自上而下的宗教改革运动，该运动奠定了新教基础，同时也瓦解了从罗马帝国颁布基督教为国家宗教以后，由天主教会所主导的政教体系。

"听好了,我一边骑马顺着马蹄印前进,一边观察着路面。很快,我就发现小径旁的杂草有被压过的痕迹,好像有什么动物在那里躺过。而就在那片痕迹的正中央,我居然看到了一小堆新鲜的泥土。迪克斯,这也太奇怪了,动物躺过的地方怎么会有新泥土呢?这堆泥土一定是在动物起身之后才出现在那里的,不然肯定会被压平。不过这新土是从哪儿来的呢?

"我从马背上下来,绕着苹果树向周围搜寻。最终我发现了一个蚁穴,蚁穴顶部的泥土似乎被人铲走了。于是,我又返回,从那堆新鲜泥土上抓了一小把。下面的土块儿好像被染上了'红漆'……不,那不是'红漆',而是鲜血。

"五十码外有一个木栅栏,我走过去,顺着木栅栏往前走,苹果树另一边的草也被什么动物卧过了。我在那地方坐下来,眼睛透过木栅栏瞄着苹果树上的一根枝条。之后我又重新上马继续沿着马蹄印走,发现刚才眼睛瞄过的虚线正好能穿过我的胃!而我比阿尔凯尔高有四英寸。"

听到这儿,迪克斯开始咒骂起来。在阿布勒叔叔讲述时,我能发现他的脸又扭曲起来,脸上重新变得大汗淋漓,不过他的勇气还没有消失。

"啊,上帝啊,"他大声说道,"你这故事拼凑得真不错!真像一个大律师在慷慨陈词啊！就因为我的佃户杀了一头小牛，一匹马见到血惊跑了。他们用土把血迹盖上，免得其他马经过时也会受惊，结果就成了我开枪把阿尔凯尔从马上射杀了！嘿！真是一派胡言！我的阿布勒大律师，依照你刚才精彩的小结论，我把阿尔凯尔杀死后又把他的尸体怎么着了呢？是用硫黄把他烧成了一阵青烟消散在了空中，还是我让大地裂开，将他丢了进去？"

"迪克斯，"他说，"你说的有点儿接近真相。"

"承蒙夸赞，"迪克斯大吼道，"要是我会这魔法，我发誓你早就被丢到地底去了。"

阿布勒默然许久，才接着说道："迪克斯，一块地被重新种上草意味着什么呢？"

"你是在打哑谜吗？"迪克斯大声说道，"好吧，我要回答不出岂不是被你难住了。你先是控告我谋杀，现在又抛出这样精心设计的谜题。阿布勒，这谜题的谜底会是什么呢？要是某人杀了人，这块草地下肯定是坟墓了，阿尔凯尔肯定穿着血衣躺在里面，我说的对吗？"

"不对。"阿布勒应道。

"不对？！"迪克斯大吼道，"这块被种过草的地下没有坟墓，阿尔凯尔也没有躺在里面等着加百列[1]大天使鸣喇叭！哼，那你该死的结

---

1 基督教《圣经》中提到大天使，在最后审判中负责鸣喇叭以示死人的复活。

论又是什么呢？"

"迪克斯，"阿布勒说道，"至少在这点上你没有骗我：阿尔凯尔没有躺在坟墓里。"

"那就是被人用硫黄烧成一阵青烟消散在空中了？"迪克斯反唇相讥道。

"不是消散在空中。"

"那就是像邪神巴力的牧师们一样被火烧成飞灰了？"

"也不是被火烧成飞灰了。"阿布勒说道。

这一番插科打诨让迪克斯又恢复了阿布勒刚进门时的波澜不惊。

"你说的全是蠢话，"他说，"要是我杀了阿尔凯尔，那他的尸体在哪儿呢？对了，还有那匹马！那匹马又被我弄到哪儿去了？要知道，打那晚阿尔凯尔骑马出山之后，就没人再见过他本人或是他的马。你看，阿布勒，你问了我这么多问题，现在我也有一个疑问：在你得出的小结论中，我做这事是我一个人干的，还是我有帮手？"

"迪克斯，"阿布勒回答道，"要我说，我相信你没有帮手。"

"那么，"迪克斯道，"我怎么运走那匹马呢？就算我能搬得动阿尔凯尔，那匹马可是有一千三百多磅重啊！"

"迪克斯，"阿布勒说道，"虽然没有人帮你做这事儿，可是有人帮你隐藏。"

"是吗，"迪克斯大声说道，"那这个人一定是疯了！我倒要问问你，有谁值得我信任做这种事情？要是找佃户帮忙，他要是换租别人的土地或者喝上一夸脱苹果酒，还不四处宣扬吗？你说我的帮手又在哪里？"

"迪克斯，"阿布勒说，"你的帮手已经死了五十年了。"

我听到迪克斯大笑起来。他邪恶的面孔泛着亮光，仿佛后面有支燃烧的蜡烛似的。实际上，我觉得他已经把阿布勒问得哑口无言了。

"上帝啊！"他吼道，"证据可真充分，真奇怪，你怎么没把我绞死？"

"你确实该被绞死。"阿布勒说道。

"好吧，"迪克斯大吼道，"去告诉治安官吧，记得展示你那精致的小结论：从马蹄印和屠杀小牛的地方你得出阿尔凯尔被杀的结论，至于如何隐藏尸体和马，你的推测是在我出生前，骨头已在坟墓里腐朽的人帮我完成的。我倒要看看治安官怎么相信你！"

阿布勒没有在意迪克斯这番尖刻的话语。他掏出大银表，打开表盖，看了一下时间，然后用低沉、平淡的声音说道："迪克斯，已经快到午夜了，一小时之内你必须得出发了，我还有些事要告诉你。听好了！其实前一天我就已经知道了事情的真相：我遇见阿尔凯尔的那天晚上下了雨，蚁穴上的泥土是在雨后被铲走的。而这堆土上过冻，这说明这堆土是在晚上之前就堆在那里了。我知道骑马的人是阿尔凯尔，因为小径旁的断枝边上就放着我的那把小刀,应该是他掉落的。看出这些东西我花了十五分钟,其他的一些线索我花的时间更多些。

"我沿着马蹄印来到了下面的小山谷。马跑的时候会踢开草皮,跟踪马蹄印是很容易的,不过马不跑的时候,我就追踪不到什么蹄印了。山谷里有一条小溪蜿蜒而过。我从树林处沿着小溪顺流而上,想找到马儿过河的地方。终于我又找到了马蹄印和一个人的足迹,也就是说你捉住了那匹马,拉着它离开了。你们去了哪里呢?

"在上面的山丘上有一片果园,那里曾经有一座小屋。那屋子大概有一百多年了,现在已经坍塌了。你把这片果园和牧场连在了一起。我翻过那一座山,最后进入了果园。距房屋废墟几步远的地方有一块平坦的、覆盖着苔藓的大石头。我注意到石头紧挨地面一侧的苔藓被破坏了。离石头几英尺远的地方,有一块土地是被重新种过草的。我走过去,掀开一块新植的草皮,下面的土地……已经被'红漆'完全浸透了。

"迪克斯,重新植草皮这个点子确实够聪明,要掩盖你杀马的地方,这个方法既省力又有效。不过你也够蠢的,你难道忘记了石头下面被弄坏的苔藓可是无法被修补的吗?"

"阿布勒!"迪克斯大叫道,"别说了!"我看到他又开始冒汗了,脸扭曲得就像是被揉捏过的面团,吓人的寒冷又使他浑身发抖。

"两次，"阿布勒说道，"上帝的使者站在我面前，我一无所知，直到第三次，我才知晓。上帝的显灵不是靠狂风呼啸，也不是靠波涛咆哮。以色列的那个人也只是得到了牲畜不能再往前的小小启示罢了，而我得到了两次启示。今晚，马克斯在经过我家门口时马镫上的皮带断掉了，他把我叫到门口，向我借一把小刀修理马镫。这次我看到了上帝的使者，于是赶来了。"

阿布勒之前添进壁炉里的木柴也烧完了，只留下一堆余烬，屋子里满是单调的火光。迪克斯早站起身来，蜷曲着身子往火边凑，双手竭力向前伸着，一副冷入骨髓的样子，身上冒着烧焦的味道。

阿布勒也站了起来，以一种浑厚、威严的声音说道："迪克斯，你掠夺了那些牧场主，枪杀了阿尔凯尔，你还想杀一个孩子！"

接着，我看到阿布勒袖子开始挥动起来，好一会儿才停住。他站在那儿盯着靠墙的什么东西，我想看清是什么东西，可惜看不到。阿布勒的目光移到墙那边，似乎那东西已经离开了。

迪克斯则一直冷得发抖，在壁炉前蜷曲着身子使劲儿往火前凑。等他退回来时——他又变成了我所熟悉的迪克斯：懈怠的神情、偷偷摸摸的眼神、十分惊恐的样子。

迪克斯低声呜咽的声音惊醒了阿布勒。他伸出手，使劲儿搓了一把脸，看着这个一脸谄媚、惊弓之鸟般的家伙。

"迪克斯,"阿布勒说道,"阿尔凯尔是一个好人,虽然没有躺在墓园里,但和他的马一起躺在那个废井里也是令人安心的。我不宜出手,你可以滚开了。上帝可是说过的,伸冤在我,我必报应[1]。"

"可是,阿布勒,我能去哪里呢?"迪克斯哭嚎道,"我身上冷,又没有钱。"

阿布勒掏出他的皮夹,扔向了大门。

"这里面有钱,"他说道,"一百美金,那儿是我的大衣。滚吧!要是我再在这山区附近看到你,或者再让我找到你,我发誓会把你活活踩死的!"

我看见这恶心的东西拱入阿布勒的外套,抓起阿布勒的钱夹,溜出了门。没过几分钟,我就听到了马嘶声,之后我又爬回到牛皮毯子上了。

第二天早晨我从阁楼下来时,看到阿布勒叔叔正在壁炉旁读着他的那本《圣经》。

---

[1] 语出《圣经·希伯来书》第十章第三十节。

上帝的旨意

这是县集的最后一天，我和阿布勒叔叔正站在人群的外围观看着一场江湖杂耍。

一辆小马车前面起了一座高台，一个吉卜赛打扮的小姑娘双臂平伸立于台上。人群中一个老人站在椅子上朝着小姑娘投掷着一把把尖刀，小姑娘的身体周围很快竖起了一座尖刀篱笆。这女孩儿年纪不大，几乎还是个半大孩子；老人年纪很大了，不过却仍然精神矍铄、孔武有力。老人脚穿木鞋，下身是一条破旧的紫色丝绒裤，腰系红腰带，上身穿着一件白衬衫，领口敞开着。

我看着这老人，他的飞刀绝技令人着迷。老人的眼睛似乎一直在打量着从马车前走过的人群,一把把尖刀却还是丝毫不差地紧贴着女孩的身子插在其身后的木板上。

我的心神完全被掷刀的老人吸引了,阿布勒叔叔却只是打量着那女孩。他仔细地端详着女孩的脸,表情有些怪异,时不时地,他会抬起头、眯着眼,眼神空洞地掠过人群,仿佛在回想着什么。之后他的目光又会停留在这个一头黑色卷发、身边插满尖刀,在杨木板前瑟瑟发抖的女孩脸上。

这时,父亲鲁弗斯过来找到了我们:"你看到布莱克福德了吗?我有事找他。"

"没有,"阿布勒叔叔答道,"不过我想他应该在这儿的,有啥热闹会少得了他?"

父亲接着道:"我昨晚把牛钱寄给他了,也不知道他是否收到了。"

听到这个,阿布勒叔叔开始数落起父亲来:"鲁弗斯,你怎么总是冒险和这恶棍打交道,总有一天你会被他抢劫的,他的土地都被抵押出去了。"

"啊,"父亲开心地笑了,"这一次我不会被劫的。我这儿有布莱克福德亲笔签名信,信中说这签名信就是付款凭证。"说着他从口袋里掏出一个信封递给了阿布勒叔叔。

阿布勒叔叔拿过信读了一遍,把信纸摊平,眯着眼睛、噘着嘴又仔细地读了一两遍。读完后他看着我父亲的脸说道:"这信不是布莱克福德写的!"

"不是他写的!"我父亲叫了起来,"哎呀,这聋子的字迹我了如指掌。他的字我一笔一画都认得,他的签名一折一弯我都熟悉。"

可阿布勒叔叔还是摇头。

父亲恼了,道:"胡说八道!这集市上我能随便找来上百人发誓声明这封信一笔一画都是布莱克福德亲手写的,即便他亲口否认也没用,哪怕摩西和其他先知们都来支持他也没用。"

阿布勒紧盯着父亲的脸说道:"鲁弗斯,这信确实是天衣无缝。每个字母、每一笔、每一画、每一点、每一弯都仿佛出自布莱克福德之手。山里每个放牧者都会手按着《圣经》发誓说这是布莱克福德亲手写的。布莱克福德自己也无法分辨这笔迹和他自己的有何区别,更遑论他人了。然而,这聋子真的没有写这封信。"

"好吧,"父亲说道,"布莱克福德从那边过来了,我们去问问看。"

然而他们却没能问成。

我看到那身材高大的聋子大摇大摆地穿进人群走到了玩杂耍的马车前。这时一个意外发生了:那老人站着的椅子突然坏了,他身子向前摔倒,手里拿着的尖刀向下直插入聋子的身体,就像插进了一块奶酪。等我们把聋子扶起时,他已气绝身亡了——刀尖穿胸而出,刀柄夹在了沾满鲜血的大衣里。

我们把他抬进了农产品大厅里，放置在获奖的苹果和南瓜中间。然后赶紧把乡绅伦道夫从牛市喊来，也带着玩江湖杂耍的老人赶到了他面前。

伦道夫趾高气扬地坐了下来，仿佛他是全世界唯一的审判官。听取了证人证言后，他判定这场悲剧是一次意外事故。只是这意外让人不寒而栗，它就像《圣经·列王纪》中上帝的复仇——迅猛致命而又无法预见。一个走在人群中的人不可捉摸地被剥夺了生命。这么多人偏偏是布莱克福德遇难而亡，这选择很神秘，令人惊惧。我们不由得放低了声音，人这一生是多么的脆弱，我们所见又是何其有限！

然而这一切又像是设计好的，是按着我们笃信的《圣经》信仰走的。布道台上，这聋子经常会被作为例子警示他人。他是一个运牲口的，而且生活放荡不羁。赞美诗中描述的所有恶行他都很在行。他在很多方面就像是一个以实玛利人[1]，生活充满了苦难。他无妻无子，也无亲无故。山区里每个主妇都认定他肯定没什么好下场，注定会很快遭遇横死下地狱。布道者说他会很快下地狱，而这个秋日的早晨，整个世界像伊甸园一样美好，他却很快横死了。

---

1 以实玛利人被认为是以实玛利的后裔，《圣经》旧约时代居于荒漠的一民族，被逐出者。

他躺在一堆谷物水果中间,完全符合预言中的结局,即便是那些曾经一度做出如此预言的人也目瞪口呆。他们没料到上帝的行动会如此迅速,吓得说话声音都小了起来,走路也跷着脚小心翼翼,生怕上帝的使者就像站在耶布斯人阿珥楠的禾场[1]前般站在这大厅的入口。

伦道夫也没有办法,只能认定这是一个意外事故准备让老人离去。他站在桌子后面,大声斥责老人,说这样的营生实在是太危险了。这杂耍老人像吓呆了一样只是傻傻地站在那儿听他呵斥,小女孩则一边大哭一边紧紧抓着这乡巴佬的手。伦道夫指着小女孩对老头说,再这样总有一天他会害死这小女孩的。他打着手势,气势十足地严禁老人再干这行。杂耍老人答应会把刀都丢到河里,去做点别的营生。接着伦道夫用说教的口吻讲了半个小时事故法,引用布莱克斯通爵士和奇蒂先生的论述,说根据某个法律定义,将此事定性为上帝的旨意,说完他就站起了身。

我的叔叔阿布勒一直肃然站在门旁,看着这一切,脸上面无表情。老人摔倒时,他穿过人群走到了坏了的椅子旁,从布莱克福德身上拔出了那把刀。不过他并没有帮忙抬尸体,而是一直站在门边,高大宽厚的肩膀耸立在众人之上。伦道夫出门时在他身边停了下,吸了口鼻烟,

---

[1] 以色列人建造耶路撒冷圣殿的根基,原来是阿珥楠弟兄两人堆放禾捆的禾场,象征着兄弟友爱。

用彩色大手帕捂着嘴问道："啊，阿布勒，你同意我的结论吗？"

阿布勒答道："你说这件事是上帝的旨意，这点我赞同。"

"这是事实，"伦道夫仿佛身在法庭上，开始夸夸其谈起来，"立法者在探讨侵权行为时将洪水、地震和龙卷风等人们无法预见的神秘伤害也归入此类。"

"啊，这些立法者也真是愚蠢，"阿布勒应道，"我也可以说这些伤害行为是魔鬼的旨意。我不相信上帝会使用天气因素来伤害无辜。"

"嗯，"伦道夫说道，"立法者不是神学家，即便格林利夫先生很虔诚，奇蒂先生很敬畏上帝，科克、布莱克斯通阁下和马修·黑尔爵士对圣公会教都很尊敬顺从。他们将伤害依据其法律上的可诉讼程度进行了非常精细恰当的划分，有些伤害他们认为是上帝的旨意，我还没有发现他们说过什么伤害是魔鬼的旨意。法律是不认可魔鬼的权威与统治的。"

"要那样的话，"阿布勒答道，"那就说明法律是个睁眼瞎。对于任何法令，魔鬼的旨意其实都在起作用。"

门口有人笑了起来，要不是屋里放着死人，估计就要大笑出声了。

伦道夫怒了，狠狠地吸了一口鼻烟，转开了话题："阿布勒，你认为这玩杂耍的老头会遵从他对我的许诺放弃这危险的把戏吗？"

"会的，"阿布勒答道，"他会放弃的，不过不是因为对你的许诺。"

说完他走到我父亲身边，抓住父亲的手把他带到了一边说道："鲁弗斯，我了解了下，你那收据是有效的。"

"当然是有效的，"父亲应道，"那是布莱克福德亲手写的。"

"好吧，"阿布勒说道，"他也没法活过来否认了，我也不会为他作证的。"

"阿布勒，你这话是什么意思啊？"父亲问道，"你刚刚说布莱克福德没有写这封信，现在却又说这封信有效。"

阿布勒答道："我的意思是说有权收债的人收到了钱，这就足够了。"

说完这话他就昂着头、背着手走入了人群。

当晚县集结束时就开始流言四起，人们对于布莱克福德之死议论纷纷。在骑马回家的人中，有一伙儿地下律师大言炎炎地说依据杰斐逊先生[1]颁布的继承法，由于布莱克福德没有亲属，财产会被政府充公。同时，他们还声称了解到布莱克福德的土地和牛群正好能还上他的债务，最多只余下一两块鹰洋给他买口棺材。冒充了一番律师，他们并没有因此住口，又开始断言如果事实正如他们的推测，具体应采取哪些法律措施。另一伙坐在马车里的预言家们，则纷纷召集证人证明自己某年某月某日曾预言过布莱克福德的结局。

1　这里指的是托马斯·杰斐逊（1743－1826），美国第三任总统，为美国开国三杰之一。

临近傍晚,集市的场地大多空置了出来。离家不远的人已经赶着牲口跟随人群离去了,牛圈和摊位全都被丢弃了。不过经常赶着一群获奖的牛到处赶集的父亲却命令我们再留宿一晚。这里离家太远,路上也太堵。父亲的牛像埃及神牛[1]一样神圣不可侵犯,不能容忍和马车挤在一起或是被醉汉撞到。

夜幕降临了。天上虽然无月,大地也并非一片漆黑,晴朗的星空中,一颗颗繁星就像田间的种子。我没有按原计划进铺着苜蓿干草和手工布毯的牛棚睡觉。我们这个年龄段的年轻人就像狗一样,就喜欢在人多的地方转悠。再说了,我也很想知道玩杂耍的老头怎么样了。很快,我就有了发现。

老头儿的马车停在场地边的树林里,紧挨着河,车门是关着的。马儿被拴在车轮上,正嚼着一小把干草。星光从树梢上透射下来,轮子上布满了阴影,车子背光的一侧一片黑暗。我走到林边,蹲坐在地上。这时我听见了脚步声,只见我的叔叔阿布勒走向了马车。他还是像在人群中那样,昂着头,背着手,像是在思考着什么谜题。他走到台阶上,握起拳头在门上敲了敲,听到了有人应答就进入了马车。

我实在是难以抑制自己的好奇心,就悄悄溜到了马车背光的一侧。我的运气很不错,马车上有一块饰板因为路上来回颠簸有点开裂了,

---

[1] 古埃及人有着对牛的崇拜,认为强力的公牛是国王人格的体现。

正好便于我站在车轮上往里窥探。只见马车里面一块木板铰接在车板壁上充当桌子，老人就坐在这桌子后面。他的尖刀用绳子串在一起丢在旁边的地板上，桌上放着几捆旧书信和一支蜡烛。小女孩躺在马车另一头的铺位上已经睡着了。阿布勒叔叔进来时，老人站了起来，在治安官面前他是一脸的迟钝、呆傻，现在看起来却很是机警、精明。

"先生的光临让我深感荣幸。"老人话语间却带着疑问的口气，毫无欢迎之意。

"没什么可荣幸的，"阿布勒叔叔并未脱帽致意，站在那儿说道，"也许只是帮你个忙罢了。"

"这可真稀奇，"杂耍老人冷淡地回道，"这儿还没有人帮过我呢。"

"您可真健忘，"阿布勒叔叔说道，"治安官今天可帮了你个大忙。你的命难道不值钱吗？"

"先生，我的小命很安全。"老人说道。

"我想你的小命已经遭过险了。"阿布勒针锋相对地道。

"那先生你是在质疑治安官的决定了？"

"不，"阿布勒说道，"我想这是伦道夫做出的最明智的决定。"

"那先生你又为何说我的小命有危险？"

"呵呵，"阿布勒答道，"又有哪个人的小命不是有危险的？又有哪一天、哪一时我们的小命没有危险？放眼整个地球，可有哪个地方是毫无危险的？又有哪个人一早醒来可以断言说自己这天有没有危险？白天也好，黑夜也罢，不管人是否主动追寻，危险无时无处不在。今天布莱克福德路过你身边时会想到自己有危险吗？"

"啊，先生，"老人说道，"那是一个可怕的意外事故！"

阿布勒叔叔拿起一把凳子，在桌边坐了下来。他脱下帽子放在膝盖上，眼睛看着地板，问道："你信上帝吗？"

我看到那老头用手抚了下前额，食指画了个十字，说道："是的，先生，我信。"

"那样的话，"阿布勒回道，"你就几乎不会相信有什么意外了。"

"先生，当我们有什么事搞不明白时都会这样说。"

"有时我们会用一个更恰当的词，"阿布勒说道，"看，今天伦道夫弄不明白布莱克福德的死因，他就说这是'上帝的旨意'。"

"谁知道呢，"老人说道，"上帝的旨意有时不也没人发现吗？"

"并非每次都为人所知，"阿布勒叔叔手托着下巴，默然许久才接着说道，"今天这件事我有所发现。"

杂耍老头走到桌子对面的凳子边，坐了下来，问道："先生，你发现了什么？"

"我发现你为了一件事在冒生命危险。"

"什么危险？"

"你可是来自欧洲南部,"阿布勒叔叔说道,"难道你忘了一个人杀了人,还是会有其他人威胁到凶手的?"

"可这个布莱克福德没有亲人为他报仇啊。"杂耍老头说道。

"看来你在杀他之前就知道这点了。不过,虽然你很小心了,人群中还是有个站在治安官面前的人可以决定你的小命,只是没有开口揭穿罢了。"

"那么,这个人——他为何没有说出来呢?"杂耍老头看着对面的阿布勒问道。

"告诉你吧,这个人不说出来是因为担心法律的正义和上帝的正义会冲突。上帝的正义如果是一块布,那就是由很多条线织就的。今天我看到三条线在织布机上穿梭,我不敢碰,生怕干扰了织者的工作;我看到人们目睹一场谋杀却一无所知;我看到一个孩子看到亲生父亲却对面不识;我看到一封信有着一个人的笔迹却并非本人所写。"

杂耍老头的脸并没有因此变得煞白,而是一脸严肃果决,黝黑的皮肤下肌肉如绳结般隆起。

"你有证据吗?"他问道。

"都在这儿呢,"阿布勒说着弯下腰,提起那一捆刀,解开绳子,将之平铺在了桌面上。他从中找出了那把已经拭去布莱克福德血迹的凶刀,说道:"伦道夫检查了这把刀,却没有检查其他几把。他以为这些刀都是一样的,其实不是的。其他几把刀都很钝,只有这把如剃刀般锋利。"

他从桌上提起一张纸,轻轻一划,纸就一分为二了。他把刀又放回桌上,望着马车另一头,说道:"这孩子的脸我开始还不确定像谁,直到布莱克福德的脸被死神的手抚平,我才一下子明白了。至于说那封信……"

老人面容一下子抽搐起来,像是一根被拉紧的绳子,突然站起身嚷道:"别说了!别说了!"

一阵风吹过,干草枯叶在风中呜咽拍打着马车和我的脸庞。枯叶就像是一个幽灵无力地用手指甲抓着马车的饰板。我独自坐在黑暗中注视着这场悲剧,突然有些害怕。

阿布勒叔叔坐了下来。杂耍老头的双手一直紧紧地按在桌面上,他开口说道:"先生,把一个人领入地狱,自己能否逃离呢?是的,这孩子是他的女儿,她的母亲是我女儿,而我亲手杀了他。他是不会说话,可用这些信他还是把我女儿骗到手了。"

说到这儿,老人停下来翻了翻那一捆用褪色丝带捆扎的发黄信封。

"她像其他女人一样总是轻信这些鬼话。先生,如果你是我你会怎么做?诉诸法律吗?你们的法律只会施舍给她一点点钱,然后把她赶出法院沦为人们下流的笑柄。该死的!先生,法律不该是这个样子的。

我了解法律，我父亲我爷爷，你父亲你爷爷都了解。我女儿死去时，要不是因为这个孩子，我早就杀死他了。我会像影子一样跟着他来到这山区，我会用刀像杀猪一样把他肢解。只是那样一来，我也得上绞刑架，留这孩子孤苦伶仃一个人活在世上，于是我就又忍了下来。"

老人坐了下来。"先生，我可以等。我们国家的人都有一个共同点——有耐心。一旦我准备好了，就会动手杀死他。"

停了下，老人伸出手，手心向上放在了桌面上。这只手很奇妙，富有生气。

"你很有眼力，先生，其他人都是睁眼瞎。他们以为这只手会让我失望吗？虽然灵巧的人制造出来的机器精确得让人惊叹，但任何一台机器都没有训练有素的手精确。先生，我可以用针在你身后的门上画一条线，然后闭上眼睛，把刀插进这条线上的每一个转折点。哎，先生，布莱克福德大衣上粘了一根稻草——可能是路过某个马厩时掉在他身上的。他穿过人群时我就瞄准了这根稻草，最后用飞刀把这根稻草从中间一劈为二。

"先生，那么……"

然而我叔叔却阻止了他，说道："还不到时候呢。我关心的是活人而不是死人。我要是只关心死人，今天早就说出来了——我还要为活着的人考虑。你为这孩子做了什么？"

老人脸上浮现了柔情："我满怀慈爱地把她抚养长大。很幸运，我为她争得了遗产。"

他停下来指了指那捆信，说道："先生，你进来时，我正要把这些信烧掉呢，现在它们已经完成了自己的使命。我想我可能会用到布莱克福德的笔迹，所以就开始练习。先生，你们这些一般的伪造者，手未经过训练，伪造东西往往只花一天，或是一星期练习。我的手随心所欲，却还是花了一年又一年来一遍遍地练习每封信的每一个字。直到我能写出那人的笔迹，不是模仿，先生，就是那人的笔迹，完全是布莱克福德亲手写出的笔迹。这点很有用，因为我能让孩子拥有布莱克福德拥有的一切，除了债务，只要写一封信就可以了，没人能分辨出这不是布莱克福德的亲笔信。"

"我知道那信不是他亲手所写。"阿布勒说道。

老人笑了起来："先生，别开玩笑了。布莱克福德本人也无法分辨出来。我不行，任何一个人都不行。"

"确实如此，"阿布勒答道，"这封信是布莱克福德的笔迹，就像是他亲手写的一样。正如你说，这不是模仿，就是那人的笔迹，却不是他亲自写的。我看到信时就知道不是由他本人写的。"

老人一脸怀疑，道："先生，你怎么会知道？"

阿布勒叔叔从口袋中掏出了那封父亲收到的信，展开放在了桌子上，说道："我来告诉你，为何笔迹明明相同，我却知道布莱克福德没有写这封信。我的兄长鲁弗斯给我看过这封信，我读的时候发现有单词拼写错了。嗯，这本身倒没什么，这聋子并非每次都能完全正确地拼写，单词总是会有拼写错误。在旧的模式下，一个聋哑人学习写字，是要靠眼睛学习的。他写的单词都是通过眼睛看记得的，而不是通过听声音记得的。这样，他犯的拼写错误一定是视觉方面的错误而非听觉错误。在这方面他不同于任何一个有听力的人，因为有听力的人，不确定一个词的拼写时，会按照语音来拼，选的字母不是看起来像是正确，而是听起来像是正确的——比如把'c'误写成's'，把'u'误写成'o'——而世上没有一个聋子会这么做，因为他们不知道这些字母如何发音。因此，当我在这封信中看到有单词由于发音拼错，看到这人是按照语音来记单词，看到他将几个字母努力拼在一起暗示某个发音——我就知道这人不是聋子。"

老人没有回答，而是站到了我叔叔面前。他站得笔直，毫无畏惧，白色长发向后甩着，古铜色的喉咙露了出来。他抬起脸，眼神平静，就像古时候居住在神圣橡树上的德鲁伊[1]。

---

[1] 在罗马、希腊神话中意指森林女神，传说每一棵橡树都居住着精灵，而这些树精通过德鲁伊向人类传达神谕，因此后世的文学著作中德鲁伊通常以树精的形象出现。

我把脸使劲儿贴在开裂的饰板上，竭力听着他会说什么。

他说道："先生，我做了一件正义的事，不是凡人那样的正义，而是像上帝所行的正义。我小心翼翼、耐心十足地完成了每一步，从而在世人看来，就像是上帝的旨意。每个看到的人都很满意，除了你。你把背后的事情都翻弄出来了，那现在你必须为你所了解的东西负责。"

说着，他伸出手臂指了指熟睡中的女孩。

"这孩子该在无知的荣耀中长大，还是了解真相后下地狱？她母亲是什么样子，父亲是什么样子，我又是什么样子，她是否应该了解后蒙受羞辱？她是否该被剥夺继承权，从而不仅身份非法，而且不名一文？我是否应该上绞刑架，而她是否应该流落街头？这些事情都要由你来决定，因为是你要翻出这些被隐藏和掩盖的东西！我把这一切都交给你了。"

阿布勒站起了身，答道："我嘛，会把这一切交给上帝。"

夺宝者

我仍清楚记得那水手来到海菲尔德的情形。这也算是浪子归来——只是归来得太迟了,他没有受到童话中那样的热情款待。老桑代克·麦迪逊已经过世了,查理·麦迪逊身为唯一的继承人,见到二十年杳无音信的哥哥从船上突然归来可不会有多么高兴。

一个人如果失踪七年,法律就自动认定其死亡了,而达布尼·麦迪逊已被认定死亡二十年了。老桑代克依法将财产遗赠给自己活着的儿子时就认定他死去了,查理接受遗产时也认定他哥哥不在世了。

山区年轻人的想象力一下子被这传奇事件点燃了。黑奴们传说着每一个细节,要不是这件事本身已经足够精彩,他们肯定还会根据自己的想象进一步添枝加叶。

查理总是从早醉到晚,家里产业早已破败了。由老克莱伯恩和玛丽亚负责打理的黑人区距查理住的房子有半英里,老克莱伯恩每天把醉倒的查理抱到床上,之后才回到自己的小屋。到了早晨,玛丽亚会来帮他煮好咖啡。一句话说吧,查理的活法完全遵照着九十岁高龄去世的老桑代克。

事情发生在一个诡异的夜晚——狂风暴雨绕着宅子的立柱和烟囱呜咽嚎叫。这宅子坐落在河边高岸上,湍急如洪的河水在这里转了个急弯。风雨全力倾泻在房子上,老旧的木料嘎吱作响。

查理当晚又喝醉了,看到自己失踪的哥哥出现在眼前,他摇摇晃晃地站起身,叫了起来:"你不是达布尼!你是故事书里的一幅画!"说着他像是一个孩子在家里见了鬼般有点害怕地大笑了起来,"看看你的耳环!"

对于一个喝醉的人来说,能说出这个已经很不错了:如果一个人物从海盗故事中走出来,他就会像是这副打扮。

达布尼刚刚没有敲门只是提起门闩就进了屋。他像家族其他成员一样有着大骨架、鹰钩鼻,身着被海水玷污的水手服,脸像石膏一样苍白,头上紧紧裹着一块红布,耳朵上戴着大大的半月形耳环,肩上扛着一只水手箱。

这一切情形都是老黑奴克莱伯恩讲的。

达布尼小心翼翼地放下箱子，似乎里面有什么珍贵的东西。他开口说道："兄弟，看到哥哥高兴吗？"

查理双手紧紧地抓着桌子，目光有些迷离，张大着嘴，颤抖着说道："我没看到你。"说着他古怪地缩着下巴，扭向老黑奴问道，"我什么也没看到……是吧？"

达布尼走到桌边，拿起那瓶酒和一个酒杯，问克莱伯恩："克拉贝，苹果威士忌？"

我听这老黑奴讲这事儿不下千次了。他大声说是。这句话——短短的五个字就确认了来者的身份。每当讲到这段时，他就会拖着长长的鼻音哼唱起来："达布尼，我的主人啊！我的主人！多久没听你说：'克拉贝，苹果威士忌？'古怪的打扮也骗不了你的黑奴！听到这儿我就知道你是我的主人达布尼，哪怕你穿着以色列人的衣服！"

不过查理被老黑奴的话激怒了，他抓着桌子咒骂了起来："你不是达布尼！我知道你！你是老海盗拉菲特，你帮助过杰克逊将军在新奥尔良痛击过英国人。爷爷以前提起过你的事！"

说着他哭了起来，责怪爷爷不该把故事讲得那么生动，让他记得这么清楚，就连喝醉了这幻象还来烦扰他。接着他鼓起了勇气，拳头在桌面上颤抖着，说道："拉菲特，你吓不到我……我诅咒你！我见过比这更可怕的事：我见过魔鬼用铁锹挖坟墓，一只秃鹫一样大的牛虻站在五斗橱上，看着我向魔鬼喊道：'挖深些，我们得把老查理埋深一点儿！'"

老黑奴最后终于让他明白达布尼虽裹着红头巾，脸色煞白，看起来模样古怪，却真的是活生生的人。

之后查理愤怒地耍起了酒疯。"达布尼早死了——即便没死也该死了。"说着他冲向五斗橱找决斗手枪。他愤怒的喊叫声和酒醉的咒骂声在屋中回荡。这房子是他的！他才不会分出去。

这夜真是恶魔之夜。天亮时，老黑奴才把查理弄到床上，将水手像是客人一样安顿在了老桑代克的房间里，并为他在屋里生了火。

打那之后，查理安静得出奇。他那水手哥哥侵入了他的生活，他也忍住没发一言。要不是查理的行为有所暗示，达布尼也许会一直待在房子里。家里表面和平了，不过人们更觉得像是暂时休战。达布尼路过老房子时都很小心，他从不干涉查理对房产的所有权，也没人听他说过自己也该拥有这房子的产权。查理似乎总是手里拿着酒在盯着他，人也越来越沉默了。

据老黑奴克莱伯恩说，不知为何，达布尼现在就像是一只惊弓之鸟。他和一只猎犬有了交情，床头总是放着一支鸟枪，晚上这狗和他睡一个屋，白天他从不待在房子里。

人们看到他总是身着水手服,头裹红头巾,手拿望远镜,有时爬上河的高坡,有时又爬到树杈上瞭望。

我相信阿布勒叔叔也不止一次看到过他,我知道的就有一次。当时叔叔刚刚出席完县法庭的一次审判,骑马往家赶。达布尼则身着水手服,头裹红头巾,手拿望远镜,穿行在老房子那边高坡上深深的莎草中,阿布勒见到就把他叫到了路上。

见到阿布勒叔叔他不太高兴。他像一个备受管束的人,似乎很紧张。阿布勒叔叔同他说话时,他总是向前走三步,就又立马转了回去。于是阿布勒叔叔问道:"达布尼,你为何这样突然掉头走?"

达布尼停下了脚步,一时间他显得有些疯狂,有些恐惧,骂道:"这是我的习惯——该死的,阿布勒!"

阿布勒叔叔接着问:"你在哪儿养成了这样的习惯?"

"在一艘船上。"

"什么样的船?"

水手有些犹豫,最后叫了起来:"呃,阿布勒,不就是在加勒比和乾龟群岛[1]航行的那种船?"他的声音紧张、发狂起来,"那些船有的拥有宽敞的船舱,有的舱室很狭窄,只能在里面走上两三步。"

阿布勒叔叔大手托着下巴,盯着那人说道:"达布尼,你可是桑代

---

1 乾龟群岛(Dry Tortugas)是美国佛罗里达礁岛群的小群岛。

克·麦迪逊的儿子,住在这样的地方可真奇怪。"

"好了,阿布勒!你还想要知道什么?在那儿要么住狭窄的舱室,要么睡木板。在弗吉尼亚政府的保护下,做个绅士或是绅士的儿子当然很好,可是到了百慕大,背后被枪口指着,下面是沸腾的海水——我又能如何呢?"

阿布勒叔叔紧盯着那人,脸上的表情很古怪,说道:"清清白白地死也比上帝追着自己复仇要好得多。"

水手大声咒骂起来:"上帝的复仇!"

"上帝的复仇!"他笑了起来,道,"我才不在乎上帝追着我复仇呢。老朱尔斯和该死的英国佬巴雷特追着你复仇才会让你如坠冰窟。上帝的复仇算什么!哼,阿布勒,牧师在教堂里祷告几次就能把那杂种或是烂鼻子的英国佬赶走吗?"

他似乎陷入了愤怒之中,言语乖张,像是丧失了理智。

他大声说道:"西班牙不是弗吉尼亚!那里的人生活得一点儿也不绅士,抢劫和谋杀不是绅士们的消遣。西班牙不安全,弗吉尼亚就安全?可有什么地方真的安全?阿布勒?你倒是说说看!"说完他就又冲入深深的莎草中去了。

于是乎,嘴里叼着一把弯刀的邪恶法国人以及一个喝着朗姆酒,拿着一把曲柄手枪的烂鼻子家伙在人们的想象中与达布尼似乎有些纠缠不清。

山里每个人都预感会发生点什么事儿,可是这野蛮的事情发生得比人们预计的还要早得多。

一天早晨太阳刚出来,一个黑奴小厮上气不接下气地跑进来对叔叔说,老克莱伯恩已经快马加鞭去找治安法官伦道夫了,并喊我叔叔也去海菲尔德一趟。

伦道夫离得更近一点,不过阿布勒还是和他同时赶到了麦迪逊家,两人一同进了屋。

老查理很清醒,不过他正在喝着白兰地原液,尽可能地想把自己灌醉。他脸色苍白,双手颤抖个不停,大玻璃杯里被他抖得只剩下了几滴白兰地。叔叔说老查理的样子像是恐惧得要死。

过了一会儿,他们才弄明白发生了什么事。在酒精让查理稳定情绪之前,问他是问不出什么的,只见他下嘴唇颤抖着,竭力将白兰地送入口中。

老玛利亚头上盖着围裙,坐在一张掉底的椅子上瑟瑟发抖,问她显然也无济于事。

我叔叔和伦道夫在路上就从克莱伯恩口里了解了些东西。那天晚上没有任何要发生事情的迹象,达布尼像往常一样带着狗进入老桑代克的房间。老黑奴把醉酒的查理放到床上,吹灭了蜡烛,就回到了半英里之外的小屋。那晚的事情老黑奴只知道这么多。也许水手似乎比平时更加害怕，也许查理比平时喝得更醉些，不过他也没看出他们与平时有多大的区别。最近水手似乎一直很恐惧，而查理更加恣意放纵，喝得越来越醉了。

之后发生了什么事，阿布勒叔叔和伦道夫可以亲眼看到，不需要老黑奴讲述了。

老桑代克的房间和这座房子其他房间一样，在面对河的长廊上有一扇门。现在这门是开着的。生锈的旧锁板和螺丝钉都紧紧地钉在门框上。门没有被暴力破坏的痕迹，水手却不见了。他的枕头和床单都被血浸透了。他所有的衣服，包括红头巾，都整齐地叠放在一把椅子扶手上。

水手的箱子敞开着，里面空荡荡的。床上、门上、外面的杂草里都溅有几滴血，不过房间里其他地方却没有血迹。从那里一直到河边，杂草被人践踏过了，地面又干又硬，没人能说清有多少人从这房子离开了。那条狗就躺在屋子的门口，喉咙被割断了，凶器是一把锋利的刀，因为狗头几乎从脖子处被割断了。

这动作悄无声息，又十分迅捷——让人难以置信。达布尼没有被惊醒，因为床头的鸟枪没有被动过。当门打开时，有人抓住了狗的口鼻，用刀子割开了它的喉咙……剩下的就一目了然了。

伦道夫道:"事情肯定就是这样发生的。"

无论如何,那个不受人待见的水手已经不在了。他神秘而来,又神秘而去,尽管他去了哪里现在再明显不过了。环着高坡奔腾而过的河流足以吞下一切。一个泳者在这致命激流中失踪,要么数月之后在数英里外被发现完整的尸体,要么被发现的就只有难看的、无法辨认的人体残骸,山区的人只会认为那是死者遗骸罢了。

至于说人怎么会失踪,从达布尼和阿布勒叔叔的闲谈中也可见端倪。再者,黑奴们曾在黄昏时分,看到一个或几个家伙在草地那边海菲尔德内陆一侧废弃的烤烟房附近晃荡。

这摇摇欲坠的破旧烤烟房在一片灌木丛中,一边是草地,另一边是数公顷的沼泽——人们称之为南部沼泽。据黑奴们讲,那地方是幽灵之地——会闹鬼,因此在悲剧发生之前,老黑奴克莱伯恩只是远远地看了一眼,并不敢仔细查看在草地边缘的大榆树后面究竟是什么东西在晃荡。

达布尼一直用望远镜观察河面,他所害怕的东西却从他后面的沼泽地过来,这也真是太巧、太讽刺了。

阿布勒叔叔和伦道夫把这些证据收集好时,白兰地终于让查理冷静了。起初他假装什么都不知道。他说自己一直睡得很熟,什么也没听到,直到老玛利亚乱糟糟的哭喊声在房子里响起。

伦道夫说他从未见过我叔叔如此困惑。阿布勒叔叔坐在老查理的房间里，眼神坚定锐利、面无表情、沉默不语。但是伦道夫似是在一片迷雾中窥探到了一丝光明，就毫不犹豫地直接提了出来："查理，达布尼出现你不太高兴！"

老醉鬼没有撒谎："是的，我不想见他。"

"为何？"

"因为我以为他早已死了。"

"因为你不想让他分去你父亲的财产，是不是？"

"嗯，财产都是我的——不是吗——如果达布尼死了的话？"

伦道夫又接着道："达布尼刚来时，你想射杀他！"

查理答道："我不知道，我当时喝醉了。你问问克拉贝吧。"

查理很害怕，不过显然他头脑很清醒。

"达布尼知道他在这儿很危险，是不是？"

查理答道："是的。"

"他很害怕？"

"是的，"查理说道，"害怕得厉害！"

"害怕你！"伦道夫突然威逼道。

"我？"老查理看着伦道夫很诧异。

"啊，不……不是怕我！"

"那他怕什么？"伦道夫问道。

老查理有些犹豫，他又喝了一杯白兰地，说道："啊，他是该害怕。看看他的下场！"

伦道夫站了起来，居高临下地看着桌子对面的查理："你们麦迪逊家族的人都是大块头。听我说！那扇门得用大力气才能撞开，可门上没有大力冲撞的痕迹。这就是说是有人轻轻地用肩膀把门顶开的。查理，还有一件事你得面对：达布尼是睡着时在床上被杀的，可屋里的狗却没有叫。这是为何？"

老醉鬼的脸上也浮现出奇怪、困惑的表情："确实，伦道夫，这太奇怪了……真是太奇怪了！"

伦道夫回道："也没有什么奇怪的。"

"为何？"查理问道。

"因为那条狗认识在你父亲屋里杀人的凶手！"

伦道夫又一次对着老醉鬼进行了强力威胁："杀死达布尼的那把刀在哪里？"

接着，让人难以置信、完全意想不到的是老查理真的在抽屉里摸索出了一把刀放在了桌子上。

伦道夫对他这番诘问的成功也大感意外。阿布勒叔叔此时也站起身凑了过来。

他们仔细地观察了那把刀。这是一把农村人常用的屠刀,由铁匠改自一把锉刀,家家厨房里都有这样的刀。不过这把刀被磨过了,刀锋如锋利的剃刀一般,可吹毛断发。

查理说:"看看这刀柄!"

他们看过去,木头刀柄上面像孩子临摹涂鸦般烧刻有一幅海盗旗般的骷髅图案。

"你在哪儿发现的这把刀?"阿布勒叔叔问道。

"我醒来时,它就插在我屋里床边的桌子上。"他用手指甲指着红木桌面的一个因插过刀尖而留下的窄洞说道,"下面还有这个。"

他又弯腰从抽屉里拿出一张纸放在了桌上。人们都很震惊,只见这页纸用刀尖蘸着血写着:"箱子是空的!放一千美元在草地的榆树旁,否则你也会是同样的下场!"

这页纸的中心有个洞,正是刀尖穿过之处。阿布勒叔叔把纸对着桌面的刀孔放好,将刀插了进去,刀尖正好穿进纸和桌面的孔洞。

刀上有血。这可怕的事情被再次演示了一遍,把老查理又吓得像喝白兰地之前一样惊慌失措。他的手指颤抖着,不停地鼓起松弛的下唇,就像是个努力控制自己情绪的孩子。

他又去拿白兰地了。他最后为自己辩护所讲出的故事,如果这算是谎言的话,无疑是最离奇的谎言。这才是要判断的重点,这是伦道夫的事儿。

查理说，达布尼最反常的是一周之前，他向查理开口借一千元。查理说见鬼去吧。对于查理的拒绝和尖刻，达布尼一点儿也没怨恨，他只是静静地坐在那儿，脸上的表情让老查理很害怕，只得端着酒杯喝酒。这样每过一两天达布尼就来要一次钱，查理只好借醉酒逃避。

"我从哪儿弄到一千美元？"他在讲述故事时问阿布勒和伦道夫。

查理说悲剧发生前一天情形最糟糕。达布尼很害怕地来他这儿要钱。达布尼绝望地说他必须得拿到这笔钱救命，说完就大哭了起来。

回想到这儿，查理开始猛吐口水。还记得达布尼浑身颤抖、流着眼泪、耳环叮当作响，看起来很可怕、很无助，那模样很是糟糕，像是完全丧失了勇气——极度害怕！查理说达布尼半月形的大耳环在煞白的面颊上晃荡起来的样子看着最是可怕。

伦道夫认为老查理在撒谎。即使这是真的，也是酒精引起的幻觉。总之，伦道夫马上说出了心中所想："查理，瞎编故事是行不通的！"

查理想了想，盯着伦道夫的脸，说道："啊，是的，你说得对——我说的听起来就像是在瞎编。不过，我说的都是事实。"他扭转身对我叔叔说道，"阿布勒，你知道我说的是真的。"

伦道夫后来说，这件事到了这个当口，他所有的常识和理性突然都混乱了。

只听阿布勒叔叔居然回应道:"我相信他说的是真的。"

查理喊道:"我害怕!"

伦道夫可以怀疑一切,却也能看出查理确实很害怕,这点毋庸置疑。

"我已经全部搞清楚了,"查理继续说道,"这些人在追寻一件东西,他们以为这东西在达布尼的箱子里。他们提出只要达布尼给他们一千美元就放他走,这就是为什么达布尼如此疯狂地筹钱。他们发现箱子空了时,他们以为是我拿了那东西,或者是达布尼把东西藏了起来,于是他们现在开始追我了!"

老查理又停下来擦了把脸,道:"我不想死,阿布勒,我不想像达布尼一样死在床上。我该怎么做?"

阿布勒叔叔答道:"只有一个办法,放一千美元在草地的榆树旁。"

"可是阿布勒,"查理回道,"就像我对达布尼说过的,我上哪里弄来一千美元?"

"我借你。"阿布勒答道。

"可是,阿布勒,"查理说道,"你口袋里也没有一千美金。"

阿布勒答道:"我没有,不过要是你把土地抵押给我的话,我就负责筹集这笔钱。这块地已经荒废了,不过还是值个一两千美金的。"

伦道夫后来说,那天的情形真的很难忘、很离奇,发生了很多奇怪、疯狂、荒谬的事情,其中就包括他写了一份麦迪逊家族土地的信托契约,从而查理能以土地为抵押从我叔叔那里借来一千美金。

我叔叔信誉素著、说话算话、令人信服。他骑马走了，老查理却变得很平静、自信起来，他终于逃脱了危险——只是伦道夫有些弄不清，这危险指的是来自于大沼泽里的海盗杀手，还是弗吉尼亚的绞刑架。

距房子两百码远，小树林绕过了草地一直延伸到了路上，阿布勒叔叔从马背上下来，把马系在了一棵小树上。

"阿布勒，现在做什么？"伦道夫大声说道，他像是在这疯狂事件的洪流中不得不随波逐流。

"我去筹措那笔钱。"阿布勒叔叔应道。

伦道夫大声咒骂起来。要是我叔叔准备单独一人、手无寸铁地去面见那歇斯底里的刺客——他看起来真的准备这么做——那就真是有勇无谋、冒险蛮干了。他以为凶手会和他谈过之后再放他走，任由他引来一队国民军？这完全是无稽之谈！

伦道夫的血液里有某种信念，使得他尽管确信会面临着不可避免的危险，还是毅然和我叔叔同去了。

小路沿着一个多年前用来防御沼泽的堤坝修建。现在路两边长满了芦苇、榛树还有其他几种常见的湿地灌木。

他们沿着潮湿的道路悄无声息地来到了老旧的烤烟房，门被摇摇晃晃地安放在门框上。

阿布勒叔叔没有采取任何手段或是安全措施,而是毫不停留地径直向前推开了门。门已经朽坏了,装得也不稳,只听哗啦一声,门就倒进了废弃的房子里。

听到声音,一个高大憔悴的身影突然惊醒,从地板上跳了起来。

昏暗的光线下,伦道夫寻找着武器——哪怕能找到一扇破门板也行啊。阿布勒叔叔却很是平静。

"达布尼,"他说道,"我来商量下钱的事儿。我的经纪人——来自孟菲斯的格雷先生会把钱带给你的,不需要你签字。"

伦道夫说他当时惊叫了起来:"达布尼·麦迪逊,上帝啊!我还以为你死了呢!"

我叔叔转过身来说道:"你怎么能这么想呢,伦道夫?你自己说过那条狗是被一个熟悉的人杀死的。你一定看到地板上狗躺的地方没有血迹——因为那条狗是在床上被杀死的,是为假装的谋杀提供血迹。"

"可是,阿布勒,钱!"伦道夫嚷道,"你为何要付给达布尼·麦迪逊钱?"

"因为那是他从他父亲产业里该得的份额。"阿布勒叔叔回应道。

"原来你是为了这个!"伦道夫叫道,"为了你父亲的一半产业。该死的,你这家伙费了多少周折啊!你为什么不去法庭起诉?你的权利是合法的。"

"因为上法庭起诉会让他想到过去。"阿布勒叔叔答道。

那人刚刚突然被惊醒,现在总算是有点回过了神:"伦道夫,海上是没有上帝或世俗律法的。百慕大南边的海上勾当不适合绅士来干,那些事儿也不便在承载着一个人父辈荣耀的土地上讲述。阿布勒是知道我去过那里的!"

"确实,"我叔叔答道,"我一看到你那苍白的脸,看到你裹在海盗头巾下参差不齐的头发以及你紧张地走三步就掉头的样子——我就知道了。"

"知道我一直在西班牙海域?"达布尼说道。

"知道你一直在监狱里!"阿布勒叔叔答道。

逝者的家宅

阿布勒叔叔和我正在去往斯莫尔伍德家的路上。天光尚早，本以为我们会是最早出现的路人，然而刚行至罗斯特小溪公路穿山而出的三岔口，一匹马突然赶到了我们前面。

十月的早晨宛如天堂，空气清新，光线明亮。篱笆上的蛛网闪闪发光，潮湿的木柴咔嚓作响，豚草上面覆盖着一层银霜。太阳将要从地平面上缓缓升起，我简直想要快活地吹口哨了，身下的马儿也跳起了舞步。可是阿布勒叔叔却只是两眼观鼻、默然骑行。每次出门在外阿布勒叔叔总是如此，这自有其原因。

我们要去的牧场并非是我家的，而是原属于县司法官阿斯伯里·斯莫尔伍德先生。在当时那个时代，县里的税务都是由司法官负责征收的。一天夜里，有人闯入了司法官的家里，放火烧了他的房子，卷走了一大笔税收。这个案子是谁干的至今毫无线索，司法官却被彻底毁了，他放弃了自己名下的土地，搬到了临县居住。他的担保人们则被迫补出这笔钱，我父亲也是担保人之一。不过阿布勒叔叔忧心的并非是我父亲的损失。

"鲁弗斯，这点儿损失对你不算什么，"他说，"不过以利拿单·斯通会遭遇重创，亚当·格雷特豪斯则会彻底破产。"

斯通是个牧牛人，身负巨债，格雷特豪斯则是个小农场主。我还记得父亲偿付他那份赔偿金的时候，是怎么跟叔叔开玩笑的：

"上帝赐予的，现在上帝再拿走——是不是啊，阿布勒？"

"可是，鲁弗斯，"阿布勒回答说，"真的是上帝拿走的吗？这可不一定，也许是其他人拿走的呢。"

阿布勒这话的意思很明白：要是上帝拿走的，他心甘情愿，可要是被别的什么人拿走的，他必定会手持武器，将赃款追回。阿布勒信奉的神至高无上，对神的一切命令必须泰然接受。不过他不会与小偷分赃，更不会签发什么逮捕令。

司法官逃难后，阿布勒就把牛群赶到这里的牧场放牧，力所能及地帮助那些担保人。这里的牧草很肥沃,主要靠泉水浇灌。牛没有充足的水是不会长肥的,因此我们每周都来给牛群喂盐,并守着泉水。

正往前走着,我突然注意到阿布勒在观察路上的马蹄印。这下我也看到了:路上有三道马蹄印——两道蹄印和我们去的方向相同,一道则方向相反,然而只有一道蹄印是刚刚留下的。这时,阿布勒勒停了他那匹高大的栗色马。面前正是司法官被烧毁的宅子,宅子前有一条小路直通被焚毁的地基和烧焦的宅木。小路的一头本有一座大门,现在已经被钉死了。走在我们前面的那匹马显然进入了这条小路,只不过刚走几步就又折返到了大路上。

阿布勒没有说话,只是观察了一会儿地上的马蹄印就继续往前走了。很快,我们看到了通往牧场的栅栏。前面的那匹马在这儿停留过,骑手曾在这儿跳下马,放下过栅栏。我们能看到马儿正是从这儿进去,骑手的脚印在软土上清晰可见。还有一道旧的马蹄印也曾在这栅栏处进出过。

阿布勒叔叔似乎对于这人的足迹过于感兴趣了。行人经常会穿越别人的土地,即便是忘记关好栅栏,那又有什么大不了呢?然而阿布勒似乎对于这个行人特别关注。我们进入这块地时,他坐在马背上思索了好一阵子,之后,他没有去往山上的泉水那里,而是穿过山谷,往一片树林行去。山谷里有一条小溪蜿蜒,阿布勒边走边观察着这条小溪。

终于,在溪水与林子交汇的地方,他翻身下了马。我赶过去时,他正在观察小溪边的一只脚印。这是一个男人的脚印,浑浊的河水流入其中。阿布勒一动不动地站在河边,我搞不懂他究竟在等什么。突然,在他再次观察那脚印的时候,我明白了,原来他在等浑浊的河水慢慢澄清,这样他就可以看清这脚印的样子了。

"阿布勒叔叔,"我说,"你为何这么在意是谁穿过了这片土地?"

"通常情况下,即便有人没关栅栏我也不会在意的,"他说,"然而这次有点儿不太寻常。那个步行蹚过小河的人和骑马进入这块地的是同一个人,这里的脚印和栅栏那边的脚印完全相同。他骑的这匹马在今天之前显然来过这里,那匹马记得那宅子里的小路,想往里面拐,而且,这个人想隐匿自己的行踪,因为他动身很早,藏起了自己的马,然后步行走向那烧毁的房子。"

"阿布勒叔叔,你怎么知道他藏起了马?"

他对我招了招手,我们骑马进入了小树林。地上的落叶湿漉漉的,马蹄踩在上面悄无声息。不一会儿,阿布勒停下了马,透过山毛榉树指向前方,在那儿我看到一棵小树上拴着一匹栗色马,头低着,蹄子叉得很开。

"那匹马在睡觉,"阿布勒说,"它赶了一整夜的路,我们得找到那个骑手。"

我一下子振奋起来，一个个富有浪漫色彩的江洋大盗的故事在我面前浮现。一个清白的人怎么会偷偷摸摸地来这里，还要把马藏在树林里？再者，阿布勒说过，这匹马在今天之前曾去过司法官的房子，在这房子烧毁之前就去过——因为这马想拐上那条小路，却被骑手勒停了。马的记忆力有多惊人我们都知道，只要走过一条路，进过一次门，下一次就还会走那条路，进那个门。

我又想到了那道旧的马蹄印，这个也不难解释。传说是有两个人抢劫了司法官，现在这些证据恰好与这种说法吻合。两个人骑马进入过牧场，一条蹄印比较旧，那是因为其中一个劫匪去告诉另一个人在此碰头，然后两人一前一后折返回来。第一个劫匪的马无疑藏在树林的更深处。可是他们为何还要回来呢？很明显——他们之前把赃款藏了起来，现在来取回。

一阵冒险的刺激让我狂喜，让我热血沸腾。我们正在追寻劫匪的踪迹，他们必难逃脱。这匹马的骑手应该距此不远，因为我们发现他河边脚印里的水依然浑浊。不过为何他会蹚过河朝焚毁的房子走呢？越过山后通向房屋的道路全是旷野草地——连一棵树都没有。我们骑马过河，到达山崖，那这个人必然难逃我们的视线，然而他确实没出现在我们的视线中。我们坐在马上，瞭望着一马平川的旷野，下面是被烧毁的房子，光秃秃的，草地也是一览无余。这里连只兔子都藏不住——可是这匹累得睡着的马的主人去哪儿了呢？

阿布勒叔叔骑在马背上观察着下面的开阔地。一个人不可能凭空消失，也不可能藏在一小簇草丛里。脚印里的水还是浑浊的，这么短暂的时间，也不可能凭空越过三百公顷的开阔地。他可能爬上了山崖到了下面的房子里，可是没有翅膀，他怎么越过那片草地和牧场？

黎明即将到来，空气中飘着莲花般的清香。太阳还没有跃出地平线，却已给山顶镶了一道金边。向上看去，山顶突起处有一片古老的墓地——这儿有一个奇怪的风俗，人死后要葬在最高处。一缕阳光洒满了这逝者的村落——突然，一个东西吸引了我的眼睛。

我在马背上回头说道："阿布勒叔叔，我看到那儿有东西在闪光。"

"闪光，"他说，"像是武器吗？"

"闪闪发光。"我边说边勒住了马缰。

阿布勒叔叔却没有停下，他对我说："轻点儿声，马丁，我们假装寻找牲口慢慢绕着山走，从山顶那个突起的后面上去，那儿有一道山梁，在到达山顶墓地前不会有人看到我们。"

我们慢悠悠地朝前骑行，一路走走停停，像是在信马由缰，消磨时光。然而实际上我现在兴奋极了，在去往山顶的一路上我都热血沸腾。马儿们行走在碧绿的草甸上悄无声息，当我们突然出现在古墓旁边时，我满心希望能看到两名和故事插画中一模一样的劫匪——头裹血衣、腰挎手枪，或是两个留着络腮胡、围坐在一堆西班牙银币前的海盗。

然而一刹那，我的希望就幻灭了。一个男人正跪在坟墓旁边，看到我们马上站了起来。我一下子就认出了他：正是县司法官，也明白了他为何会在这儿，这让我很是羞愧。他的父亲就葬在这里。在我们这儿，人们总是会像隐藏罪行一样隐藏自己的感情，一个人宁愿去偷邻居的东西，也不会去偷窥如此私密的感情。

我很羞愧，于是勒住缰绳停下马，假装没有看到他，但是阿布勒却骑马继续前行，我只好满怀诧异地紧随其后。即使阿布勒咒骂自己的马，或是唱一首下流的歌曲，也不会让我如此惊讶。我因自己和阿布勒感到惭愧，怎么能就这样直冲向一个刚从自己父亲墓前站起来的人呢？我仔细地回想阿布勒叔叔以前是否曾经如此莽撞，如此不考虑别人的感受，却发现他这一生真的从未做过如此轻率的事情。

司法官看到我们，用袖子擦了一把汗，脸色苍白如纸。从内心深处，我感同身受，为他难过。要是我自己做同样事情时被人撞见，脸色也会是如此吧？对于阿布勒叔叔的行为，我感到难以启齿。是不是他的心变歪了，他之前所有的慷慨都去哪里了？我想也许阿布勒叔叔是想说点什么来安慰下司法官，遮掩下他的惭愧，让他被冒犯的感情好受一些。然而，他一开口就让我大吃一惊："斯莫尔伍德，你回来了！"

斯莫尔伍德好像被阳光刺到了，使劲儿眨着眼睛，应该是还没回过神来。

"是的。"他说。

"你为什么回来？"阿布勒问道。

斯莫尔伍德苍白的脸一下子涨得通红。

"你居然问我这个？"他吼道，"这是我父亲的坟墓！"

"你的父亲，"阿布勒说道，"是个诚实的人。他生前对上帝充满敬畏，我尊重他的坟墓。"

"那我可要谢谢你了，阿布勒，"斯莫尔伍德说道，"我也以父亲的墓地为荣。"

"太迟了。"阿布勒说道。

"迟了。"斯莫尔伍德不由重复了一遍。

"迟了。"阿布勒说道。

斯莫尔伍德展开双手，摆出了一个无可奈何的手势。

"你是说我的不幸玷污了我父亲的名誉？"

"不，"阿布勒说道，"我说的不是这个意思。一个人的名誉，不管是你父亲，或是你父亲的父亲，都不会因为不幸而被玷污。"

"那你这话是什么意思？"斯莫尔伍德问道。

"斯莫尔伍德，"阿布勒说，"在你拥有这块地的时候，这坟墓的篱笆晒朽了你也不管不顾，难道不是我帮忙重新修好的？你任由这里杂草丛生，最后还不是我帮忙把杂草除干净的？"

这是实话。阿布勒叔叔曾经为这座墓修葺过篱笆，锄过草。现在这墓地上只有香桃木和洋莓。我以为司法官听到这个会感到害臊，没想到他的脸却大放光彩起来。

"阿布勒，"他说道，"灾难会让我们想到对逝者的责任。富裕的时候我们容易遗忘，只有在贫穷潦倒时才会想起。"

"贤人们很少关注逝者，"阿布勒说道，"我也如此。逝者在神的掌控下！我们应当对生者负责。斯莫尔伍德，你还记得那个想要埋葬自己父亲的年轻人的故事吗？"

"我记得，"斯莫尔伍德说道，"为此，我对他一直很敬仰。"

"要不是因为那件事，贤者也会对他很敬仰的。"

"什么事？"斯莫尔伍德说道。

"那个故事只是一个借口。"阿布勒答道。

光彩从斯莫尔伍德脸上消失了，他的嘴唇颤抖着，终于说出了我怕听到的话。

"阿布勒，"他说，"如果你打算从我嘴里掏出点什么，我就告诉你：我再也没脸住在这里了。我羞于见到那些因我而遭受不幸的人——以利拿单·斯通、你的兄弟鲁弗斯，还有亚当·格雷特豪斯。我已决定要永远离开这里。不过在离开之前,我想看看我父亲埋葬的地方,因为我再也见不到了。你不会理解这是怎样一种感受。告诉你吧,一个人遭难的时候,如果父亲还在世,就会想到父亲的家宅;如果父亲过世了,也会想到父亲的坟墓。"

斯莫尔伍德的这番坦白是在阿布勒叔叔的无情行为之下被迫做出的,这让我感到很是难堪,就上前拽我叔叔的袖子。我的马就在阿布勒叔叔的栗色马旁边,我希望他能够跟着我骑马离开。然而他却在马背上先是看了看我,又向下看了看斯莫尔伍德,说道:"马丁这孩子觉得我们应该让你一个人在这儿表达孝心。"

"这孩子有这份心真是难得,"斯莫尔伍德答道,"这对你是一种鞭笞,阿布勒。很可惜人一上年纪就慢慢没有了仁慈之心。"

阿布勒手放在马鞍上,看着斯莫尔伍德说道:"我曾读过圣保罗关于慈善的书信,经过长时间的思索后,我认识到这世间有比慈善更重要的东西——一种对人类而言更加珍贵的东西。同慈善一样,它不会因恶行而雀跃,但它也不会容忍一切,抑或是相信一切;与慈善不同,它更内省……斯莫尔伍德,你知道我说的是什么吗?告诉你吧,我说的就是正义。"

"阿布勒,"斯莫尔伍德答道,"我可没心情听你说教。"

"那些需要说教的人,"阿布勒说,"很少会有心情聆听说教。"

"阿布勒,"斯莫尔伍德大叫道,"你气死我了!你能不能赶快走?"

"我们再谈一小会儿,我马上就走,"阿布勒说,"你就要离开这里了,或许我再也看不到你了。有件事,我想听听你的意见。"

"好吧,"司法官问道,"什么事?"

"是这样的,"阿布勒说道,"你看上去很孝顺,我这个问题也和孝顺有关:我们应该怎样对待一个拿武器对付自己父亲的人?"

"他该被绞死。"斯莫尔伍德不假思索地说道。

"那换一种情况,"阿布勒说道,"要是父亲帮助儿子保管一件东西,而这东西不属于儿子,是儿子从别人那里偷来的,因而这位父亲不愿意交出;这个儿子,为了讨回东西,是否应该拿着铁棍去对付自己的父亲呢?"

司法官的脸色开始面现犹疑,在我看来,还有点儿害怕的样子。

"阿布勒,"他大叫道,"我不懂,你能解释一下吗?"

"我会解释的,"阿布勒回答道,"只要你先给我解释下,你昨晚为什么会来这里,今早为何又一次来到这里?六小时之内两次来到你父亲的墓地,我不明白你为什么要接连跑两趟。"

斯莫尔伍德一时哑口无言,过了一会儿他才问道:"你怎么知道我昨晚来过?是你亲眼看见,还是有人看到后告诉你的?"

"我没有亲眼看到,"阿布勒回答,"也没人告诉过我,不过我就是知道。"

"你是怎么知道的？"斯莫尔伍德问道。

"告诉你吧，"阿布勒说道，"今天早晨，我在这条路上发现了两道通往这里的马蹄印，两道蹄印都在同一个地方进来，全都一直通到了这里，一道比较新，而另一道要早上几个小时——蹄印在土路上是很容易被分辨出来的。我比较了这两道蹄印，还有一道返回的蹄印，很快就发现所有的蹄印都是同一匹马留下的。"

阿布勒停下来，用手指了指下面的山毛榉树林。

"而且，"他继续说道，"你的马被藏在那片树林里，累得睡着了。你现在住的地方距此大约是二十英里远，今天早晨的这点儿路程不会让你的马累得睡着；可同样的路再走一个来回，那就是六十英里，跑上整整一夜，让你的马累得睡着就不足为怪了。"

司法官的头一动不动，不过我注意到他朝下面瞥了一眼，这一瞥也没有逃过阿布勒叔叔的眼睛，只听他继续说道："刚才我看到草地上的这支撬棍，不过这撬棍跟你连跑两趟有什么关联呢？"

我现在也看到了那支撬棍，就是它刚刚在阳光下闪闪发光。

斯莫尔伍德抬起头，挺直胸膛站了起来。他的神情和姿态完全就是在垂死挣扎。

"是的，"他说，"昨晚我在这里，是我留下的这些蹄印，也是我的马现在被我藏在小树林里，草地上的撬棍也是我的……你不是想知道我为何连跑两趟还带着撬棍，把马藏起来吗？好吧，既然你不知羞耻，思想又龌龊，还要追究到底，我就告诉你吧……阿布勒你这人心如铁石，是不会明白的。告诉你吧，我打算在永远离开这儿之前来看看我父亲的坟墓。我愧于见到这里的村民，因此选择在夜里赶路。来到这里，我却发现父亲的墓碑倒了，压在坟堆上面。我想把墓碑重新立好，不过弄不起来，那么，阿布勒，要是你你该怎么办呢？离开，不管自己父亲的坟墓有多么破败不堪？不管你会怎么做，我可是往回走了二十英里的路，回去拿了撬棍，想在我离开之前，把我父亲的墓碑重新立好。现在你能先走开，让我把剩下的活儿做完吗？"

"斯莫尔伍德，"阿布勒问道，"你怎么知道你的房子在烧毁前遭到过抢劫？难道县里的税收簿也在大火中被烧掉了？"

"阿布勒，我来告诉你我是怎么知道的，"斯莫尔伍德回答道，"那些税收我都放在了鹿皮鞍囊里，就垫在我的枕头下面；夜里我惊醒的时候，屋里一片漆黑，到处都是浓烟。我跳起来，从床边的椅子上抓起衣服就跑到了楼下；不过，在那之前，我先伸手摸了摸枕头下面，那鞍囊已经不见了。"

"可是，斯莫尔伍德，"阿布勒继续问道，"要是没有看到鞍囊，你怎么敢肯定钱已经被人偷走了？"

"我找到了鞍囊，"司法官答道，"我冲回房子里，从里面找出了鞍囊——那时里面已经空了。"

"斯莫尔伍德，"阿布勒说，"返回熊熊燃烧、一片漆黑、浓烟滚滚的屋子真的很勇敢。你也许只有很少一点儿时间。"

"你说的没错，阿布勒，"司法官回答，"只有一点儿时间——房子就像一个浓烟滚滚的罐子。不过，阿布勒，那些钱是我掌管的，是我的责任，拼了命我也得护住。"

我注意到阿布勒叔叔挺直了背，脚使劲儿踩着马镫。

"那么，斯莫尔伍德，"他的声音就像一把把尖刀，"你能告诉我，你是如何在浓烟滚滚、一片漆黑的房子里，在这么一丁点儿的时间内，找到那已经空了的皮鞍囊的？除非你事先知道那鞍囊在什么地方。"

很显然，阿布勒的问题像用针刺穿一只苍蝇一样刺穿了斯莫尔伍德，他像被钉住的苍蝇一样，胡乱地扇动着翅膀。

"斯莫尔伍德，"阿布勒说道，"你这个小偷、伪君子、骗子！和所有骗子一样，你把你自己给毁了！你自己偷了那笔钱，还想让你父亲成为抢劫的帮凶。为了掩饰，你把钱藏到了这逝者的家宅，可是，你看看，逝者也用自己的家宅对付你！你昨晚来这里想要拿走那笔钱，却发现墓碑倒了，正好楔进了石灰岩墓顶里，你搬不动，只能赶回去取撬棍，但是你这个贼又怎么知道，你的父亲虽然逝去了，上帝还是与他同在！于是我才能及时赶到这儿，帮助你父亲对付你这个手拿撬棍准备破坏其家宅的不孝之子！"

斯莫尔伍德变得畏畏缩缩、浑身发抖起来，似乎是无路可逃了。可突然间，他身上又有了力气，翻过篱笆跑了。他惊恐地跑下山，蹚过小溪，钻进了树林里。不一会儿，他就骑着那匹疲惫不堪的马飞驰而去了。

阿布勒从山顶上看着逃跑的小偷，没有去追。

他说道："看在他父亲的面子上，让他去吧，我们欠这逝去的老人太多了。"

说着，他跳下马，用撬棍插到石碑下面，把石碑撬了起来。

石碑下面正是司法官的鹿皮鞍囊和那些被偷走的钱！

黄昏历险

我们从未见过这样的场景：在通往山毛榉树林的十字路口，一个男人正一言不发地坐在马上，手里端着一支来复枪，直到我们走到他面前，他才用阴险的腔调开口说道："往前骑！"

不过我叔叔阿布勒没有继续往前骑，反而勒住他那匹高大的栗色骏马，平静地打量了一眼这个男人，说道："你说话的样子就像是有多大权势似的！"

男人咒骂了一句，说道："往前骑，别自找麻烦！"

"我早习惯麻烦了，"阿布勒叔叔很是泰然自若，"你得给个更好的理由。"

"给你地狱你要不要！"男人吼道，"快点儿滚！"

阿布勒用审视的目光盯着这个男人，说道："地狱你可没资格给，"阿布勒回答，"我看你下地狱还差不多。弗吉尼亚的路难道都被武装把守了吗？"

"起码这条路是的。"那人回答道。

"我不这样认为。"阿布勒叔叔用脚后跟踢了一下马，拐上了通往树林的岔道。

那男人抓起了武器，我听到了他用大拇指推动撞针的声音，阿布勒肯定也听到了，不过却并未回身，还是用他那惯常的平淡声音招呼我道："你先往前走，马丁。我一会儿会追上你的。"

那个男人把枪端在胸前，不过没有开枪。他这种人总是想命令别人服从，一旦别人不从，就不知道该怎么办了。他想用极端的话语吓唬住别人，却不敢采取极端的行动。他站在那儿，有点犹豫不决，大声咒骂起来。

本来我是想依照叔叔的吩咐往前走的，可没想到那个男人这时改变了主意。

"不，上帝！"他说，"他要进去的话，你也得进去！"

他抓住我的马缰，拉着我的马也拐上岔道，他随后也跟了上来。

山里的黄昏尤其长，太阳即便下了山，天还是不会马上黑下来。

落日时分的天空诡异、朦胧、古怪，遮蔽笼罩了整个世界。大地还很明亮，不过这光亮并非来自天上的太阳。这光亮是那么均匀，似乎是脚下的大地靠自己竭力发出了光。

星星还没有出来，一轮昏黄的月亮，娇弱无力，时不时地在天空闪现。这时候，没有了大风，空气非常柔和，大地芳香四溢。白天的各种声音和生灵的喧嚣消失了，取而代之的是夜晚的声音和夜间生灵的吵闹。蝙蝠狂躁地飞扑盘旋，只见其影，不闻其声；夜鹰则在凄厉地啼叫，只闻其声，不见其影。

这是一个我们一无所知的世界，人生来是白天活动的生物，因而会担心遭遇到这里夜间的生灵。我们从未有过这样的经历，也许也根本无法理解。一个人行走在这样的黄昏中，就会不由得陷入沉默，眼睛和耳朵都会警惕地防备着周围的一切。

这是一条古老的马车道，车辙间已经长满了青草。马儿前行时悄无声息，直到我们进入了一片古老的山毛榉树林，才听到马蹄踏在枯叶上发出咔嚓、沙沙的声音。阿布勒没有回头，所以他并不知道我也跟上来了。他知道有人跟在后面，不过他理所当然地认为就是那个在路上站岗的哨兵，而我也没有开口说话。

男人举着枪冷酷地跟在我后面。我不知道我们要到哪里，目的地在什么地方。我们可能会被人从树后击毙，或是被杀死在马背上。在这里，人们一般不会因为一点儿小事就采取极端措施。我知道阿布勒叔叔卷入了某件胆小鬼们不敢涉足的事情。

突然，我模模糊糊地听到了某种声响，确切地说，是好几种声响混合在一起，像是有人在挖土的声音。这声响应该是从树林中心传过来的，我们距离尚远，声音很微弱，不过随着我们继续往前走，声响越来越大，我渐渐能分辨出鹤嘴锄一下下刨地的声音，铁锹插入泥土的声音，还有土块落在枯叶上的声音。

这些声响最初似乎在我们正前方，不过很快，好像又到了我们的右手边。终于，透过下面洼地的一片山毛榉树，我看到两个男人正在挖坑，似乎这活儿刚开始，挖出的土还不多。不过在他们面前已经清理出了一大堆树叶，地表坚硬的土壳也已经被鹤嘴锄撬了起来。两人穿着衬衫和长裤，背对着我们卖力地干着。头顶上树枝斑驳的阴影像一群小鸟落在他们的肩背上。地表很坚硬，鹤嘴锄落在上面叮当作响，两人并没有注意到我们的到来。

阿布勒侧着头打量了一眼两人奇怪的活计，就继续前行了，我们紧随其后。旧马车道在这里转了个弯直通向洼地。我听见了马的声音，不一会儿，我们就见到了十几个人。

那种场面我终生难忘。移民者砍掉了一圈树，现在树林很是稀疏，剩余的几棵山毛榉树上面飘零着寥寥几片树叶，半死不活的，难以遮蔽诡异的黄昏余晖。这十几个人中有几个坐在被砍倒的树上，有几个四散地站着，还有几个骑在马上。不过所有人身上都透露出焦虑不安的神情，像是在等待某件事能快些做完。

一个留着铁灰色大胡子的老头正在使劲地大口抽着烟斗，另一个人正在小心地雕刻一个手杖，一头长着双角的公牛形象初见雏形，还有一个人则正用指甲勾勒着马鞍上的字母。

另一边，一个分叉的山毛榉树灰色的枝杈下，有两个人骑在马上，手臂被反绑到身后，嘴也被鞍布堵住。两人背后，有个人正骑在马上努力解着马笼头上的绳子，想凑出一根更长的绳子。

我刚到这儿看到的景象就是这样。不过，等我叔叔骑马来到这儿，场面一下子就喧闹了起来。人们纷纷跳起，拉住马嚼子，端着枪指着他。有个人叫了一声我身后放哨的这位，他策马过去了。有那么一会儿，现场一片混乱。后来，那个使劲儿抽烟斗的大个子老头喊出了我叔叔的名字，其他人跟着喊了几声，场面就安静下来了。只是那些人还是一脸肃穆、神情坚定地围住了我的叔叔和他的坐骑，不过他们并没有采取什么极端的措施。

阿布勒叔叔环顾四周，说道："莱缪尔·阿诺德、尼古拉斯·万斯、海勒姆·沃德，你们都在啊！"

我叔叔喊出的这几个人名我都听说过，他们都是牧场主。沃德就是这个抽烟斗的大个子，其他人则是他们的佃户和牧牛人。

他们几个的土地离山脉最近，地理位置决定了他们那里还沿袭着中世纪的传统，存在着某种自治行为。他们常常说，自己是天高皇帝远，得自己保护自己。而且，应该说，他们确实有勇气和决心保护自己，有时也会保护整个弗吉尼亚。

他们的父辈向北边和西边开疆拓土。他们曾用自己的方法和武器，独自和野蛮人殊死搏斗，无情而残忍，以眼还眼，以牙还牙，终于得偿所愿。

野蛮人入侵时，他们没有向弗吉尼亚的国民军求助，而是在自家门口与敌人战斗，追赶敌人到森林里，最终为敌人敲响了丧钟。他们比野蛮人还要顽强，手段更硬也更血腥。最后俄亥俄山谷的野蛮人部落长老因为代价过大，禁止侵袭这里，而向南转袭肯塔基才算罢手。

某些历史学家提起这些人以及他们无情的手段时颇为严厉，宣扬什么人道战争。他们能这样写是因为他们生活在安全的文明社会，然而，他们的安全完全是靠这些人赢得的，这样的评价毫无意义。

"阿布勒，"沃德说道，"我直说了吧，我们今天是要跟几个偷牛贼算总账，不希望有人干涉。必须禁绝在附近山区偷牛、谋杀的行为。我们已经受够了。"

"好吧，"阿布勒叔叔说道，"整个弗吉尼亚，我是最不想干涉这种事情的人。我们都已经受够了,都坚决希望杜绝此类事情。不过你打算怎么处理这件事情?"

"吊死他们。"沃德说。

"这是个好办法,"阿布勒回答,"只是得正当使用。"

"你说的正当使用是什么意思?"沃德问道。

"我是说,"我叔叔回答,"关于如何处理此类事情我们早已有了大家都一致认可的方法,那就得遵守。我希望帮你们解决偷牛、谋杀的问题,但我也想遵守诺言。"

"你的诺言是什么?"

"和你们的诺言一样,"阿布勒说道,"和在场所有人的诺言都一样。我们的父辈发现如果大家都各行其是,是无法解决偷牛、杀人的问题的,于是他们聚在一起,找到一种大家都认可的处理办法。现在,我们已认可他们曾达成的共识,并承诺去遵守它,而我,作为其中一员,必会信守这项承诺。"

大个子沃德脸上疑惑的表情一闪而逝。

"见鬼!"他说,"你是说法律?"

"随便你怎么称呼它,"阿布勒答道,"都只不过是大家一致认可来处理某件事的某种方式罢了。"

男人晃了晃脑袋,决然说道:"我们准备以自己的方式处理这件事。"

我叔叔的脸上现出沉思的神色，说道："如果这样的话，你们会伤害无辜的。"

"你是说这两个坏蛋？"沃德用拇指指了指两个俘虏说道。

阿布勒叔叔抬起头，看了看远处大山毛榉下的两个男人，就像是刚刚才看到似的。

"我指的不是他们，"他回答道，"我在想，要是像你、莱缪尔·阿诺德和尼古拉斯·万斯这样的人带头违反法律，其他不如你们的人还不有样学样？你可以说你们是为了保证安全，别人就可以说他们是为了复仇和掠夺，这样法律就会分崩离析，无数指望法律保障安全的弱小无辜之人就会失去保障。"

这些话我至今仍记忆犹新，因为这话指出的滥用私刑的危险，是我以前没有想到的。不过，我发现这些话很难打动这群意志坚定的人，他们的血液已经沸腾，对阿布勒叔叔的话根本无动于衷。

"阿布勒，"沃德说道，"我们不想跟你争论。有时候，我们不得不亲手行使法律。我们生活在山脚下，很多牛被偷走，被赶到马里兰去。我们已经受够了，要坚决杜绝这种事。

"我们的生命和财产受到这群恶魔肆无忌惮的威胁。我们决定追捕上他们立马吊死。我们没有找你来，是你自己闯进来的。要是你害怕触犯法律，你可以骑马离开。我们打算违法了——要是吊死这些凶残的恶魔也算是违法的话。"

叔叔接下来的回答让我很是震惊。

只听他说道:"好吧,要是一定要违法,也算我一份。"

"好极了,"沃德说道,"阿布勒,你脑子不糊涂,你留下来就是跟我们所有人立场一致了。"

"这正是我想做的,"阿布勒答道,"不过就目前来看,你们所有的人都比我更有优势。"

"阿布勒,什么优势?"沃德说。

"你们的优势在于,"阿布勒回答说,"你们都已经听过对这两个人不利的证据,已经确定了他们的罪行。"

"要是这也能算优势,阿布勒,"沃德回答,"也不能少了你的。最近这附近发生了很多牲畜被偷窃的事件。我们这些住在边境的人最后集合起来商议,决定只要不是我们认可的人赶牛群进山,就都要拦下来。今天下午,一个我们的人报告说,有人赶着一小群牛赶路,我拦住了他们,就是这两个人。我问他们这些牲口是不是他们的,他们说这群牛不是他们的,他们只是受雇将这群牛赶到马里兰州。我不认识这两个人,他们回答我问话时还骂声不断,我觉得他们很可疑,就要求他们说出雇主的名字,他们却说这关我屁事,说完就走了。于是我喊来了村里的人追上他们,把牛群赶到地里,带着他们两个往回走,看能否找到牛群的真正主人。后来在路上，我们遇到了鲍尔斯。"

他回头指了指那个刚刚在解马笼头绳子的男人。

我认识他，是个牲口贩子，债务缠身，却靠着买进卖出勉强维持着还没有破产。

"鲍尔斯向我们讲述了真相。昨天他准备去白煤镇看下丹尼尔·库普曼的牲口。阿布勒，他听说你们县的几个牧场主也想去买这些牛做种牛，为了赶在这些人的前面，他当晚就出发了，大概在日落时分赶到了丹尼尔·库普曼的家。他是翻山抄近路去的，出山时发现对面山路上有一个人正骑马离开。那人好像刚刚坐在马上向下查看了库普曼家所在的小山谷。等他到了鲍尔斯·库普曼家的时候，库普曼人并不在。屋门大开，鲍尔斯说那样子就好像库普曼刚刚出门，随时都可能回来似的。除了库普曼，家里也没有其他人，他太太到山那边看女儿去了。

"鲍尔斯想库普曼可能是带着刚刚那个骑马离开的人去看牲口了，于是就去牧场寻找，结果人和牲口都没找到。于是他又返回到库普曼的家，坐在门廊上等他回来。他坐下时，发现门廊刚被擦洗过，还有些潮湿。他仔细查看，发现门前只有一个地方被擦过，这看上去有些奇怪，为何库普曼只洗刷门口一小块地方呢？他站起来，走向门口，却发现门框中间有一处裂开了，他仔细查看了门框断裂的地方，很快就发现那是个弹孔。

"他一下子警觉起来。他走进院子里,看到一道车辙从门口通到路上。在草地上,他找到了库普曼的表,就捡起来装进口袋,那是块大银表,系着一条鹿皮绳,上面还刻着库普曼的名字。他循着车辙来到了大门口,这大门直通向一条大道,他发现有牛群也是从这扇大门出去的。这时天已经黑了,鲍尔斯回到库普曼家,从马厩里牵出库普曼的马骑马回家了。今天早上,他顺着牛群的痕迹一路往前追赶,不过并没有发现牛群,却在半路遇到了我们。"

"希夫雷特、特威格斯对于他这种说法认可吗?"

"他们两个没有听过鲍尔斯这番话,"沃德说道,"鲍尔斯遇到我们后,就一直跟我们在一起,并没和他们两个对质。"

"那希夫雷特、特威格斯以前认识鲍尔斯吗?"阿布勒说。

"不知道,"沃德回答,"当我们拦住牛群时,他们脏话连篇,不堪入耳,我们就把他们的嘴堵上了。"

"就这样?"阿布勒问道。

沃德咒骂了一句,然后说道:"不!"他说,"你觉得我们会仅仅因为这个就吊死他们?根据鲍尔斯所说,我们认为是希夫雷特、特威格斯这两个家伙杀了丹尼尔·库普曼,带走了他的牲口,但是我想要确证这一点,就得去查看他们怎样处理库普曼尸体还有他的马车。我们跟着牛群的蹄印来到瓦莱河。那里没有马车通过的痕迹,不过我们在另一侧河岸找到了马车和一群牲口从路上拐过来的印迹,那印迹顺着河谷延续了大约一英里后通向了树林。在河流的一个拐弯处,我们找到了这两个恶魔扎营的地方。

"他们在河岸附近用圆木生了一堆火,不过现场已经没有任何余烬。大约一个直径十二英尺的灰烬都被铲走了,铲子留下的痕迹清晰可辨。火堆中心已经被铲干净了,不过边缘处还残留着少量灰烬,地面也被火烤黑了。河流正对火堆的地方有一个被天然冲刷出来的洞穴。我们做了一个木筏子,末端做成叉状,探着河水捞摸,捞上来一些马车铁零件,这足以说明他们生火是为了烧掉马车。然后,我们把一个锡桶固定在木棒上,在洞里继续捞摸,最后捞出了一些灰渣、纽扣、皮带扣和一些骨头的碎片。"

沃德说到这儿顿了顿。

"这下就确定无疑了,我们回到这儿,打算把这两个恶魔吊死。"

叔叔一直听得很认真,这时他开了口:"你拦下牛群时,他们有没有说雇主给了他们多少钱?"

"你说的这个,"沃德回答,"就是另一个证据了。搜这两个家伙的身时,我们从希夫雷特身上发现了一个钱包,里面有一百一十五美金和一些分币。这个钱包正是库普曼的,因为我们在里面找到了一张旧的缴税收据,那张收据滑进了皮革和内衬之间。"

"雇主是谁？"阿布勒问。

"他们不说。"

"为什么不说？"

"是啊，阿布勒，"沃德大喊，"他们为什么不说！因为这个所谓的雇主根本不存在，这番说辞是彻头彻尾的谎言。这两个恶魔罪孽深重，他们的罪行证据确凿。"

"嗯，"我叔叔回答说，"旁证能证明什么，很大程度上取决于你一开始的思路。某种程度上来说，依赖旁证找寻真相之路很是危险，因为所有的路标都会把一个人引向他行进的方向。除非他回头重新来过，否则根本意识不到这一点。一旦回头，他就会发现这些路标指示的方向也会全都改变。不过，只要他朝着一个方向行进，就会一意孤行，根本无法听进别人的劝告，要是被他看到你走另一条路，还会把你当成傻瓜。"

沃德说道："这案子只有一条路能行得通。"

"每个案子往往都有两条路，"阿布勒回答，"被质疑的人要么有罪，要么无辜。从一开始你就认为希夫雷特、特威格斯两人有罪，那么现在，假设你从另一条路开始思考，又会怎样呢？"

"好吧，"沃德说，"又会怎样？"

"瞧，"阿布勒继续说道，"你在路上拦住希夫雷特、特威格斯正赶着丹尼尔·库普曼的牛群，他们告诉你有人雇了他们赶着牲口去马里兰州。你信了他们，然后回来去寻找雇主，而你们找到的是鲍尔斯！"

鲍尔斯吓得脸色煞白。

"看在上帝的分上，阿布勒！"他大叫道。

可我叔叔毫不留情地直接引向了结论。

"这说明了什么？"

没有人回答这个问题，不过人们的目光都从我叔叔身上转向了这个正颤抖着用双手解绳子的人。

"可是，阿布勒，别忘了我们还发现了那些东西。"沃德说道。

"既然路标已经改方向了，"我叔叔继续说，"这些东西又能证明什么呢？证明某人杀了丹尼尔·库普曼，赶走了他的牲口，然后毁了他的尸体和拉尸体的马车？但这是谁干的呢？是赶着丹尼尔·库普曼牲口去马里兰的人呢，还是那个骑着库普曼的马，口袋里还搁着库普曼表的人呢？"

沃德脸上浮现出了一副沉思的表情。

"啊！"阿布勒大声说道，"别忘了路标的方向变了，如果按照现在的思路，路标会指向哪里呢？杀了库普曼的人害怕被人发现和库普曼的牲口在一起，所以他雇了希夫雷特、特威格斯两个人帮他把牲口赶到马里兰去，而他走另一条路跟随。"

"可是,阿布勒,他刚才讲的那番话又是怎么回事?"沃德说。

"这有什么难理解的?"阿布勒回答,"他被抓到了,必须解释清楚他为何会骑着库普曼的马,为何口袋里装着库普曼的表,他必须得找出一个凶手。于是他编了一个和你们将要找到的东西相吻合的故事,让希夫雷特、特威格斯当他的替罪羊让你们吊死。"

我从没有见过像雅各布·鲍尔斯这样被吓得要死的人,他坐在马鞍上完全懵了,方寸大乱。

"上帝啊!"他一遍又一遍地叫着。

他有理由害怕,因为我叔叔向来严峻而又无情。现在天平已经倾斜,这些无法无天的怪物曾经是他的同盟,现在都要对他反戈相击了。他看着这一切,怕得身子骨都要散架了。

这群人中传来了一声大吼,表明了大家态度的转变:"上帝啊!我们找到了真正的凶手。"

一人从鲍尔斯手里夺过了绳子。

不过我叔叔这时纵马走到他们中间问道:"你们能肯定吗?"

"能,"他们回应道,"阿布勒,你自己已经说得很清楚了。"

"不,"我叔叔答道,"我并没有说清楚什么。刚刚我只是想说明,仅仅依靠旁证就匆忙下结论会导致什么后果。鲍尔斯说当时曾有个人站在山上看着丹尼尔·库普曼的房子,这个人知道不是他杀的丹尼尔·库普曼，这是真话。"

他们当面嘲笑起叔叔来："你相信当时真有这样一个人吗？"

我仿佛看到阿布勒叔叔此时的身材变得愈发高大，声音也愈发洪亮起来："我相信，因为那个人就是我！"

教育了众人一番之后，阿布勒叔叔和我就骑着马押着希夫雷特和特威格斯去接受法庭的审判了。

奇迹时代

时值四月,正是春夏之交的季节。一条白杨荫蔽的林荫道上,一个女孩孤零零地望着道路尽头的一栋大宅,显得有些局促不安,无所适从。

沿着门口的砾石路进来的阿布勒和伦道夫,一下子就注意到了她。

两人把马拴在了大门口,那女孩却像是出于某种习惯下意识地骑马进入了大门,行至半途才有所觉,赶忙下了马,斜倚在马的身侧。这是一匹黑色的亨特马,身材高大,虽上了年纪,线条仍很优美。这马宛如由乌木制成,似乎是刚刚被阿拉伯魔法从地下召唤而出,尚未被点化出生命。

女孩身着一条颇为时髦的长款黑色连衣裙,外搭一件粉色猎装;浓密的黑发被编成了一条粗大的麻花辫,两只大眼睛黑溜溜的,许是经常户外运动的缘故,其身材颀长健美、翩若惊鸿。

"啊!"伦道夫一边做着他的招牌动作,一边大声叫道,"一定是普洛斯彼罗[1]在这林子里施了魔法。看,这分明是早晨之神的女儿!阿布勒,我们都老了,神只钟爱年轻人。"

阿布勒叔叔原本正背着手看着砾石路面,这时也抬起头来,望着这令人心神欲醉的美景,说道:"可怜的孩子,钟爱她的神肯定是平原之神,而不是山神[2]。"

"站在异邦谷田里思乡的路得[3]!阿布勒,这么说是不是更贴切?啊,她拥有的遗产可比这产业好得多——她拥有的可是青春!"

"她本应两者兼得的,"阿布勒叔叔应道,"把遗留给她的地产拿走是赤裸裸的抢劫。"

"这是法律程序,"身为治安官的伦道夫答道,"是依法进行的,

---

1 莎士比亚戏剧《暴风雨》中的人物,为旧米兰公爵,沉迷于学问和魔法,被其弟弟阿隆佐篡位。

2 出自《圣经·列王纪上》,亚兰王的臣仆对亚兰王说:"以色列人的神是山神,所以他们胜过我们。"

3 出自英国著名诗人约翰·济慈的名诗《夜莺颂》,路得是《圣经》中的人物,以色列历史上的英雄人物大卫王的曾祖母。

我们得尊重法律。"

"可是对于利用法律作恶的人,"阿布勒说道,"我们可以将之视作海盗、马贼一样的罪犯。"

他伸手指着林荫道尽头的大宅,继续说道:"这死去的人虽获得了法律的支持,我还是认为他是一个强盗。如有可能,我早就把这些产业从他手里夺过来了,可伦道夫,正是你口中的法律在保护他。"

"不过,"伦道夫说道,"他也没有得到什么好处呀,现在不是停尸在那里等着下葬吗?"

"可他的弟弟得到好处了,"阿布勒说道,"这个孩子却失去了遗产。"

伦道夫衣着优雅,转动了一下手中的乌木手杖,开玩笑般地说道:"逝者当被宽宥,这可是《圣经》的指示。"

"我才不管逝者如何呢,"阿布勒说道,"逝者归上帝发落,我只关心生者。"

"这样的话,"伦道夫大声说道,"你就该宽宥那个拿走遗产的弟弟。"

"要我宽宥他,"阿布勒应道,"除非他把拿走的东西都还回来。"

"把拿走的东西还回来?"伦道夫笑了,"喂,阿布勒,魔鬼也别想从老本顿·沃尔夫手里偷走一个子儿。"

"魔鬼算什么,"阿布勒叔叔说道,"我可没指望他。"

"那就只有指望天堂奇迹了,"伦道夫说道,"不过,很不幸啊,现在可不是奇迹时代了。"

"也许吧,"阿布勒声音低沉下来,"我也无法肯定。"

说话间两人走到了那女孩面前,她后背靠在马身上,晨风吹起了地上的黄叶,在她的脚边起舞。女孩快跑上去迎候两人,脸庞很是红润。

"天啊!"伦道夫叫道,"埃文河畔的威廉[1]笔下的魔女和她比起来就是二流货色!你好啊,朱莉娅。上次见你时,你还没我手杖高呢,你对我说你的名字叫'皮特·乔治',是一匹表演马戏的马,一直嚷嚷着要给我表演把戏来着。"

女孩的脸色暗淡了下来,说道:"我还记得,当时我们就在那边的门廊处。"

"天啊!"伦道夫有点尴尬,大声说道,"就是在那儿!"

伦道夫对女孩行了吻手礼,她脸上的阴霾终于散了。伦道夫虽心地善良,为人很绅士,不过面临困境,女孩还是更愿意找阿布勒帮忙:"刚才我忘了,差点儿一直骑到了房子里。你看我把马丢到这儿怎么样?松开缰绳,它就会老老实实站着的。"

接着她又解释说她想看看这座房子,毕竟打小在这里住了多年了。今天是唯一的机会,全村的人都来看死者下葬,她觉得她也可以来,尽管她并非是来悼念死者的。

---

1 这里指的是英国文艺复兴时的著名剧作家、诗人威廉·莎士比亚。

女孩挽着阿布勒的胳膊，他低下头严肃地看着她，显得有些苦恼："孩子，把马留在这儿跟我走吧，说起来，我来这儿也不是悼念死者的。你比我更有理由来这儿。"

女孩犹豫着说道："我想，死者应当被尊重，可对他……他们……我做不到。"

"我也做不到，"阿布勒叔叔答道，"一个人生前无法让我尊重，那他死后我也不会假装尊重他。我不会因为一个人失去了生命，就得尊重他。"

三人踩着满地白杨落叶行走在碎石铺就的林荫道上，路的两边，豚草和茴香四处疯长着。

这是一个凉爽晴朗的早晨。栅栏上落满了霜花，草坪的高草间偶见蛛网密布，千缠百结，令人眼花缭乱。阳光很明媚，却没有临近中午时那般酷热难耐。

观看亚当·沃尔夫下葬的村民们已经来了，大多都是些好奇心满满的佃户、闲汉或是废物。自打两个老人凭借着一纸有瑕疵的契据承认书攫取了这块地产后，就一直不许任何外人侵入这块地。

在这块土地上到处都贴着布告：严禁顽童在此钓鱼或是严禁学童在此狩猎。深深的溪流在肥沃的河滩间穿行，肥美的青鲈鱼畅游其中，无人问津。然而鹌鹑、野鸡、知更鸟和草地鹨这些鸟类却要在老亚当的猎枪下挣扎求生。他一年四季天天背着枪在这块地上转悠。人们相信这天上的鸟儿一定是对老亚当造成了什么无尽伤害才招致他公开宣战、矢志报仇。老亚当最终也因为这危险的习惯出了意外死去了：天天拿着猎枪，却不知道应该小心，死亡也是自找的了。

两兄弟一直离群索居，围绕着他们涌现了各种各样的秘闻，经由黑奴们想象后大肆渲染，每个人讲述时又一再地添枝加叶，最终成了乡民们口中魅力无穷、惊险刺激的冒险故事。

兄弟俩的生活呈鲜明对比。哥哥亚当脾气暴躁，经常嚎叫咒骂，为人又冷酷野蛮，无论是走夜路的黑人还是天黑回家的顽童们路过时都胆战心惊。弟弟本顿却总是默默无闻、谦恭有加，对于人们的评价也反应温和。然而黑人和顽童们不知怎么却更害怕本顿，也许是因为他早早地在自己房子里备好了棺材和寿衣的缘故吧。像他这样把每一先令都用来精打细算地为自己的死亡做准备，为自己殓葬时穿的寿衣讨价还价，着实让人难以置信。

然而，准备好这可怕什物的老本顿却似乎并没有想过死亡的事儿。有时，他会揉搓着双手，用一种明显很受用的口吻谈起他将来会继承这产业，因为相比哥哥他更年轻，按理说会活得更久。

房门口、大厅里，摩肩接踵都是人。大家兴致勃勃，任何东西都能引起人们的好奇心。

那女孩原本希望待在门廊，在这里可以看到旧日的花园、果园以及一条条阡陌小道，这些可都是她儿时的仙境啊。只是阿布勒却让她继续往里面走。

伦道夫转身走开了，阿布勒叔叔和那女孩却在棺材旁驻足了片刻。死者额头边缘以及下巴被猎枪打得千疮百孔，不过两只眼睛以及眼睛下面的窄鼻梁、鼻翼、鼻沟等构成主要面部特征的部位还清晰可辨。这些遗留的部位分明表示他暴躁的脾性，即使是出了这样致命的死亡事故也丝毫未受影响。

除了手上的一双手套，老亚当身上的寿衣以及身下的棺木都是本顿·沃尔夫为自己准备的，手套老本顿忘记准备了。之前没人碰过遗体，他来为哥哥准备公开葬礼时不得不尽力从屋子里找出了一双针织旧手套，还将每一条裂缝、每一个虫洞都精心补好了，这坐着的老人，似乎是费尽心力也要尽可能地让哥哥的遗体呈现出最好的仪容。

这一个小细节让那女孩忍不住潸然泪下，女人心可真是奇怪。"好可怜啊！"她说道。为了这一点琐碎小事，她可以忘掉死者和他弟弟对她的伤害，给她带来的损失及长久哀伤。

她把阿布勒的胳膊挽紧了些，掏出一方小手帕擦了擦眼泪，指着那双被粗糙补缀过的劣质旧手套说道："我为他难过，这个活着的弟弟实在太可怜啦。"

然而，阿布勒叔叔奇怪地低头看了她一眼，脸上冷若冰霜，不为所动。

"孩子，"他说道，"这奇特的美德打动了你，也许也会打动那个补缀手套的人吧。我们去看看他吧。"

说着，他对着治安官伦道夫叫道："伦道夫，跟我们来。"

伦道夫转过身，问道："去哪儿？"

"啊，先生，"阿布勒答道，"这孩子一看见死者的手套就哭了，我想，老本顿看到这东西也会哭的，也许心肠一软就把窃取的东西还回去了。"

伦道夫看着阿布勒就像是在看一个神经病，说道："然后他就会对自己的罪恶忏悔，还会挖出一只眼睛让你当玩具玩，是吧？喂，阿布勒，你是糊涂了吧？除非是上帝创造奇迹，否则绝无可能。"

阿布勒叔叔镇定自若地说道："好吧，伦道夫，跟我来，帮我来实现这个奇迹吧。"

说着，他就从屋里出来进入了大厅。那女孩流着泪，挽着他的胳膊，两人一起上了宽大的老旧楼梯，伦道夫紧随其后，就像是要去做一件稀奇古怪、荒唐可笑、注定徒劳无功的差事。

三人进入了楼上的一间屋子，一个身材魁梧的男人正坐在扶手椅上，俯瞰着下面的林荫道，眼神中很是满足。听到三人进了门，他扭过头，一双眼睛在肥嘟嘟、满是褶子的脸庞中间睁得老大。

"阿布勒，伦道夫先生，还有朱莉娅·克莱伯恩小姐！"他咯咯地笑了起来，"你们是来吊唁死者的吧？"

"不，沃尔夫，"阿布勒应道，"我们是来为生者伸张正义的。"

这个房间很大，家具却不多，只有几把椅子和一张放着一沓纸、铁质墨水瓶和羽管笔的英式开放式写字台，显得有些空荡。墙上有几幅画也反了过来，似乎房主对之兴致缺缺。不过，在写字台上方，倒是悬挂着一个大相框，里面有一张详尽的地图以及兄弟两人经过诉讼而获得的这块地产的契约。画家的画工再巧，笔下构想或临摹出来的土地、林子再有魅力，也不如本顿亲手掌握的土地和林子更能让他快活。每每望着墙壁，本顿就会想起这些他窃取得来的地产，心里就会很痛快。

这老人有些狐疑地眨了眨眼才回应说："你能想到我，可真是太好了，我已经被忽视得太久了。哪怕能为我伸张一点点儿正义，也可以大大缓解我心中的丧兄之痛啊。"

伦道夫手抓住下巴竭力忍着才没大笑出来。这魁梧老人把脑袋缩进宽大的肩膀中间，小蛇眼像玻璃珠子般烁烁放光，接着说道："尤为让我感动的是，以前你们和我关系很疏远。阿布勒，你可从来没有来过我家，伦道夫，你家离这儿很近，可也没来过。绅士与绅士间可不该是这个样子。再说了，我和亡故的家兄亚当可是没有什么朋友引领上门，直接远道而来与你们做邻居的。"

他叹了口气,十指交叉,接着说道:"唉,阿布勒,我和家兄亚当遭遇的漠视疏离很让人难受。像你,每逢关键时刻,总会有人伸出援手,为你说话,是不会太在意别人的些许关怀的。可是对于我们这些远离故土、孤苦无依的异乡人,缺少关爱就太悲惨了。"

说着他指了指身边的椅子,说道:"两位先生还有克莱伯恩小姐,请坐吧。请恕我不能起身相迎了,家兄意外身故让我实在太震惊了。"

伦道夫站在那里没有动,好不容易才憋住了笑。阿布勒却拉过一把椅子让女孩坐下,自己则站在女孩身后,就像他是这里主人的密友,颇有些喧宾夺主的派头。

他说道:"沃尔夫,看到你心软了我真高兴。"

"我的心软了?"老本顿叫了起来,"阿布勒,这叫什么话?天下就没有比我心肠更软的人了,一只麻雀我都不忍心杀。我哥哥亚当和我可不一样,他总是端着猎枪不把这些野鸟杀死誓不罢休。不过我对这不感兴趣。"

"嗯,"伦道夫说道,"这些飞鸟这下也算是报了仇了。亚当这样意外死去可真是有些蠢。"

"伦道夫,"老本顿答道,"他真是粗心极了:一个手指按着击铁,左手抓着枪管中间,就这样往里面看是否还有子弹。我哥哥一直都有这么个愚蠢的习惯,我对此深恶痛绝,每次看到,都会求他不要这么干。

不过他对火器没有任何敬畏，似乎用习惯了就能把这些火器驯服似的。听人说驯兽师们时间长了也会淡忘野兽的凶性，会忘掉毒蛇的尖牙和毒液。亚当上了年纪了，经常会忘记自己是否已装弹了。"

虽说他是对着伦道夫讲话，却总是拿眼睛瞟着朱莉娅·克莱伯恩小姐还有椅子后面站着的阿布勒。

女孩笔直地坐在椅子上，沉着安静。阿布勒叔叔手扶着椅背立在那儿，昂着头，宽厚的肩膀前倾，用强壮的身体庇护着她。他高大健硕、气场十足，就像画家们笔下与魔鬼撒旦作战的天使长米迦勒[1]。

阿布勒叔叔的气势让老本顿的眼神退缩了，他在椅子里动了动，继续对那女孩说道："阿布勒、伦道夫你们两个能来看我这个伤心人，真是太感谢了，而朱莉娅·克莱伯恩小姐能来更是难能可贵。大人们都能理解司法判决予取予夺的权力，小孩子却很难理解。自然地，年纪尚轻的克莱伯恩小姐会因这场诉讼对我和家兄有所不满，会觉得是我们让她受了委屈，会认为我们用不正当的手段窃取了其父临死前遗留给她，并被她一直视为己有的这份产业。小孩子毕竟不像法官大人们，他们搞不明白这地产的遗赠是不合法的，也不明白拥有是一回事，无

---

[1] 《圣经》中提到的天使长，据《圣经》记载，与撒旦的七日战争中，米迦勒奋力维护神的统治权，对抗神的仇敌，最终将其击败。在基督教的绘画与雕塑中，米迦勒经常是金色长发、手持红色十字架（或红色十字形剑）与巨龙搏斗或者立于龙身上的少年形象。

条件继承地产权是另一回事,两者是有区别的。即便心存不满,小姐还是来了,如此贴心,我深受感动。"

阿布勒接口道:"沃尔夫,你能这样想真是太好了,现在伦道夫可以满怀爱和真情来起草契约书了,而不必怀着和我来时一样的情绪。"

老本顿·沃尔夫一对小眼睛骨碌碌地转了转,目光有些闪烁。

"我不明白,阿布勒。什么契约书?"

"就是伦道夫要写的这份。"阿布勒叔叔应道。

"喂,阿布勒,我没要写什么契约书啊。"治安官伦道夫一脸惊奇地看着我叔叔阿布勒,出言打断道。

"啊,不,"阿布勒用手指了指那张开放式写字台说道,"你恰恰是为此而来的,碰巧,转让人也已经为你备好了一切:这儿有纸、鹅毛笔和墨水,还有一幅标好了地产边界的土地详图,真是方便极了。"他指了指墙壁继续道,"还有相框里,这个宛如迷人艺术品的就是法庭颁布的房契,伦道夫,坐下写吧。"

阿布勒的口气强势无比、不容置疑,伦道夫下意识地在写字台前坐了下来,开始挑选起鹅毛笔来。接着,他才意识到阿布勒的指示有多荒谬,就转过身来,大声问道:"阿布勒,你什么意思啊?"

阿布勒叔叔应道:"就是我说的意思啊,我想让你起草一份地产转让契约书。"

"什么样的转让契约书？"伦道夫很是震惊，大声问道，"谁是转让人？转让给谁？转让的又是哪块土地？"

阿布勒答道："你要起草的是一份地产转让契约，就照你眼前墙上挂着的这份地产全面保证契据的格式和条款来写。转让人就写本顿·沃尔夫先生，受让人就写朱莉娅·克莱伯恩，未成年。听着，伦道夫，转让的理由就写出于爱和真情，外加表格费一美元。"

老本顿大吃一惊。他晃了晃缩在肩膀中间的脑袋，胖嘟嘟的圆脸抖了抖，神情态度立马变了，一对小蛇眼冷峻了起来，大口喘着气。

他呵呵笑了几声，说道："别忙嘛，亲爱的先生，根本不需要写这样的契约书。"

"继续写，伦道夫，赶快把这事儿干完。"阿布勒叔叔对老本顿的话根本不予理睬。

"可是，阿布勒，"治安官伦道夫说道，"这不是闹着玩嘛，转让人是不会签字同意的。"

阿布勒叔叔道："他会的，你写完盖章确认后，他就会签的——快点儿写！"

"可是，阿布勒，阿布勒！"治安官伦道夫一脸震惊，大声抗议着。

"伦道夫，"阿布勒叔叔大声道，"是你来写，还是干脆由我来写？"

阿布勒说这话时威势十足、不容置疑，伦道夫有点被震住了，竟真的铺开了纸用鹅毛笔蘸了墨起草起契约书来,格式和当事人完全按照阿布勒叔叔所说的。看到伦道夫开始写起来,阿布勒转过身对那个令人讨厌的老头说道:"沃尔夫,还要我来说服你签字吗?"

"阿布勒,"老本顿在椅子里直起笨重的身子,轻蔑地问道,"你当我是傻子吗?"

"你不傻,"阿布勒叔叔应道,"所以我想你会签字的。"

肥胖的老本顿在地板上狠狠地啐了一口,一张脸愤怒地扭曲在一起,看起来十分恐怖。

"签什么字?"他又啐了一口,"傻瓜!白痴!疯子!有什么理由要我签字放弃自己的土地?"

"理由多的是,"阿布勒平静地回答,"这地产也不是你的,是你耍花招、钻法律空子搞到手的,主审法官拘泥于法律字眼才让你得逞。不过,沃尔夫,你也老了,下一个法官可不好面对,他会重新审查审判记录,在此类事情上他早已表达过自己的意见:'寡妇与孤儿向我哀求,我总要听到他们的哀声。'沃尔夫,对于像你这样身背此类案子进入末日审判法庭的人,这可算是不祥之语啊。"

"阿布勒,"老本顿吼道,"让你的布道见鬼去吧!"

阿布勒叔叔按在椅背上的手指抓得更紧了:"沃尔夫,要是这还是无法打动你,那么人类的尊严、这孩子的悲伤还有我们对你的尊敬足够打动你了吧？"

老本顿气得下巴"咔咔"作响，不停地弹着手指头。

"就凭你提到的这些，我连这一丁点儿也不会给，"他一边吼着一边用大拇指在食指上比画了下，"哼，告诉你吧，先生，我一时无聊兴起的可笑怪念头都比你这胡言乱语更有说服力。"

阿布勒没有动，只是声音愈发深邃、洪亮起来："沃尔夫，怪念头有时确实更能打动人。那我现在也有一个怪念头，沃尔夫，我想象着你哥哥亚当应当赤着双手离开这世界，就像他降生时一样。"

老本顿硕大的脑袋扭了扭，似乎这样他那一对小蛇眼就能把阿布勒整个收入眼帘。

他呵呵地笑了笑，说道："什么？你在说什么？"

阿布勒应道："啊，是这样，我有一个怪念头——'无聊又可笑'，沃尔夫，你刚才是这么说的，对吧？好吧，就算是无聊又可笑吧，随你好了。我这怪念头就是你哥哥不应该戴着手套下葬。"

说完，阿布勒紧盯着老本顿，虽然纹丝未动，恫吓与威胁之势仍然扑面而来。这肥胖的老人似乎被施了魔法，如山般的身躯开始哆嗦起来，脸上的褶皱处也溢出了一层薄薄的油脂。他瘫坐在椅子里，油乎乎的汗水在他身上越流越多，下巴耷拉下来，嘴巴也张成了一个大洞，全身发抖就像是得了疟疾。

终于，从这一坨圆滚滚、胖乎乎的身子里传出了一个细弱、颤抖的声音："阿布勒，还有其他人这样想吗？"

"没有了，"阿布勒叔叔应道，"沃尔夫，可我要看你的决定。"

这细弱的声音一下子提高了音调："阿布勒，你会允许我哥哥像现在这样下葬的吧？"

"只要你签字！"阿布勒叔叔说道。

老本顿吓得放了一个屁，胖乎乎的身子再也平静不下来了。

"伦道夫，"他哆嗦着说道，"把契约拿给我吧。"

走出门，女孩就在阿布勒的怀里啜泣起来。她没有问什么，情愿永世永远相信她的好运是上帝创造的一个奇迹。可她一离开，伦道夫就对我叔叔大声叫道："阿布勒，阿布勒！为什么？永恒的上帝啊！为何提起手套那老头会抖成那样？"

"因为他看到了自己身后的刽子手，"阿布勒叔叔应道，"你是否注意到死者脸孔的边缘满是鸟枪子弹留下的弹孔，中间却很光洁？伦道夫，这是为何呢？"

伦道夫答道："因为这是一次离奇的枪支走火意外。"

"这绝不是意外，"阿布勒叔叔说道，"老亚当面孔中间光洁是因为被护住了，在他看到弟弟朝自己开枪射击时用手捂住了脸。老亚当被手套套起来的手背上，一定也像其面孔边缘一样被猎枪打得千疮百孔。"

第十戒

下午阳光盛烈,我和阿布勒叔叔赶着牛群从郁郁葱葱的山上下来时,这些畜生总是往林子里钻。从拂晓就开始赶路,牲口们早已疲倦了。阿布勒在后面驱赶着牛群,我则沿着树往前走,身下的牝马对于如何赶牛也和我一样熟门熟路。就这样,在我们的共同努力之下,勉强使得牛群不偏离道路;不过,最终还是有一头小公牛逃离了牛群,冲进了密林深处。阿布勒叔叔让我把牛群引到山路上方的小树林里休息,然后我们两个去灌木丛中搜寻那头逃跑的小公牛。于是我把牛群赶进一片开阔的橡树林,留下我的牝马看守,就步行钻入了道路旁边的小树林里。山路蜿蜒而下,直通往下面的一条小溪,两边是没有篱栅防护的丛丛灌木。在道路下方大约三百码的地方，那头小牛从我视线中消失了，我只好站到一个树桩上瞭望它的踪迹。

我没有看到那头小牛的踪迹，不过灌木丛中有一件东西倒是引起了我的注意。这一片灌木已被砍掉了，树叶被踩得一片狼藉，一把山茱萸的木耙子被人插在地上。大约五十英尺外有一个陡坡，陡坡下面有一条马道直通向林子。

这事还真有点诡异：附近都是茂密的灌木丛，在马道的上方，独独这一片灌木被砍伐一空，地上都是被踩踏的落叶，还有一把山茱萸耙子插在地上。我太过专注，没有注意到阿布勒叔叔早已经随着我骑马下了山。我扭过头，才看到他骑在那匹高大的栗色马上，正俯视那片茂密的灌木丛。

他翻身下马，小心地分开灌木丛走了进去。山茱萸木耙的不远处，有一根空心圆木。阿布勒把手伸进圆木，从里面摸出了一把枪。那是一把明亮、崭新的单管前膛猎枪，当时我们这儿还没有后膛枪。阿布勒仔细摆弄了一番。那把枪显然已经上好了膛，我能看到火帽在击锤下闪闪发光。阿布勒打开了枪托上的铜盖，那里有一根火线绳以及一个像螺丝锥一样的东西连着推弹杆，便于发射子弹。就在这时，我看到小牛在灌木丛中的身影，于是跳过去堵截，只留下阿布勒独自一人端枪站在那里。

当我把那头小牛重新赶进牛群时，阿布勒叔叔也从林子里出来了。他坐在马上，双拳紧握放在马鞍上。

每当看到他这副样子的时候，我都不敢问他什么问题，只是这次我实在是太好奇了，忍不住问道："阿布勒叔叔，那支枪呢？"

"我放回原地了。"他说。

"你知道这枪是谁的吗？"

"不知道，"阿布勒眼睛望着别处说道，"不过我知道他是个什么样的人——他是个胆小鬼！"

这时，太阳慢慢接近了远处的山峦。万籁俱寂，只有小飞虫在空中盘旋舞动，发出轻轻的嗡嗡声，一群黄色蝴蝶在路上翩然飘过。牲口们都躲在橡树的阴影下休息，我们在旁边守候着。阿布勒的栗色马宛如一尊黄铜雕塑静立在那里，我则骑在马上打着瞌睡。

阴影穿过远山的山隙和关坳慢慢开始笼罩着整个世界，就在这时，我听到了马的声音，猛地惊醒过来，循声望去。

有匹马从我们下方的林中马道走来，我能看到那个骑手的身影。他是个牧场主，土地就在这林子的西边。林中十分幽静，我甚至能听到他马鞍上的皮革在行进中的嘎吱响声。突然间，传来一声猎枪的轰响，随后起了一阵烟雾，这骑手的身影就完全看不到了。

一刹那，我就明白了先前在灌木丛中看到的场景是怎么回事：有人要伏击枪杀这个骑手。地上插着的那个耙子是用来架住枪管,以确保一击命中的。

这样想着,我突然意识到叔叔刚才疏忽大意了,这让我很是震惊。他站在灌木丛中时就肯定知道会发生这种事情,那为什么还要把枪继续留在那里?为什么他还要把枪放回藏匿的地方?为什么他会无动于衷地离开,放任那个刺客完成他的谋杀?再说了,那个穿林而行、遭遇伏击的骑手还是阿布勒叔叔的熟人,叔叔本来还打算今晚在他那里过夜的,而我们正在去那里的路上!

像是过了很长时间,其实只有短短一刹那,我就理清了思路,扭头看向阿布勒叔叔,可他端坐在马上,纹丝不动。

下一秒,我看到受惊的马从小径上跳了出来,我以为会看到马鞍上空无一人,或是那个骑手血染外衣,抑或是其他让人揪心不已的恐怖场景。然而,我的所见并非如此。那个骑手还稳稳当当地坐在马鞍上,他先是勒住缰绳,然后,漫不经心地朝周围看了看就纵马离开了。他以为刚刚的那一枪是某个猎人在打松鼠。

"啊,"我大叫道,"他没被打中。"

阿布勒却没有答话。他脚踩在马镫上,目光在林中逡巡。

"他怎么会没打中,阿布勒叔叔?"我说,"他的位置离那条小路很近,还有那个耙子用来稳定枪管。你看到杀手了吗?"

他半天没有吭声,最后对我说道:"我没看到,他一定是穿过灌木丛溜走了。"

他就说了这么多,之后他沉默了好一会儿,手指敲打着鞍头,目光越过树梢望向远处。

我们再次上路时,太阳已经触摸到了远处的山峦。我们把牲口赶到树林,开始下山。道路在山脚下分了叉,一条路通向我们想要留宿的牧场主的家,另一条路则要穿过森林。

看到阿布勒叔叔赶着牛群走上了第二条路,我感到非常惊讶,不过什么也没说。很快我就理解了他为何要改变原计划。由于自己的粗心大意,眼看着那人差点被谋杀,恐怕很难坦然接受此人接下来的盛情款待。

沿着这条路向前走了半英里,我们来到了一片开阔地。一座崭新的大宅矗立在一块高地上,下面是原野和草地。这条岔路我虽然没走过,但是也知道这个地方。这宅子的主人名叫迪尔沃斯,曾经是县法院的办事员。据传,他利用档案记录的漏洞搞到了这块地,而现在,为了攫取这块地附近的土地,他又把那牧场主告上了法庭。他新建了这座大宅,向人自满地吹嘘说这宅子会位于其到手土地的中心。我只是从别人的口中听到过他的这番吹嘘之词。据说那个牧场主站在法院门口发誓在判决下来当天就要杀了迪尔沃斯。我不知道阿布勒对迪尔沃斯的看法，也没料到今晚叔叔会选择在他的宅子过夜。

从我们进入这栋宅子一直到我们享用晚餐，阿布勒话都很少。可是等吃完饭，宅子的主人带着我们到门廊上俯瞰整个村庄时，阿布勒就不再缄默了——我想他这一变化是打从他在桌子上拿到一份县报开始的。报纸上好像有什么消息吸引了他的注意，他阅读得很是仔细。那是一篇法庭公示，内容是有关变卖违法者的土地以缴纳税金，不过那张报纸被撕破了，那篇公示只剩下了一半的内容，于是他开口向主人打听起来："迪尔沃斯，这公示上要变卖的都是哪几块地？"

"报上没写明白吗？"迪尔沃斯问道。

"没有，报纸少了一块，对詹金斯土地描述的部分被撕掉了。"他用手指了指被撕掉的部分，"后面还有哪几块地？"

"具体是哪几块我也记不得了，"迪尔沃斯说道，"不过这简单，只要再找一张同样的报纸就好了。怎么，你对这几块地有兴趣？"

"不，"阿布勒说，"我只对这篇公示有兴趣。"

他把报纸摊在桌上，坐了下来，打那后他就打开了话匣子。

阿布勒看着下面的村子，感叹道："这地方做牧场真不错。"

椅子上的迪尔沃斯向前欠了欠身。他体格硕大，留着一把黄色的大胡子，小眼睛闪闪发光。

"嘿，阿布勒，"他说，"这是最好的牧场，很适合放牛。"

"这是丹尼尔·戴维森被乔治三世陛下赐予的土地的一部分，"阿布勒继续说道，"我不知道他为国王做了什么，不过这报酬真不错——为了这份地产，每个人都会愿意为国王效力的。"

"为了这个，莫说是为国王效力了，"迪尔沃斯说，"就是作恶又何妨？嘿，阿布勒，这下面的土地非常肥沃。我亲眼看着老希西·戴维森被葬在这里，那些黑奴铲土抛向老戴维森时，每一锹土都像他们的脸一样黑，上面的草皮就像女人的头发那样柔顺。那时我虽然还只是个半大小子，却也暗暗发誓有朝一日一定要成为这片土地的主人。"

"觊觎别人的财产是很危险的，"阿布勒说道，"大卫王曾经试过，他也不得不——就像你刚说的，作恶。"

"有什么理由不呢？"他说，"只要能得到自己想要的东西。"

"理由有很多，"阿布勒说，"其中一个就是：作恶需要相当的勇气。迪尔沃斯，作恶可不是件易事，胆小鬼可做不来。"

迪尔沃斯大笑起来："大卫王就没有失败，不是吗？"

"他是成功了，"阿布勒回答道，"不过，耶西的儿子大卫可不是个懦夫。"

"哈，"迪尔沃斯说，"我同样也不会失败。我虽然不擅长亲手战斗，对打官司我却是非常在行的。"

"你就是靠打官司得到的这块地，然后盖了这座宅子，对吧？"

"是的，"迪尔沃斯回答道，"要是一个人平时不小心，就得承受疏忽大意的后果。"

"唉，"阿布勒说道，"住在这块地上的小农场主遭遇的后果就够重的。你把这块地从他手里夺走后，他就在马厩里用一根缰绳上吊了。"

"阿布勒，"迪尔沃斯大声说道，"这些话我听得太多了。我没有亲手要他的命，我只是接受了法律赐给我的东西。要是一个人打算买地，而又没搞清楚所有权的问题，那他只能是咎由自取。"

"他是从法院买的土地，"阿布勒说，"他相信法院不会拿所有权有问题的土地出售给他。他这人很诚实，觉得整个世界都是诚实的。"

"那他想错了。"

"确实如此。"

"唉，"迪尔沃斯大声说道，"就因为我没有那么傻就该被指责吗？法院也不能担保所有诉讼中售卖的土地所有权一定都没问题，这一点难道大家不明白吗？一个人在法院门口买头装在袋里的猪，即便袋子里什么也没有，法院也没有错。法官不可能检查他经手的每块土地的所有权问题，也不是每场诉讼都会涉及土地的所有权问题。要这样的话，每场与土地相关的诉讼案就得确定所有权问题，每个索赔人都得参与进来了。"

"你说的可能是对的，"阿布勒说，"可并非每个人都知道这一点啊。"

"不知道他可以问人啊，"迪尔沃斯回答，"这人为什么不去问问主审的法官呢？"

"唉，"阿布勒答道，"他现在已经去了，去找更高级的法官了。"阿布勒倚在椅子里，手指轻轻叩击着桌子。

"法律并不总代表正义，"阿布勒说，"依照法律，一个人买下一块地，按照价格付清了金币，不就应该拥有这块地吗？然而，只是由于治安官的疏忽，书写契约认定书时漏掉某些字，那么这个买主就该失去这土地的所有权，从而不能拥有这块地吗？"

"法律就是这样的，"迪尔沃斯强调道，"我就是靠这点对那些农场主提起诉讼的。起草契约那天，治安官伦道夫找不到《梅奥契约指南》了，只好凭记忆撰写了这份契约。"

阿布勒默然良久。

"这确实合法，"他说，"不过，迪尔沃斯，这合乎正义吗？"

"阿布勒，"迪尔沃斯回答，"法律又没有定义，我们又怎么知道什么是正义？"

"我觉得人人都知道什么是正义。"阿布勒说道。

"那就是说人人都可以自己订立一个规矩，"迪尔沃斯说，"而不管法律定的规矩了？这样还能叫正义？"

"要是每个人都遵从上帝定下的规矩，"阿布勒说，"那就是真正正义的开始。"

"不过，阿布勒，"迪尔沃斯回答道，"要是没有一个统一的规矩，每个人都自行其是，有什么法庭可以伸张正义呢？"

"我想有这么一个法庭。"阿布勒说道。

迪尔沃斯大笑起来。

"即便有这样的法庭，也不会是在弗吉尼亚的。"

然后他把自己庞大的身躯塞进了椅子，像律师一样开始了总结陈词："阿布勒，我知道你在想什么，不过你完全是在异想天开。你想让每个人都背负良心，然后靠良心来驱使他们。呵呵，我却要让他们甩掉良心这个负担。什么是对，什么是错？这问题让人心烦。我交给法律来解决。要是做每件事前都得衡量是否合乎良心，那人还不被压垮了？现在，法律能够让人们丢下这个负担，我也情愿让法律来承担。"

"不过面对法律，"阿布勒回答，"弱者和愚者往往受累于他们的弱小和无知；精明狡猾的人却会因他们的狡诈和奸猾得益。这又该如何解决呢？"

"啊，阿布勒，"迪尔沃斯说，"这没法子，除非把整个世界颠倒了。"

阿布勒默然许久，说道："要是每个人都努力，也许能行。"

"但是，有必要吗？"迪尔沃斯说，"大自然这样做了吗？看看它对弱者是多么的冷酷无情。在它的身上能看到同情或是你那小小的柔情关怀吗？告诉你吧，这种事在自然界里是绝不存在的——这些都是人为的。"

"或者是上帝所为的。"阿布勒说道。

"随便你怎么说吧，"迪尔沃斯回答，"反正都是无稽之谈，法律也要这么干，那就也很无稽了。阿布勒，就我而言，我才不愿意费事做什么改进呢。法律会告诉我什么是对，什么是错，我就全听法律的，自己才不要操心呢。法律要我付出的，我就付出，法律允许我拿，我就去拿，这就行了。"

"这倒是简便易行，"阿布勒回答，"这样看来，我来你这里要做的事也就简单了。"

"你来我这儿有什么事？"迪尔沃斯说，"我知道你来肯定是有事。"他有点紧张地干笑起来。我早就注意到他刚才谈话时偶尔会这样笑，我也留意到自打我们到这儿，他就不是很自然。这人内心深处一定隐藏着什么东西，因此才会这么不安，才会这样干笑。

"我来是为了你那件案子。"阿布勒说道。

"那案子怎么了？"

"案子到了目前这个阶段，"阿布勒说，"你已经无法控制了。"

"阿布勒，"迪尔沃斯大叫道，"你这话什么意思？"

"告诉你吧，"阿布勒说道，"我一直留意着这件案子的进展，你打赢了官司。不管什么时候，你向法官提出，法官就会下判决，然而现在已经一年过去了，这案子还搁置在法院待决的诉讼事件表上，你也没有向法官提出，这是为什么？"

迪尔沃斯没有回答，脸上再次露出紧张的干笑。

"迪尔沃斯，我来说吧，你怕了！"阿布勒伸出手臂，手指掠过黄昏中黯淡下来的牧场、河流、树林，一直停在了远处灯光闪烁的地方。

"看那里，"阿布勒说，"那里住着莱缪尔·阿诺德，他是你这案子唯一的障碍，其他的都是些妇孺不足为虑。我认识莱缪尔·阿诺德，原本打算今晚在他那里留宿的，后来想到了你我才改变主意。我对他算是知根知底。汉密尔顿当年在俄亥俄州收购头皮，有一次正在同印第安人就一些妇孺的头皮讨价还价时，老海勒姆·阿诺德插了进来说道：'买头皮的，买我的头皮吧，全是大人的。'说着就抓起一个口袋倒在了桌子上，整整一口袋皇家士兵的头皮。这人就是莱缪尔·阿诺德的祖父，莱缪尔·阿诺德可是他的嫡血后代。迪尔沃斯，也许你会说他这人暴力而危险，你说的没错，他确实很暴力很危险。我知道他曾在法院门口对你说过什么。迪尔沃斯，你对此很害怕，因此你也只能坐在这儿，望着这肥沃的土地，心里虽然觊觎不已，却不敢动手夺取。"

夜幕降临了，坐在大门廊的石阶上，身处阴影里的我，早已被两人忘到九霄云外了。迪尔沃斯一动不动，阿布勒继续说道："迪尔沃斯，你天天坐在这儿想这件事感觉肯定很糟糕。你可能会有什么计划，包括你之前说的'行恶'，不过这你都干不来，还是交给我吧。"

迪尔沃斯清了清嗓子，又紧张地干笑起来，说道："你说交给你是什么意思？"

"把那个案子卖给我。"阿布勒说道。

迪尔沃斯坐回到了椅子上，手托着下巴，默然良久才说道："阿布勒，我想要的是这些地，而不是卖地的钱。"

"我知道你想要什么，"阿布勒说道，"我同意将从案子中获得的全部土地的一部分交给你。"

"应该是很大一部分，毕竟这官司我已经打赢了。"

"应该会让你满意的。"

迪尔沃斯站了起来，开始在门廊前来回踱步。能看出来，他现在思考的主要是两件事：首先，阿布勒确实是解决这件事的合适人选——法庭上他玩得转，他也不怕阿诺德；再者，他能得到多少土地？终于，他回到桌前站住，说道："我要八分之七，行吧？"

"好吧，"阿布勒说道，"把合同写出来吧。"

一个黑奴送来了纸、钢笔、墨水和蜡烛，把这些东西统统放到了桌上。迪尔沃斯写好合同后，签上了字，又在签名之后盖上了印鉴，然后他把合同递给了对面坐着的阿布勒叔叔。

阿布勒朗读着这份合同，思忖每一个法律术语和法律用语。迪尔沃斯不愧深谙此道，写得很有技巧。阿布勒看完后小心地折起合同，放进了口袋。然后从他的皮夹里取出一枚银币掷到桌面上，因为合同里写得很清楚："当场支付一美元，即视为接受本合同。"那硬币落在橡木桌子上，在桌面上打着转儿。

"这个，"阿布勒说道，"是你的银币。一个银币，正是叛徒犹大收到的定金，也是你能得到的全部。"

迪尔沃斯站了起来，问道："阿布勒，你说这话什么意思？"

"这个嘛，"阿布勒说道，"我已经买下了你的案子，也付了钱，现在这案子是我的了。这案子的售卖合同已经写好，你也签过名了。你会得到我从案子中得到的一部分土地，不过要是我一无所获，你也就一无所获。"

"一无所获？"迪尔沃斯重复道。

"一无所获！"阿布勒肯定道。

迪尔沃斯两只大手放在桌上撑着身子，脑袋耷拉了下来，望着对面的阿布勒。

"你是说……你是说……"

"是的，"阿布勒说，"我就是这个意思，我要撤诉。"

"阿布勒，"迪尔沃斯哀号道，"你这是在败家啊……那可是土地……

肥沃的土地！"他伸出双臂，就像前面有什么珍爱之物似的，"我真是个傻瓜，把那合同还给我。"

阿布勒站了起来，说道："迪尔沃斯，你的记性真差。你说过人应该为自己的疏忽承担后果，你也不例外；你说同情是无稽之谈，我现在同意你的观点；你说法律要你拿，你就拿，那我也就有样学样了。"

迪尔沃斯一边啜泣着，一边在椅子上怪异地摇晃着身子。

"阿布勒，"他哼唧道，"你为什么要来这儿害我。"

"我可不是来这里害你的，"阿布勒说道，"我是来这里救你的。如果没有我，你早就犯下一起谋杀案了。"

"阿布勒，"迪尔沃斯大声叫道，"你疯了，我为什么要去谋杀？"

"迪尔沃斯，"阿布勒答道，"有种戒律，其禁止的事情并非是因为其本身邪恶，而是因为其引人——迪尔沃斯，用你的话说——行恶。今天下午在灌木丛中你企图谋杀莱缪尔·阿诺德。"

迪尔沃斯十分惊惧。他不再摇晃了，而是俯身凝视着阿布勒，抖动着脸上的肥肉问道："你看见我了？"

"不，"阿布勒回答道，"我没看到。"

迪尔沃斯的身子好像突然从某种隐秘的重压中解脱了出来。他大大松了口气，声音就像是从风箱里发出来的："你在说谎！你说谎！"

我看到阿布勒严厉地注视着他，不过对迪尔沃斯没有用。

"我说的是实话，"阿布勒说道，"你就是那个枪手。我站在灌木丛中拿着你那把枪的时候，我还不知道枪手就是你，来到这里我刚开始也不知道是你。但是在灌木丛中我就知道做这事儿的是个懦夫，而我想到的第一个懦夫就是你。"他说，"别再自欺欺人地认为我没有证据，能想到这个已经足以让我来这里找你了。至于说证据？我在这栋房子里已经找到了，我一会儿会拿给你看。不过在这之前，迪尔沃斯，我要把你的一些东西还给你。"

阿布勒叔叔把手伸进口袋，掏出一二十颗铅弹丢在桌上，子弹噼噼啪啪地弹落到了地板上。

"迪尔沃斯，我就是靠这个把你从谋杀罪中救出来的，在我把你的枪放回空心圆木之前，我退出了枪膛里所有的子弹，只留下了火药。"

阿布勒叔叔向着桌子走了一步，继续说道："迪尔沃斯，不久前，我曾问过你一个问题，你说你不知道。我问县报公示中法院拿来售卖用以缴纳税金的都是哪几块地。报纸有一部分被撕掉了，公示少掉了一半。当时你没能回答。当我问你这个问题的时候，答案就在我的口袋里，缺少的那一半公示被你拿来包铅弹了。"

他从口袋里拿出一张皱巴巴的报纸，拼到迪尔沃斯桌子上放着的另一半报纸旁边。

"瞧，"他说，"完全严丝合缝。"

魔鬼的工具

我正打算随着阿布勒叔叔进入花园，但在篱笆拐角处看到的一幕让我大感惊奇，不由得停下了脚步。前方一两步开外的阳光下，有一条藤蔓荫蔽的小径，阿布勒叔叔正一动不动地站在那儿，一个女孩抓着他的臂膀，小脸深深埋在他的外套里，低声抽泣着。两人都没有说话，随着女孩的抽泣，她的手和肩膀也在不住地颤抖。

即便时至今日，一想到漂亮女人，不知为何，我总会首先想到贝蒂·伦道夫。然而，即便印象如此深刻，我却无法回想起她的样子。记忆里的她，就像诗人们笔下的美女，总是青春永驻。每当我想描述她的容颜，这些诗句总会恣意地侵入我的脑海，一直纠缠着我，使我不得不放弃努力。

我无法像诗人们那样，用娇艳的苹果花、牛奶般白皙或是小猫一样有趣等词句来形容一位女士。尽管这些让人欣喜的词句用在贝蒂身上正合适，可惜却并非出自我口。同样的，我也无法用异域语言来赞美她的容颜——要知道不同文明的车轮和纺锤也有差异，异域语言哪怕再好，用在她身上我想也不合适。那段为女人渲染上浪漫色彩，并赋予她们诗意幻想的岁月，可并非像你认为的那样虚无缥缈、不切实际。这个世界真是奇怪，那些相信辛勤耕作的人，会收获辛勤换来的回报，而那些相信奇迹的人，也能赢得奇迹的眷顾。

在极度好奇之下，我就躲在篱笆后面没有出来。阿布勒叔叔和我这次是专程来向这女孩道喜的，她马上就要结婚了，结果见到她泫然落泪的场面真是大出意料。这场婚姻怎么看也不该是悲剧，也不该有眼泪才是。要是世间还有般配的爱侣，贝蒂·伦道夫和爱德华·邓肯绝对就是这样的一对。

爱德华·邓肯相貌俊朗，土地与伦道夫家毗邻，家世也足以与伦道夫家相当。在这山区，爱德华卓然不群，不过我不喜欢他。看到我是怎样描绘贝蒂·伦道夫的，想想看当时一个十岁的男孩心中是怎样的嫉妒绝望，你就会会心一笑吧。

打从两人还在摇篮中，乡邻们就私下议论两人很般配，这预言如今真的要实现了。他们的爱情也在一再阻碍中磨砺得更加坚贞。爱德华·邓肯买了土地，建好了房子，不过伦道夫声称，他得把土地和房子的欠款付清，才能迎娶自己的新娘，伦道夫对这个条件决不让步。

这一等就是好几年，伦道夫为此大发雷霆。爱德华已经还了不少外债，只是还有一笔抵押贷款一直没有还清。直到不久前，在一个偶然的机会下，这笔抵押贷款终于还完了，幸福的天堂之门已经向两人打开。爱德华·邓肯的父亲曾以很低的价格在一次司法拍卖中拍得了一块毗邻马里兰边界的地。爱德华·邓肯卖掉了这块地，据他说，买主是个外国人，而他用这笔钱还清了所有债款。爱德华写信告知贝蒂这个好消息时，贝蒂人还在巴尔的摩，听到了这个消息就迫不及待地赶了回来。结婚的日子定下来了，我们来此分享她的快乐，没想到她却是依偎在我叔叔的手臂上，哭得心都要碎了。

她这一哭就是好大一会儿，阿布勒叔叔则一直站在那里，像抚慰孩子一样抚摸着她的秀发。哭过之后，她才告诉阿布勒叔叔她因何而如此伤心。我站在篱笆的拐角处，离他们非常近，近到伸手就能碰到她，我静静地倾听着她的讲述。她从脖子上解下一条旧丝带递给阿布勒，丝带上有一个小圆环，下面挂着一个颇具重量的金十字架。

我认出了这个金十字架，大家都看到过。这个金十字架原是贝蒂母亲的，上面镶着三块大大的祖母绿宝石，是县里为数不多的精美珍宝之一。三块祖母绿宝石价值五千美金，是她英国的外祖母留下的传家宝。贝蒂·伦道夫没开口，我就知道出了什么事儿。那几块祖母绿宝石不见了，她手里只剩下一个光秃秃的金十字架。

她只用寥寥数语就讲完了整件事。珠宝丢失已经有一段时间了，不过她父亲到今天才发现。她一度希望能一直瞒过她的父亲，没想到，巧合之下，还是被她父亲发现了。之后，他父亲就开始了审问，想找出是谁偷走了宝石。这时候，让贝蒂·伦道夫最伤心的事情发生了。宝石丢失她就已经受不了了，可是现在，打从她记事起就被她视为母亲的莉莎妈妈，被当成罪犯带走审问了，这让她情何以堪？此时此刻，她父亲正在他的办公室里怒气冲冲地审问莉莎妈妈呢。她问我叔叔阿布勒能否去看一眼，免得她父亲做出什么让她伤心的事来。

阿布勒叔叔接过那个金十字架握在了手里，问了那女孩一两个问题，不过，总体而言，阿布勒叔叔话语不多，这让我感到很奇怪，毕竟还有事情没弄清呢！他问祖母绿宝石不见多久了？她回答说在她去巴尔的摩之前这几块宝石还在，路上她没有随身携带这个金十字架，而是和其他物品一样放在了她的房间里，回家后她才发现上面的宝石不见了。

说着她又开始哭起来，美丽的嘴唇哆嗦着，棕色的大眼睛里噙满了泪水。

阿布勒答应进去见见伦道夫，想办法把莉莎妈妈带回来。他吩咐贝蒂在花园里等他回来。贝蒂离开时明显好受多了。

不过，阿布勒没有立马去伦道夫的办公室，而是手里拿着那个金十字架，站在那儿打量了好一会儿。令我意外的是，他又转身顺着来时的小路往回走了。他的步子又急又快，我差点没来得及躲开。我见他穿过大门去了马厩，就偷偷尾随在了后面，心里有些奇怪他为何没有像之前承诺的那样直接去伦道夫的办公室。他绕过马厩前面的几张桌子，走进了一个放着耕犁、挂着镰刀和玉米锄等农具的棚子。这个棚子由巨大的圆木搭成，上面用板子做顶，两边是开放的。

我在绕道去马厩的过程中耽搁了一点时间，等我赶到那个大棚子，透过圆木的缝隙向里张望时，却发现阿布勒叔叔已经坐在一个大砂轮前面，正用脚转动着砂轮，小心翼翼地将金十字架凑到砂轮边上。他停了下来，检查了一下，接着又开始打磨起来。我一时被他弄糊涂了。为什么他要到这里来？为什么他要用砂轮打磨那个金十字架？终于，他停了下来，四处踅摸，从棚子里找到了一块旧皮子，就又坐下用皮子蹭那十字架，像是打磨后抛光。

他不时地检查手里的活计，终于满意地站了起来，离开棚子，顺着小径向花园走去。这次我知道他要去哪里，于是我抄近路跟了上去。

伦道夫的办公室位于主宅旁扩建而成的一栋单层翼状建筑，同老弗吉尼亚大厦风格很像，有一个单独的入口，既方便主人接待来客、处理公务，又不会干扰到自己的家庭生活。

我当时十岁，就像一个优秀的莫霍克[1]猎人，十分擅长隐蔽，对每个细节都小心翼翼。当然随着年龄的增长，有更多大事要做，我不得不放弃了这种生活方式，不过，隐蔽身形的功夫我可一直没丢。没有人像我那样，五岁就那么喜欢杀戮：手里拿着木质的小刀，静悄悄地趴在树木繁盛的牧场上伏击火鸡；也不会有人在十岁时就像温卡斯[2]一样将此项功夫练至大成境界。

很快，我就藏身在一丛灌木丛中，从那里能够清楚地看到伦道夫的审问。我想，要是贝蒂能够一直待在那儿观看这场审问，她就不会大哭着跑开了。只见伦道夫威势十足地坐在桌子后面，身上带着帝王般的威严。不过，除了这番威势做派，在他与莉莎妈妈的交锋中没有占到丝毫便宜。

莉莎妈妈像跟杆子一样直挺挺地坐在桌子另一边，身上的黑丝裙十分平滑，头上戴着一顶干净、整洁的白帽子，鼻子上架着一副方框眼镜，双手放在膝盖上，看上去真的是仪态高贵，如果刚果有皇室的话，她身上肯定流淌着刚果皇室的血统。在我看来，莉莎妈妈已经在

1　以前居住在莫霍克河的北美印第安人。
2　北美莫希干印第安人首长。

那书房里驳回了伦道夫所有明确的指控，伦道夫只能用一些诸如'某事在某行为之后发生，即为某行为导致某事'等似是而非的法律语言来进行影射和论争，试图得出莉莎妈妈就是窃贼的结论。不过她之前一生清白、毫无过失，这一点很占优势，因此对于伦道夫的指责她一概视而不见，伦道夫也无可奈何。她将这审问直接视作是两个重要人物的会面——是伦道夫宅邸两位首脑为了家庭的利益与荣耀而会面协商。无论伦道夫如何努力，她都泰然自若。

"你的房间是紧挨着贝蒂房间的吧？"伦道夫问道。

"是的，主人，"她回答道，"自从她妈妈把她从那张她出生的床上交给我后，我就一直睡在这孩子旁边。"

"那么除了你以外没人进她的房间咯？"

"没人，老爷，除非有我在旁边监督。"

"那么，别的用人从贝蒂的房间里拿出点什么东西，都逃不过你的眼睛了？"

"是的，老爷，难逃我的眼睛。"

"那么，"伦道夫又进一步逼问道，"如果只有你一个人能进入贝蒂的房间，而别人进入又必须让你知道或者征求你的同意，那这屋子里怎么会有奴仆偷走珠宝呢？"

"他们没偷！"莉莎妈妈说道，"我已经把所有的黑奴都叫到面前，统统搜过了！"想到搜身的那一幕，莉莎妈妈的嘴巴绷紧了，"我了解他们！他们这些黑奴有人会闷闷不乐，有人会叫喊、咒骂，他们偷偷摸摸做的那点坏事儿，他们的那些鬼蜮伎俩，我全都知道，这一点他们也清楚。"说到这儿，她顿了一下，举起一根长长的黑色手指，说道，"他们能够骗过贝蒂小姐，也能够骗过主人您，不过他们可骗不了莉莎妈妈。"

她双手交叉，庄重地放置在膝盖上，用一种神秘的口吻说道："我们都知道黑奴们偷东西，不过他们只是偷点儿吃的，没人会太当回事儿的。您祖父不会，您父亲不会，我们也不会。您不能对那些黑奴过于严苛，同样地，也不能对他们过于纵容。过于严苛，他们就会整天垂头丧气；过于纵容，他们就会不知天高地厚。整天无精打采的黑奴毫无价值，而整天趾高气扬的黑奴则会让人恶心！"

她顿了一下，不过既然开了口，她就说开了。

"我就不具体说出来了，不过家里的那些重要东西，我都会时刻盯着。他们这帮人就像马儿一样没头没脑的，也许会在厨房偷一片面包，或者在烟熏室偷一片培根，但绝不敢偷什么贵重东西的。

"不，老爷！不，伦道夫老爷，这栋房子里没人偷过那些珠宝。"

她停下来想了想，一脸的斗志昂扬。

"我倒要看看哪个黑奴敢从那孩子那里偷走一根针。看我不把他的皮剥下来！偷珠宝？不，老爷，这里还没有哪个黑奴敢这样惹我生气。"一时兴奋，她倒算是把家里的一些真实情况向伦道夫泄了底。

"他们并不怕您，主人，因为他们知道瞎说八道就能骗过您；他们也不怕贝蒂小姐，因为他们知道只要装个可怜就能令她心软；而我就不同了，我是用铁血手段管教他们！没有一个黑奴能在我面前说谎，他们心里面在想什么我都知道。"

她握紧拳头，向前比画了下，做出了一个凶恶的手势。

"我对他们说，犯了错，伦道夫先生会用柳条抽你们，我可是会用蝎子蛰你们。"

正说到这儿，阿布勒叔叔进来了。

莉莎妈妈立马客套起来，只见她站起身，对着阿布勒叔叔微微一礼道："阿布勒，阿布勒先生，您一向可好？"

阿布勒刚回答了她的问候，伦道夫就赶忙上前招呼叔叔坐到了一把椅子上，向他讲述了正在处理的事情。阿布勒说，贝蒂已经把事情告诉他了。

伦道夫就又回到了桌子后面坐下，继续审问起来："这起盗窃案，没有直接证据，因而只能遵循法学家著作中的既定程序，对时间、地点、动机、作案方法、作案机会和行为等所有情况进行缜密的探查。再者，法官在审判时必须假定所有的嫌疑人都是无辜的，但调查时，则必须假设所有受审者都是有罪的。"

他抿了抿嘴,继续摆出一副高贵威严的姿态说道:"任何人都必须被调查,即便最信任的老仆也不能例外。这种程式十分高明,威廉·拉塞尔爵士的案子就能说明这一点。那桩案子从证据来看像是指向自杀,不过严格执行这一程式后,最终却发现拉塞尔爵士是被他的贴身男仆谋害的。"

我的叔叔没有插嘴。不过莉莎妈妈已经难以抑制自己的热情了。她为伦道夫感到自豪,像所有的黑人一样,她认为高谈阔论就是有能耐。伦道夫的夸张之言和浮夸姿态正是她的最爱。她看着伦道夫,眼中射出敬慕的光芒。

"继续说啊,伦道夫先生,"她说道,"您真是个伟大的演说家。"

伦道夫砰地敲了一下桌子,吼道:"闭嘴!在这个家里,是不是每说一句话都会有人打岔?!"

然而莉莎妈妈只是平静地端坐在椅子上,脸上洋溢着信徒般爱戴的光辉,眼中仍是一片仰慕之色。她对主人这种突然发作的习惯早已习以为常,丝毫也不觉得尴尬。

虚荣就是有这点儿好处,不会被突如其来的打击所打倒。遭受再多的打击,它也会像不倒翁一样重新站起来。别人碰壁后早就意气如灰,伦道夫绝对不会。只见他又气势十足地说道:"要记得这个程式,我们来分析一下，一个罪犯当然有可能巧妙地计划了犯罪，毫无意外地执行犯罪计划，并平静地保守住了这个秘密，最后使得事后任何的审讯都劳而无功。不过通常情况下不是这样的，就像，在阿什比·库伯爵士的案件中所昭示的那样。"

他顿了一下，十指并拢说道："我们现在要怎样才能够找出那个罪犯呢？没有人亲眼看到他的犯罪过程，也没有证人证言，不过我们不会因此放弃调查。法学家告诉我们，在秘密犯罪的案件中，间接证据是最能够确定罪行的，因为人可能会出于卑鄙的动机做伪证，不过事实，就像莱格男爵恰如其分指出的那样：'不会说谎'！"

他夸张地指了指他的书架，说道："确实，我不会像巴特勒法官在唐兰一案中那么激进，我不会将间接证据置于直接证据之上，也不会认定无人能够编出一系列情况骗过那些经验不足的普通治安官。我想提下弗罗姆案，在这件案子中，马修·黑尔爵士犯下了令人惋惜的错误，他以谋杀同船水手的罪名绞死了几个水手，结果，事实上，那个所谓'被害'的水手并没有死。不过，先生，"沉浸在激情演说中，他直接对着我叔叔说道，"即使黑尔爵士在此案中犯了这么大的错，借用诗人们的一句话，该案还是有其闪光点的。那就是黑尔法则。"

他稍作停顿以示强调，这时，我叔叔问道："那么，这个法则指的是什么呢？"

"先生，这个法则……"伦道夫回答道，"是不该单靠记忆来复述的。这是指我们法官的一种不法行为，使得好好的判决书中出现了错误。不过，先生，马修爵士的判决书语言很优美，值得一读。"

"别去管马修爵士的优美语言了，"阿布勒回答道，"这法则是什么意思？"

"这个法则是从实质和效果上，"伦道夫继续说道，"而非从文字上，指导治安官在处罚任何人之前，首先要确定是否真的存在犯罪行为。"

"说得好！"我的叔叔说道，"这是我听说过的最好的法律名言。"

他用大手举起了那个金十字架。

"就拿这个案子来说吧，"他说道，"要是确定那些祖母绿宝石没有被偷，那推测谁是小偷还有什么意义？"

"没有被偷！"伦道夫大声说道，"但它们不见了啊！"

"没错，"阿布勒回答，"它们是不见了，不过不是被偷了。考虑下这个事实：要是金十字架上的祖母绿宝石是被人偷走的，那么用来固定这些宝石的金属小爪应该会被折断或者撬开，金属小爪上就会有新的断痕或是扭曲翘起，然而，"他继续说道，"小爪与底座的接口处却是相当的光滑。这说明什么？"

伦道夫接过十字架，仔细地检查了一番，说道："你说的对，阿布勒，这底座与小爪几个接口处都已经被磨光了。也难怪了，这个十字架相当古老了。"

"要是这底座接口都已经被磨光了,"我叔叔继续说道,"那宝石会怎样呢?"

伦道夫紧握拳头猛捶了一下桌子,大声说道:"宝石肯定早就掉了出来,丢了!我的天啊!"

阿布勒舒服地躺在椅子上,似乎他无须再说什么了。伦道夫又对着莉莎妈妈发表了一通演说,大意是说家中的每个成员都洗清了嫌疑,这个令人高兴的事件值得庆祝。他愈发滔滔不绝讲起他很伤心,然而严格、公正、坚守正义的思想抑制了他的悲伤之情,最后,获知了事实的真相时他又是多么的愉快。

听着伦道夫的这番演说,莉莎妈妈坐在那儿欣喜若狂,偶尔也会发出几声嗟叹或是尖叫,只见她双肘抬起,身体随着伦道夫的演说有节律地摇摆着,完全沉迷于他的滔滔雄辩,对于伦道夫演说的意图倒是毫无领会。之前被指责有罪她没有意识到,现在被宣判无罪,她还是没有意识到。伦道夫演说都结束了,她兴高采烈地鞠了一躬,说道:"是的,主人,我对您说过,珠宝不会是被哪个黑奴偷走的。"

不过,对我来说,心里诧异极了。阿布勒叔叔刚刚用以说服伦道夫的证据可是他用砂轮亲手精心炮制出来的啊。

原来他在那个棚子里就是在做这个:打磨掉那些金属小爪,再用皮子将底座打磨抛光平整,造成自然磨损的假象。我藏身在灌木丛中,地形对我很有利,我得以愈发兴趣盎然地打量着我的叔叔。他坐在那里,没有理会伦道夫的夸夸其谈,目光穿过打开的窗户落在远处的绿地上。他花费这么大的力气就是为了让莉莎妈妈洗脱嫌疑,那就是说,偷东西的贼另有其人了!是谁呢?五分钟后我就得到了暗示,但这让我惊到了。

"莉莎,"伦道夫这时问起了另一件事,"贝蒂小姐的卧室平时是由谁打扫的?"

"是劳斯打扫的,主人,"莉莎妈妈答道,"这孩子的事情都是由我负责的,家里的黑奴什么也不做——我是说除非由我盯着,他们什么也不会去做。我会盯着他们擦玻璃,盯着他们扫地,盯着他们铺床,总之,贝蒂小姐不在屋子的时候,我都会仔细盯着的,当然爱德华先生来的时候除外。"

说到这儿,她停下来吃吃笑了起来。

"我的天啊,年轻人可真有劲头!爱德华先生每天都会骑马过来,对我说:'你好啊,莉莎妈妈,我想今天还是看不到贝蒂小姐了,我上楼去看看她妈妈吧。'说完这句就会跳下马,说道,'莉莎妈妈,把钥匙拿来打开这神圣的大门。'我就从口袋中掏出钥匙打开门,他就进去瞻仰小姐书桌上挂着的那幅小姐妈妈的照片。"

莉莎妈妈说到这儿停了下来，掏出一方干净整洁、方方正正的手帕擦了把眼泪继续说道："是的，先生，贝蒂小姐跟她的妈妈长得真像，简直一模一样。我打开门，坐在门前的台阶上。爱德华先生瞻仰过小姐妈妈的照片后会出来对我说：'谢谢你，莉莎妈妈，这下能让我到明天都心里舒坦了，你去锁上门吧。'然后我就会仔细把门锁好，我会注意别有什么好事儿的黑奴在附近晃荡。"

这时，我的叔叔打断了她的话，打发她去找贝蒂了。既然事实证明莉莎妈妈是无辜的，两人就开始谈论起别的事情来。

我没有再听下去，而是坐在灌木丛中，看着叔叔面无表情的脸孔，试着将这些相互矛盾的线索串起来，看能否搞明白点儿什么。慢慢地，我有点儿明白了，不过还不敢做出最终的结论：这结论引发的后果太吓人了，我不敢妄动。

有人进入贝蒂的屋子从金十字架上撬下了那几块祖母绿宝石。这个人不是莉莎妈妈！阿布勒知道这个，却故意造了伪证。是为了让莉莎妈妈脱罪？我想，也许并不至此吧。她没有什么危险，即便伦道夫摆出一副审判的架势，也不曾真的想过这事儿是莉莎妈妈干的。那么，这就是说我叔叔在故意掩护真正的罪犯。可是，他为何要这样做？阿布勒对所有人一视同仁，他只站在清白无情的正义一边，不会因人而异。那么，他这样做究竟是为了什么？

突然，我灵光一现。阿布勒是在为罪犯背后的某人着想，如果真相被公开，会对那人造成严重的后果。他做这件事，居然是为她做的！我现在也在想着她，要不是我叔叔坚决果断地采取措施，她的信仰、希望、此生最亲爱的幻想就要岌岌可危，甚至就要被毁掉了吧？

接着，另一个念头难以抑制地浮现在了我的面前。他怎么能对这女孩隐瞒真相？难道他不该把自己知道的告诉她吗？这个念头让我很是纠结，备受折磨，喉咙发干。可是，他为何如此呢？他这样做只能是出于对她的爱。她不需要知道真相，这个秘密也许在大家有生之年都不会被泄露呢。再者，尽管阿布勒叔叔手段强硬，却总是能从大处着眼、从人性的角度出发去看待正义。他追求的真相是精神层面的，而非字面上的。

但是，尽管我还是个孩子，视野有限，我还是觉得阿布勒叔叔一定得告诉她真相。等阿布勒叔叔离开伦道夫的办公室走进花园，我灵巧地跟踪在他后面。我火急火燎地想知道他会如何选择。他会说出来呢，还是会永远保守住这个秘密？这出戏我已经看了前两场了，我倒要看看这出戏会怎样落幕？我隐藏在高高的猫尾草丛中，果真看到了这出戏的结局。

阿布勒叔叔在花园里找到了贝蒂。莉莎妈妈被证明无罪，她喜不自胜，一见到阿布勒叔叔就高兴地一路小跑迎了上去。阿布勒却什么也没说，拉着她的手一起坐到了一条长椅上。

我看不见贝蒂的脸，不过能听到阿布勒叔叔的声音很是慈爱。

"我的孩子，"他说道，"好人一定不能使用魔鬼的工具做事，为何？至少有一个原因，那就是魔鬼的工具好人是用不好的。"

他顿了一下，从口袋里拿出那个金十字架，继续说道："你看，有个人啊，完全不会使用魔鬼的工具，没办法，我只好帮他忙了。我自己使用魔鬼的工具也不太熟练，不过，我的天哪，我也没有像那个人那么笨！你来看，那个人从金十字架上撬走了祖母绿宝石，把上面的金属小爪弄弯、弄断了，却一点也没有掩饰，让人一看就明白这是一起蓄意的犯罪行为，所以呢，我不得不把这些东西都打磨掉，使得祖母绿宝石看起来就像是意外失落的。这样一来，没有作案动机的莉莎妈妈，有作案动机的爱德华·邓肯，就全都被洗清了嫌疑。"

那女孩一下子站了起来，声音颤抖着说道："啊，不会有人相信他会做这种事的！"

"为什么不呢？"我的叔叔继续说道，"他既有作案机会也有作案动机。在你不在家的时候，他多次进过你的房间。他也需要钱来还清土地欠债，这几颗祖母绿宝石能为他换来这笔钱。"

女孩握紧手掌放在心口，再次声音颤抖着问道："不过你不认为是他偷了那些宝石吧？"

听到她这句话，我躺在猫尾草丛中，不由得浑身发抖。

"不，"阿布勒说道，"我不认为是爱德华·邓肯偷走了那几颗宝石，因为我知道那些宝石没有被偷。"

他伸手把女孩拉到身边坐下，接着说道："我的孩子，我们得相信就是最笨的小偷，也会有点儿小聪明的。打我第一眼看到你手里的金十字架，我就知道那些宝石不是被贼偷走的。没有哪个小偷会费力地从金十字架上把宝石撬下来，却把金十字架这个罪证留下来。现在，有一个原因能够解释为什么金十字架会被留下，只是这理由放在小偷身上说不通，其实也可以说是有两个原因：有人想保留这个金十字架，而且也不怕留下它。"

"现在，我的孩子，"阿布勒叔叔轻轻地揽住女孩的肩膀，问道，"既珍爱这个金十字架，又不怕保留它的那个人是谁呢？"

女孩依偎在我叔叔的怀中，哽咽着承认了。爱德华为她牺牲了一切，她也要为他牺牲一次。她在巴尔的摩卖掉了那几颗祖母绿宝石，然后通过一个代理人买下了爱德华的那块山地。她说一定不能让爱德华知道，永远别让他知道，我的叔叔阿布勒必须以名誉担保答应她这一请求。

躺在深深的猫尾草丛中，我听到阿布勒叔叔许下了诺言。

消失的金币

四月的一天下午,我们来到达德利·贝茨的家,站在了他家门口的一小块草地上。阵雨过后,阳光倾洒在天鹅绒般的草地上,一簇簇白花苜蓿也得以同沐光辉。头顶上是湛蓝的天空,脚下是碧绿的草地,空气中则弥漫着莲花般的清香。从这阳光灿烂的草地向南望去,可以看到一个蜂巢架,蜂巢架上面覆着一层黑麦麦秸,顶上还扣着一块隔板。巢房是一个个胶树树孔,上面加有盖子,方便这些"小奴隶"向人类"暴君"进贡蜂蜜。雨后蜜蜂们都飞出来了,像纺纱机般嗡嗡地辛勤劳作着。

伦道夫停下脚步,望着蜂儿们在蜂巢旁嗡嗡作响地劳作,手指在空中画了个圈,说道:"'哼着歌儿的泥水匠把金黄的屋顶盖上[1]',啊,阿布勒,埃文河畔的威廉[2]真是一个伟大的诗人。"

阿布勒叔叔转过身来,瞄了一眼伦道夫,目光又落在了蜂房上。一个女孩提着一桶水从下面的小溪边走了过来。她身着朴素的白色连衣裙,身材匀称、亭亭玉立,宛如天地初开时精擅纺织的神女。她在蜂房前刚停下来,蜂儿们就像是见到了一朵硕大的苜蓿花飞拥过来。女孩儿毫不害怕,反而像是被蝴蝶环飞的小孩般很是惬意从容。她朝着冷藏间走去,水从满溢的桶中滴答而下,一路不停有蜂儿亲吻她的指尖。我们跟了上去,走到蜂房前时,阿布勒叔叔停下了脚步,又重新吟诵了一遍伦道夫刚刚引用的诗句:"'哼着歌儿的泥水匠把金黄的屋顶盖上',下面还有金地板和金柱子。"他在原句后面又加了这么一句,接着说道,"你口中的这位英国大诗人还是一个出谜语的高手呢,当然不可能比参孙[3]更会出谜语,除非得我相助。"

我一下子就被诗句中童话般的场景迷住了,喜难自已。想想看,一个个小东西一边哼着歌儿一边铺着金地板,垒着金墙壁,盖着金屋顶,

1　此句出自莎士比亚的历史剧《亨利五世》第一幕第二场。

2　这里指的是英国剧作家、诗人威廉·莎士比亚。

3　《圣经·士师记》中的一位犹太士师,天生神力。最后因不能抵挡住女色的诱惑和缠累泄露了超人力气的来源和秘密,给敌人有可乘之机,被非利士人挖其双眼并被囚于监狱中折磨,受尽羞辱,最终与敌人同归于尽。

哼着歌！这简直是在大白天在我眼前打开了一个神话般的世界。

看到阿布勒叔叔对那句话深有感触，伦道夫兴奋不已："阿布勒，埃文河畔的威廉是一个伟大的诗人，他总能从自然中发掘真意，总结教益。人们在劳动时应当唱着圣歌，应该让田野充满歌声，这样就能将咒骂的病毒驱离。阿布勒，要知道埃文河畔的威廉同时还是个伟大的哲学家。"

"圣保罗才算是伟大的哲学家呢。"阿布勒回应道。

他离开了蜂房，艰难地穿过一块地一步步走到老达德利·贝茨的门前。他背着手，古铜色的脸庞高高昂起，口气严峻地说道："贪恋金钱的人，用许多愁苦把自己刺透了[1]。这难道不是真理吗？你看那边的达德利·贝茨老头儿，就是被愁苦压弯了腰：失去了自己的儿子，本人寿命不长不说，最后连灵魂也保不住了——这一切都是因为钱——正如圣保罗说的那样，他'用许多愁苦把自己刺透了'，现在到头来连一辈子辛苦积攒下来的财富也丢了。"

达德利老头儿就是这附近山区的笑柄。他为人吝啬、气量很小，抠门得让人难以置信。他家任何东西非要用到彻底毁坏、无法修补为止，

1　此句出自《新约圣经·提摩太前书》，该书是耶稣门徒保罗写给提摩太的第一封信，其中提到：贪财是万恶之根。有人贪恋钱财，就被引诱离了真道，用许多愁苦把自己刺穿了。

否则绝不舍得丢弃；他心里只想着如何占便宜，比如他会把地一直种到自家门口，篱笆则一直竖立到大路上，身边的每个人更是被他榨得干干净净，儿子被他拼命役使得受不了逃到了大山另一边，女儿被他逼着每天像原始人一样凑合度日——用木灰做肥皂，用麻纺线，用手摇织布机织布，亲自做衣服。

就像别的偏执狂一样，达德利年岁愈大，怀疑与担忧之心日重。他从不敢借钱出去，生怕落了个血本无归。为了这份财产他实在是付出太多了，根本不敢冒一丁点风险，为了安全起见，他把所有钱财都兑换成金币藏在身边。

然而谨慎与担忧也无法阻止贪婪的哈比女妖振翅而来，达德利已身处其魔爪之中难以脱逃。恶魔可以通过一些暗黑地域降临，达德利就曾去过这样的地方。故老们相信人们不应过于压榨土地，否则就会招引出邪灵的掠夺与报复。干瘪虚弱、裹着一层层毯子坐在火堆前的老太婆警告他说："可以收割庄稼，但是不要捡拾谷穗，更不能把每一个谷穗都捡拾干净，否则就会冒犯暗黑生灵。"这可是最古老的信条。先人们喝酒前一定要先倾洒一些在地上，更要奉献出牲口和最先成熟的水果。这些《圣经》中都有明确记载，达德利应当记下并经常诵读熟悉才成。

先人们是如何知道该这样做的呢？那时候的人们生计艰难，因而尽可能地搜刮一切。这种做法为先人们招来了灾祸，这教训让整个族群都心惊胆战、永世难忘！

达德利对于这些警告先是一阵嗤笑，接着就破口大骂，其实从中已不难看出他态度的变化：嗤笑意味着不信，咒骂则意味着心中恐惧。

现在，怪事儿发生了：达德利老头儿辛苦攒下的钱财居然神秘消失了。没人知道是怎么回事，像达德利这样谨小慎微、守口如瓶的人，即使是遭遇这样的灾难，遭遇致命的伤害，他也只会把它们小心地隐藏起来，秘而不宣。

当晚他悄悄地把这事告诉了伦道夫和阿布勒，于是我们现在就来到了达德利老头的宅子。

看到我们来了，达德利老头放下锄头，领着我们走了进去。这栋宅子看起来相当原始——屋里所有东西都是自制的：地板上铺着自制的破旧地毯，床上铺着手织的床单，桌子、架子和长凳等家居也是自家打制的，做工相当粗糙。这一切无不显示出眼前这个老头是多么的节俭。屋里其他的一些东西则表明眼前这个老头心里有多么恐惧，这屋子看上去就像是一座原始的营寨。门上拴着一根粗门闩，窗户上覆盖着厚重的百叶，床边竖着一把斧头，墙上的一颗钉子上还挂着一把古老的决斗手枪。

我没有傻乎乎地跟进去，而是坐在门阶上，仔细观察着某只正在窗台下辛勤劳作的蜜蜂。我被他们完全忽视了，就像我是聋子似的，其实我耳朵灵得很，他们说的话我一个字也没漏掉。

达德利老头在桌边放了两把椅子，请客人坐下后，就又在桌子上放了一个蓝色的陶罐。这是个老式的釉罐，就是小贩们沿街叫卖的那种，比瓦罐小一些，深一些，罐边很厚，有两个瓶耳。他一直把金币藏在这个罐子里。某一夜，这些金币突然从罐中消失了。

老头讲起了整个故事。他的声音虽然如同耳语，却还是一阵阵地传了过来。每天睡觉前和第二天起床之后，他都会检查一遍这个罐子，他清楚地记得金币是在哪个夜晚消失的。那晚真是恶魔之夜——乌云从铁色的天幕划过，一钩弯月忽隐忽现，狂风肆虐着大地。

他拿出年鉴指出具体的日子，我们都想起了是哪一晚。据达德利说，那晚他听到了某些难以形容的声响。那晚有各种各样的声音：风钻入烟囱的声音，房屋被风吹动发出的嘎吱声。日落时分，大风卷起漫天尘土和落叶，很快又变成了狂风，壁炉里的火都被吹灭了，屋里黑如地狱。后来屋内屋外发生过什么事他就不知道了，只知道第二天天一亮金币就不见了。不过他确信没有人进入过他的屋子，因为门闩和百叶窗都插得好好的。如果有什么东西进来，那也只能是通过锁孔，或者是通过只能容下小猫进出的烟囱。

阿布勒什么也没说，伦道夫坐下来开始了例行问话："达德利·贝茨,你被抢劫了,那晚有人闯入了你的房间,是吧?"

"没人进来,"老人声音嘶哑,如同耳语,"不管是那一晚,还是其他夜晚,我门都闩得好好的,先生。"

"贼也有可能是在离开前又把门关好了。"

达德利摇摇头道:"那是不可能的,再说了,我闩门时、插窗户时用了特别的手法、独特的角度,我确定门闩和窗户都没被人动过。"

他这样的人是绝不可能搞错的。从他设置的小陷阱就知道他这人有多么小心谨慎:他把门闩刚好闩到某一隐秘的线条处;窗户上的插销也精确地按照自己独知的角度插好。伦道夫实在无法想象这谨小慎微的老头会漏掉什么细节。

"那么,"伦道夫继续说道,"会不会是贼之前一直躲在你的屋里,偷过钱后第二天才从房间里出来呢?"

达德利却又是摇了摇头,他扫视了一眼房间,目光落在壁炉架上的一根蜡烛上。

"每晚睡觉前,"他说,"我都会持着蜡烛检查一遍的。"

大家可以想象下,这个内心恐惧的老头,每晚手持牛脂蜡烛巡视整个房间的情景。他肯定不会漏掉任何一个角落,这个房间的每一寸地方他都了如指掌,又有哪个贼能避得过他的耳目?这是完全不可能的。他不会冒一丁点险,这样的风险他早已料到,每晚都会仔细巡视一番！他知道墙上的每一条裂缝，就是一只老鼠在他面前也无所遁形！

在我看来，伦道夫找到了解决谜题的唯一出路。

"你儿子知道这钱的事吗？"

"是的，"达德利说道，"兰德是知道的。他曾说过他和我一样辛苦劳作，这笔钱应该有他一份，但我告诉他，"这老头儿忽然大笑起来，"连他自己也是我的……"

"钱不见的时候，你儿子在哪儿呢？"伦道夫问道。

"在山那边，"达德利说道，"他那时已经离家一个月了。"

说到这儿，他顿了下，看着伦道夫，说道："不是兰德干的。丢钱那天，他在杰斐逊先生创建的学校里，我收到了校长的一封信，问我要钱……这封信就在我这里。"说着，他起身去找那封信了。

伦道夫挥了挥手，坐回到了椅子上，像是在酝酿一个神谕。

这时，阿布勒叔叔开口问道："达德利，你觉得你的钱是怎么不见了的？"

老人声音嘶哑，如同耳语："阿布勒，我不知道。"

阿布勒叔叔紧追不放。

"你是怎么看的？"

达德利往桌子边又靠近了一些，说道："阿布勒，一个人总会遇到很多自己搞不明白的事情。我们把一匹马放到牧场上去，马鬃就会自己结成环……你看到过吧？"

"是的。"叔叔回答道。

我也见过多次，春天把马放到草原上一段时间，它的鬃毛就会结成环状，就像是为了便于骑手抓乘。

"哎，阿布勒，"老人声音嘶哑，如同耳语，"那是谁骑了这马？这些结环解不开，只能用铁剪剪开，是吧？"

"确实。"

"阿布勒，这是为什么呢？因为这些结环根本不是人结成的！你知道老人们是怎么说的吧？"

"我知道，"我叔叔答道，"你相信吗，达德利？"

"哎，阿布勒！"他声音嘶哑，如同耳语，"如果这世上没有巫婆，先辈们又怎么会用武器驱除她们呢？我祖母在故乡曾亲眼看到过烧死女巫的场景。那个女巫手上涂了鞋匠用的蜡去骑乘国王的马，这样她的手指抓着马鬃就不会滑脱了。鞋匠的蜡！注意到了吗，阿布勒！"

伦道夫大声说道："达德利，你这个笨蛋，胡说什么，世上根本就没有什么女巫！"

"女巫恩多就是真实存在的，"叔叔答道，"继续说吧，达德利。"

"天哪，先生！"伦道夫大声说道，"要说起女巫，我得好好读读詹姆士一世的作品。这位博学的苏格兰国王写过一部鬼神学著作。在这部书里他建议地方官仔细检查女巫的身体看是否封印有恶魔，疼痛的法子可能会有效，詹姆士一世说：'用针刺出恶魔。'"

我叔叔却是很严肃地说："接着说下去，达德利，你不相信会有什么人进入了你的房间抢走了钱，但你为什么会认为是女巫干的呢？"

"唉，阿布勒，"老人回答说，"除了女巫外，还有谁能进得来呢？贼没法从锁孔里钻进来，但有些东西是能进来的。我祖母曾跟我说起过，在她老家，一个男人一天晚上醒来，看见一只灰狼坐在自家壁炉边。他和我一样身边放有一把斧子，他拿起斧子与灰狼搏斗，剁下了狼爪，而那东西惊叫着从锁孔中逃走了，地上的狼爪变成了一只女人的手！"

"这么说来，达德利，"伦道夫大声道，"你没用上你的斧子，可真是太幸运了。"

伦道夫说这话时语带辛辣的嘲讽。

听到这话，阿布勒的脸上却浮现出惊骇的表情。

"确实如此，"他说道，"我的天啊！"

达德利身子不由得往前倾了倾。

"阿布勒，依你看，要是我用了那把斧子，会出什么事？会手持着斧子死掉吗？"

阿布勒叔叔还是一脸惊骇的表情。

"在光明降临之前，能死就是最好的结果了，死亡意味着不会下地狱。"

"这么说，我会直接下地狱吗？"

"唉，达德利，"阿布勒叔叔答道，"是的，会直接下地狱！"

老人两手抓着扶手，含糊不清地说道："隐藏在世界背后的这些家伙真是邪恶！"

听到这话，伦道夫气得站了起来。

他大声说道："该死的！难道我们还是生活在罗杰·威廉斯的时代吗？这里是女巫骑马招摇，用魔法偷盗金币、用地狱之火威胁人们的马萨诸塞吗？阿布勒，这说的都是什么傻话？"

"这可不是傻话，伦道夫，"阿布勒叔叔应道，"而是活生生的真相。"

"真相！"伦道夫大声说道，"非人的生物穿过锁孔，飞进屋子偷走达德利的金币，要是达德利用斧头反抗劫掠的话，就会自己遭罪，这就是你说的真相？该死的！有点儿常识好不好，这也能叫作真相？"

"伦道夫，"阿布勒的声音很低沉，"你说的每一个字，都是真相。"

伦道夫坐回椅子中，好奇地盯着我叔叔，说道："阿布勒，你曾经如一座孤峰，固守着常识。传说、愚蠢的迷信在你身上都会被撞得粉身碎骨，你现在却要证明女巫的存在？"

"我这样做，圣保罗也会支持我的。"

"教堂的教父们肯定是弄错了。"伦道夫说道。

"难道法律之父们就不会错？"阿布勒针锋相对道。

伦道夫手托着下巴，说道："马修·海尔爵士作为英格兰最伟大的法官依次阐述了三条巫术事实存在的理由：第一，《圣经》中曾明确提及巫术；第二，所有国家的法律都反对巫术；第三，人们关于巫术存在的证据更是多不胜数。我相信，马修爵士曾经了解到六千多起有关巫术的案例，不过这是弗吉尼亚啊，是杰斐逊先生的地盘。"

我的叔叔回答道："就算这里是弗吉尼亚，就算这里是杰斐逊先生的地盘，不还是发生了这样的事情吗？"

伦道夫大声咒骂起来："天哪，先生，那我们就去把村里的老女人们都拉去烧了吧，直到这些非人的生物透过锁孔把达德利的财产送回来！"

达德利这时又开口了："他们确实还了一些钱财回来！"

我的叔叔从椅子里猛地转过身，问道："你说这话是什么意思，达德利？"

"啊，是这样的，阿布勒，"他放低了声音说道，"有三个早晨，我发现罐子里回来了一些金币。阿布勒，这些金币来无影去无踪，要知道家里的门窗都一直是插好、闩好的。这些返回来的金币确实是我的，每一枚金币我都很熟悉——不过这些金币都被在草原上骑马的女巫们用过了！"他惊恐地瞟了几眼，小声说道，"我怎么知道呢？稍等，你们看看就明白了。"

他走到床边，从用玉米包衣做成的床垫下面取出了一个破旧、被烟熏过的滑盖小盒子,他用拇指推开盒盖,把盒子里面的东西倒在了桌子上。

"看看吧,"他说道,"每枚金币上都沾着蜡,鞋匠用的蜡,你看看……阿布勒!我母亲告诉过我——这些鬼东西会在手上涂蜡,这样晚上骑马的时候,就能抓紧马鬃了。他们用手拿过这些金币,看,这是从他们手上掉下来的蜡!"

我叔叔和伦道夫探身过去,望着桌面,仔细地检查着这些金币。

"上帝啊!"伦道夫大声叫道,"是蜡!可这些金币以前是干净的吗?"

"是干净的,"达德利老头说道,"蜡就是从这些鬼东西的手上掉落的。我妈妈不是说过吗?"

我叔叔坐回到了椅子上,达德利紧张地向前探着身,担心地问道:"依你看,阿布勒,所有的金币都会回来吗?"

我叔叔没有马上回答,他凝望着户外阳光下的草地和远山,默然许久。最后,像是弄清了某个问题的答案,开口说道:"不会全部都回来的。"

"那会回来多少呢?"达德利小声问道。

"留下的就是征收之后的部分。"

"你知道金币在哪儿吗?"

"是的。"

"是在那些生物手里吧，阿布勒，他们不是人类吗？"

"不是人类！"叔叔答道。

说着他站了起来，在房间里走来走去，不过不像是在找什么线索，倒像是在检查内心深处或是眼睛看不到的某件东西。一脸紧张地跟在他后面的老达德利跌坐在椅子里，整张脸都扭曲了。伦道夫双手合抱坐在椅子里，托着下巴，就像一个无神论者坐在一间闹鬼的房子里，完全被震撼了。他感到很困惑，金币为何会消失又回来，这实在是一点儿也不合常理，我叔叔的言论更是难以置信。那些抢走达德利金币的生物居然能够穿过锁孔！达德利如果用斧头抗争，就会直接下地狱！一部分财产被取走，另一部分会被归还！这些金币不是被人类持有，这完全不合常理。如果盗贼是人，是没有这些超自然能力的，这是精灵才有的能力啊！再说了，盗贼是人的话，他们抢走了钱，又怎么可能送回来哪怕一丁点儿？

我的叔叔刚才一直在房间里走来走去。现在他停了下来，低头看着这悲惨的老头，说道："达德利，我们的世界很神秘，充满了秘密。听我说吧！希伯来族长们向上帝献上自己新增畜群的一部分。为何呢？是上帝需要这些羊和牛吗？当然不是，整片土地以及所有新增的东西都是他的。肯定是另有原因，达德利，我也不明白是什么原因，但我所确信的是，每个人都不能将土地中所得的一切都归为己有。没人敢这样做，而你却这么做了！"

他停顿了一下，深吸了一口气，道："你这样做会招致灾难……你该怎么办呢？"

"我该怎么办，阿布勒？"老人小声问道，"像希伯来族长们那样贡献牺牲吗？"

"达德利，牺牲是必须的，"叔叔回答道，"但不必像希伯来族长那样献祭。在你土地上所得的必须平均分成三份，而你只能保留其一。"

"那另外两份我该给谁呢，阿布勒？"

"给你想给的人，达德利，如果你有选择的话。"

老人手抚着嘴唇，说道："好吧，如果不得不给出去，我应该选择留给家人。"

"那么，"阿布勒说道，"从今天开始，你赚的钱自己留下一份，其余的两份要分别给你的儿子和女儿。"

"阿布勒，那些金币呢？还会回来吗？"

"三分之一会回来，你该满足了。"

"那些拿走我金币的东西呢？它们会伤害我吗？"

"达德利，"叔叔答道，"那些把你的金币藏在自己家的东西，会像奴隶一般为你拼命干活儿，还不需要咒骂和皮鞭强迫。你看这样行吗？"

这胆战心惊的老人答应了。我们离开屋子，走到了阳光下。

那个个子高挑的女孩还站在冷藏室前,一边揉着一盘黄油,一边像画眉鸟那样唱歌。叔叔大步朝她走了过去,我们听不到两人说了什么,只是一番交谈后女孩的歌声似乎更加嘹亮了——高亢、兴奋的歌声弥漫了整个草地。

我们站在蜂房前等着叔叔,看到他过来,伦道夫问道:"阿布勒,你在打什么该死的哑谜?"

"伦道夫,你已经说出谜底了,"他指着蜜蜂回答说,"哼着歌儿的泥水匠,把金黄的屋顶盖上。当我注意到这些胶树中的一个盖子被动过,以及金币上的蜡时,我就更加确认达德利的金币就藏在这儿了。"

"但是,"伦道夫大声说道,"你说是非人生物穿过锁孔的啊……"

"我说的是蜜蜂啊。"叔叔答道。

"可你还说如果达德利用了斧子,就会直接坠入地狱!"

"他会杀了自己的女儿,"阿布勒回答道,"还有比这更可怕的地狱吗?他的女儿拿走了金币,藏在蜂房盖子里。不过她对父亲很诚实,给自己弟弟寄多少钱,就会往老达德利的罐子里返回同等数量的金币。"

"那么,"伦道夫大声咒骂道,"是没有什么女巫或者精灵了?"

"这个嘛,"叔叔答道,"就看你怎么措辞了,这里有一位精巧的少女和一整巢的蜜蜂!"

藏金之谜

二月十七日晚上的那场雪,是我从未见过的。那一天白天还是很暖和的,只是空气有些压抑。天空静静地悬浮在大地之上,似乎已经追捕了大地这个猎物多时,现在终于将之堵在了一个角落,马上要俯冲下来将之捕获,下方的大地很是害怕,显得有些焦躁不安,动物们也骚动不已。人们站在那儿相互交谈着,不时地抬起头望望天空。

当天,我们去了县政府法院。大陪审团正在调查老克里斯蒂安·兰斯被杀一案,阿布勒叔叔也前来备讯。一天早上,有人发现老克里斯蒂安被人绑在自家屋内的一把椅子上,已经死去的身体极度向前倾着,脸上挂着一副恐怖的表情。老克里斯蒂安一直独居,因而直到中午尸体才被邻居发现。这起惨案使得大陪审团出面调查,也让附近山民议论纷纷,毕竟,老克里斯蒂安这一死,还留下了一个待解的谜团。

老克里斯蒂安到底把他的钱藏哪了?这个谜团在克里斯蒂安生前,就无人能找到任何线索,他这一死这个谜团就更是无解了。老人生前养了一群牛,收益颇丰,而他基本上不花什么钱,更没有把钱放贷出去获利。大家都知道,他卖牲口的时候,只收金币,这一点他也从不避讳。自然而然地,大家猜想他是把这些金币埋藏在园子的某处了。然而,在他卖牛之后,几个闲汉曾整夜监视过他的宅子,却从未见他手里拿着铁锹从房子出来过。还有一些我想比罪犯好奇心还要强的小伙子,曾趁他不在闯入他家,搜查过多次。他们搜过房子的每个角落,撬起翻查过每块地板的下面,敲击摸索过壁炉上每一块松动的砖石。

有一次,众人在讨论这个谜团时,有人从读到的某个故事中得到启发,认为老人家里的柴架和高脚橱的把手可能是用金子做的。此后不久的一天晚上,老克里斯蒂安从磨坊回到家,发现柴架上的一个把手被人折断拿走了。不过,那个贼再也没有回来拿过其他把手,这足以说明,这种奇思怪想并不是破解克里斯蒂安谜团的关键。

在遭遇过某次恶作剧般的搜查之后,老克里斯蒂安离家前在壁炉架上钉上了一张如神谕般令人费解的布告。这布告是他从日记本上撕下的一页,上面写着潦草的铅笔字:"你们为何不查查奶牛里面呢?"

闲汉们这下被搞糊涂了。老人这句话是什么意思呢？是在奚落嘲笑他们吗？还是说既然这些人已经搜过了他宅子里的每一个角落，接下来奶牛的红嘴巴里是不是也不能被遗漏呢？或者他的意思是说他把钱投资到奶牛身上去了，要找钱就只能从奶牛上着手？还是说这是某种神秘的话语——就像古代的神谕一样——暗示了他藏金的地点呢？

反正老克里斯蒂安离开宅子时，从来都不怕大敞其门，也不会刻意保密。他确实有理由自信。闲汉们放弃了搜查他的房子，克里斯蒂安藏金谜团也成了一个传奇。

这么多双好奇的眼睛盯着他，还有背后的这个谜团，难怪他的惨死能轰动全县。

我说过，挣扎着死在椅子上的老克里斯蒂安面容看起来很恐怖，这件事本身也确实很恐怖！然而这件事不止于此：死者的眼睛、下巴上的肌肉，甚至身上每一块附在骨头表面上的血肉，死前都在拼命挣扎，似乎是其不屈的灵魂在单纯意志力的作用下迫使肌体完成自己的心愿，即使肌体早已死去。还有一点也很奇怪：死者并不是朝着可能藏有财富的房子挣扎，反而是朝着门口挣扎，仿佛是想追上某个刚刚出门的人。

邻居们劈开椅子才将他弄出来，竭力抚平他的四肢后，才将他埋葬了。然而他那拼命挣扎的样子，却实在是难以被抚平。不管是死后的平静，还是死后帮他入殓时人们手指的抚弄，都无法使他的肌肉放松，也无法让他闭上眼帘。就这样，他脸上带着那种可怕的拼命神情被装进棺材埋葬了。

一发现老人的尸体，伦道夫就叫来了阿布勒，两人一起检查了屋子，却发现一切如常，什么也没被动过。壁炉的转臂上放着一个罐子，旁边还放着一个瓦罐。梁架上挂着一捆捆玉米和一串串豆荚；壁炉架上有一个吊架，上面摆满了牛脂块；烟囱旁则挂着一些苹果干和晒干的药草。房间里床和所有的家具都还在原位。

检查过了屋子，两人对于谋杀老克里斯蒂安的凶手是谁仍毫无头绪。阿布勒除了这点儿什么也没说，而治安官伦道夫则是把自己知道的告诉了每个不速之客。诚然,他所知道的并不比其他人知道的多多少，不过他这样见人就全盘托出的做法还是让阿布勒很恼火。

"伦道夫就是个大漏罐子——根本保不住密。"他说道。我想，从他这一评价可以看出，阿布勒叔叔对治安官伦道夫还是有所隐瞒的。

反正，在二月二十七这天，阿布勒叔叔被大陪审团召去问询了很长时间。陪审员们都很严肃、沉默，问询时会关紧房门，哪怕只言片语也不会溜出锁孔。不过听过阿布勒叔叔的证词之后，似乎大陪审团仍不知道杀害老克里斯蒂安的凶手是谁，这一点很快在他们面见法官时被得以证实。他们没有提起控告。当法官问起陪审团是否掌握有什么情况能让检察官据此代表政府采取进一步行动时，陪审团主席只是摇了摇头。

我们离开县政府时，夜幕正要降临。阿布勒端坐于马鞍之上，宛如一尊铜像，默然不语时，他总是一脸严峻。我和他并马而行。我很想仔细描述下我的叔叔阿布勒。他为人严肃、十分虔诚，如果同克伦威尔[1]生活在一个时代，很可能就是克伦威尔的追随者。他身材高大，钢筋铁骨，胡须灰白，面孔像是经由铁匠打造而成，棱角分明。他信仰的神是提斯比之神，提斯比之神追随者都是持剑之人。这块土地需要阿布勒这样的人。弗吉尼亚州政府位于阿利根尼山脉另一边，整个州都是富饶的沃土，十分适合放牧，沃土四周一座座远山如隔世高墙拱卫，这样的沃土需要阿布勒这样钢铁般的汉子来维护其和平。先辈们从英国国王那里获赐了这块沃土，他们据此先是对抗野蛮人，最终又对抗英国国王本人，后世的子孙也同样追随着先祖的脚步。

马儿看起来很是紧张，暴躁地甩着头，项下的圆环叮当作响。它们就像是人一样感知到了某种危险即将降临，紧紧地靠在一起行进。到处一片死寂，此时雪花开始飘落。我从未见过如此飘落的雪花——既不是急骤暴雪，也不是绵绵不绝的小雪花。只见灰蒙蒙的天空中，时不时地会有大拇指指甲大小的雪片像是有生命一样，轻轻飞落在大地之上。这雪片紧紧地附着在落脚之物上，仿佛从天上早就选定好了

---

[1] 这里指的是奥利弗·克伦威尔(1599—1658)，英国政治家、军事家、宗教领袖。

此物要将之毁掉，接着又会有一片雪飞落其旁充当帮凶，之后一片片雪随即而至，层层堆积其上，直到豚草的裸茎或是山毛榉树的黄叶不堪重负，"啪"的一声被压断了。

雪快速无声地降落，宛如奇迹般很快覆盖了整个世界。雪下的树木和栅栏看起来很是怪异。地上的景物全变了，整个大地唯余一片雪白。夜已然降临，雪片蜂拥袭来，层层叠叠，仿佛空气都要停滞了。

很快，阿布勒停了下来，抬头看了看天，却什么也没说。我们继续前行，现在，道路因为湿雪的缘故颇为难行，粗大的树枝不堪积雪的重负一个个断落下来，马儿也开始有些踉跄，终于，阿布勒叔叔再次停了下来。看样子，我们已经到了通往森林的一个十字路口。所有我知道的路标都被雪掩盖，我迷路了。我们已经艰难跋涉了一个小时，周围变得就像是鞑靼草原一样陌生。

阿布勒离开道路纵马进入了森林，我骑马紧随其后。很快，我来到了一片空地，眼前赫然出现了一间小屋。这间小屋是用砍伐的树木堆起的一个马厩，不过是空着的，无人使用。小屋的门铰链也坏掉了，门敞开着。我们下马，牵着马儿走了进去，卸下马鞍，从厩楼找出一些干草，丢在了马槽中。我不知道身处何地，前路已阻，我想我们恐怕得在这里过夜了，不过阿布勒另有打算。

他说道："马丁，我们去找一座房子吧，那样就可以生火了。"

于是，我们就离开了那马厩。阿布勒在深雪中开出一条小路，我紧随其后。放眼望去，只有一片白茫茫，不过阿布勒肯定有办法辨别方向。之后艰难行进的短短数分钟，却像是有一个小时那么长。终于，我们面前出现了宽阔的台阶，台阶上面是一个被巨大立柱支撑的门廊。我认出这是一栋被废弃的庄园大宅，位于森林边缘一块耗尽地力的土地角落，十数英寻下面，一条河流潺潺流过。这座庄园早已长满了杂草，房子也有些朽坏了。然而，当我们走上门廊，却发现有一层光雾从门头的扇形玻璃上飘散出来，这让阿布勒颇为不安。他有些困惑地停下来，躲在一个柱子后面。

"啊，里面会是谁呢？"他这话并不是在问我，而更像是在自言自语。

他待在那儿，有好一会儿一动不动，只是望着昏暗的灯光，仔细聆听着里面的动静。然而，里面悄无声息，这宅子早已被废弃了，窗户已被牢牢钉死。终于，他走上前，敲了敲门，回应他的是一声沉闷的枪响，头上的一块玻璃碎片应声而落。他跳起来躲在一旁，里面枪声又响起，地上又落下一片碎玻璃。接着我发现了一件之前未曾注意到的事情，只见门上和钉窗户的木板上布满了弹孔。阿布勒大声报出自己的名字，呼吁里面的人停止射击并打开门。

里面沉寂了好一会儿，终于，门开了，一个人手持蜡烛站在门口。这是个小老头，一缕苍髯宛如铁丝，一头红发也已斑白，眼睛却像玻璃一样十分锐利，古铜色的身子肌肉虬结，就像一棵矮小的橡树。他头戴宽大的皮领帽，上面系着狼头模样的铜纽扣。这人我认识，名叫斯杜姆，是个村医，不知从什么地方来到了这山里。他住得并不远，我打小就非常怕他，特别怕见到他那在大风天随风飘扬的披风。他出门行医，一般都是步行，只有路途遥远才会骑马。没人知道他的过去，黑奴们编出各种各样怪诞的传说，这些说法有着固定的模式：斯杜姆是魔鬼的对手，与魔鬼争夺人和牲口的生命。他会咬着嘴唇，嘴里嘟哝着独有的奇怪咒语长时间验看马尸，简直和检查人的尸体一样耐心。确实，如果有人站在旁边仔细观察，肯定会相信斯杜姆正跟什么东西争夺猎物。我现在就看到他站在门前，手将蜡烛高高举起，以便让自己的目光能够穿透黑暗。

看到阿布勒时，他大叫了起来："上帝啊，快进来，欢迎你！"

"斯杜姆！"阿布勒说道，"是你在这房子里？！"

"不是我还能是谁？"小老头答道。

"我步行外出，结果被雪困住了，你虽然骑着马，也没躲过去啊。"

他大笑起来，露出了一口歪歪扭扭的大黄牙。他转身进了屋，我们紧随其后进了房间。壁炉里生了火，桌上一根蜡烛正明灭不定。这房间是一个穿堂，两边各有一扇白框红木大门，其中一扇正通往传统的南部庄园客厅。白色的楼梯蜿蜒而上，通往上方宽大的梯台，大壁炉上面则放着黄铜柴架。房间里很温暖，但也散发出一股霉味，毕竟已经被废弃很久了，到处蛛网密布，灰尘遍地。桌上放着一只父辈们常提的黑色小皮箱，上面只有寥寥几个锁扣。皮箱旁边则放着一把蓝铁石壶和一只脏兮兮的杯子。

他放好蜡烛，指了指那壶和壁炉，姿势透着古怪与讽刺。

"阿布勒，我热情邀请你享用这杯子和壁炉。"他说道。

"斯杜姆，请允许我们只享用壁炉。"阿布勒回答道。

我们走到壁炉旁，脱下大衣，拍打下上面的雪片，就坐在了柴架旁的老红木椅上。

"你们大可随心所欲，怎么习惯怎么来。"斯杜姆说道。

他拿起壶，倒转过来，将里面的东西悉数倒入玻璃杯中，壶中原本也没有剩下多少酒。这酒是苹果酿成，原浆酒很烈，一倒入杯中，酒香就溢满了整个房间。他举起杯子，看着火光在蓝白色的酒浆中闪烁不定。

"你将幽灵引入脑海，"他晃着手中的杯子，仿佛里面有着什么稀奇的药物，说道，"我们喝下你，就能看到幻象，就能看到死人从墓中爬出。"

他把玩了一会儿杯子，将之放到桌子上，坐下来说道："阿布勒，我对人体的了解深入骨髓。不过说到人脑——那是一片神秘的区域，我不敢信任。"他顿了顿，结满老茧的手指敲打着桌面，接着说道，"我们可能会免遭他人的伤害，但是谁又能保证不被自己的思想行为所伤？一个人也许不会害怕你的希伯来神，也不会害怕你的亚述恶魔，但是，他自己的所思所想会与自己相抵触，就会内心充满恐惧。一个人可以偷偷干掉自己的敌人，把尸体藏起来，安然返回自己的屋子——却会看到死者正满身鲜血地坐在自家的椅子上，费尽千方百计也没法将这幽灵从椅子上赶走。也许他会说这东西根本不存在，可是明明能亲眼看到却还说这个又有什么用呢？"

他站起身来，弯曲的手指撑着桌面，身子微微有些前倾。

我有点害怕，身子不由得靠向了我叔叔。这个古怪的老人用力撑着桌子，眼睛盯着阴影处，这场景在我看来有一种扣人心弦的魅力。他那所剩不多的红头发如钢丝般根根竖起，一身暗色的衣服看上去很是让人害怕。

阿布勒一脸严肃地转向他，默然许久才开口问道："斯杜姆，你在害怕什么？"

"害怕！"老斯杜姆的声音高亢起来，他挥了下手，大声说道，"你害怕你的上帝，阿布勒，而我害怕我自己！"

阿布勒的声音，带着质问的语气，仿佛像在此人身上施加了某种巫术，起到了立竿见影的效果。他坐了下来，手指拨弄着杯子，紧盯着阿布勒，默然许久，似乎正在脑海中反复思量着什么问题。他确实有很多疑团需要澄清。我们是碰巧发现他的，然而他欢迎我们的方式也真的太奇怪了！他说他是今晚比我们稍早些才来到这房子里的，这分明是在说谎：这么短的时间不可能使得屋里这么暖和。他到底有什么秘密？他为何会在这？又是谁让他如此烦恼？他肯定有什么事怕被别人知道，不过他见到我们明显很高兴，他庆幸冒雪而来的是我们两个，而不是某个他害怕见到的人。不过我们的到来还是惊扰到了他，让他不知该当如何。他坐在桌子对面，我看到他的目光掠过我们两个，打量了一下大厅，最终落到了那个黑色皮箱上。

在他正踌躇不决之际，阿布勒开口问道："斯杜姆，这一切到底是怎么回事？"

老人看了他一眼，在我看来，这一眼有点儿偷偷摸摸的，接着他以几乎低不可闻的声音说道："这么说吧，阿布勒，有人像你一样也碰巧来到了这儿，也遭遇了和你一样的欢迎仪式。嗯，这一切到底是怎么回事？这人开始有些起疑。对于这屋子的主人来说就有了某种风险，他得做出抉择：是要向来人解释呢，还是将来人射杀。唉，他选择先解释，如果解释不通，就采取第二种手段对付来人。

"他说：'你的到来帮了我的忙，我很乐意看到你。'你问：'你在害怕什么？'他则会回答：'害怕强盗。'你又问：'这屋子里有什么值钱的东西？'他会告诉你：'迈克尔·戴尔是这座房子的主人，他很有钱。'临死前他就坐在这壁炉边，用手杖敲打着壁炉上的砖块，看着他那无用的儿子。你记得他的儿子吧，阿布勒？在被恶魔附身前，他就像宙斯一样威武。'威灵顿，'老迈克尔对他儿子说道，'我在这儿给你留下一笔遗产。'之前他一直在提及这产业，那人以为他指的是其名下的土地，因而并未在意。不过，随后这人又记起了这句话，开始重新寻思起来。他想起了迈克尔·戴尔说这话的时候，手杖敲打的位置。唉，对于一个即将沉入深渊的人，哪怕是一根稻草也是会拼命抓住的。于是他又悄悄溜进了这宅子,想再找找看。"说着，他指了指壁炉上的砖块，"不，现在那儿已经没有了。金子在这个皮箱里。"他起身打开了箱子，在里面一阵摸索。接着，他走到我们身边，手里拿着几枚金币。

阿布勒接过金币就着火光仔细查看起来。这些都是老金币，他用手指使劲搓了搓，用大拇指指甲从上面刮下了点什么东西。看完他就把这些金币递了回去。

斯杜姆接过来，把这些金币丢进皮箱扣好，又坐下来，把酒壶拉到面前，说道："唉，阿布勒，财富是罪恶的深渊，它会让人恐惧，你必须站在那儿时刻守着它，神经怎能受得了？烟囱里吹进一阵风就会觉得是有人在说话，听到点儿动静就以为是人的脚步声。刚开始还能手拿着武器来回巡视，到后来,实在受不了了,听到任何动静就会开枪。"

阿布勒坐在那里一动不动，我却像是听到了天方夜谭。他为何会在这房子里出现？他因何恐惧？为何会有那些弹孔？看到我们到来他为何很高兴却又很是烦恼？这一切的谜团现在都算是真相大白了，而且我也明白了他刚才一直在想什么——到底他是应该相信我们并将真相和盘托出呢，还是任由我们自己猜，得出自己的结论？我在心中验证了每一个细节。换成是我，我也会像他那样做。我也能够理解那种恐惧，若是处在那种恐惧之下，我最终也会疯狂地向阴影射击。我打量着眼前的这个人，目光中带着惊奇。

阿布勒刚才一直在用他那有力的大手摸索着古铜色的脸庞，这时开口道："斯杜姆，迈克尔·戴尔之谜并不是唯一被破解出来的谜团。"

接着，他讲到了克里斯蒂安·兰斯之死，以及无疑是他致死之由的神谕般的话语。

"你是知道老克里斯蒂安，还有他那奇怪的生活方式的，是吧，斯杜姆？"

"我知道，"斯杜姆回答道，"我还知道是谁偷走了他家的柴架把手。但你怎能说有什么人破解了他的谜语？阿布勒，你又怎知道那句话一定是个谜语呢？我觉得那句话只是没有任何意义的嘲讽罢了。"

"伦道夫也持同样的看法，"阿布勒说道，"不过你们两个都错了。秘密就藏在这句涂鸦之作中，而且已有人猜出了谜底。"

"阿布勒,你又是怎么知道的?"斯杜姆问道。

阿布勒没有直接回答这个问题,而是继续说道:"老克里斯蒂安嗜钱如命,他宁可死,也不会说出藏钱的所在。他的尸体挣扎着朝向门口,就像是死前正要追赶某个从那里出去的人。这一切就意味着他的秘密已被人猜出,他的金子也顺着那个方向被人带走了。"

"阿布勒,如果你手中就只有这些证据的话,"斯杜姆说道,"你的结论也太草率了。"

"其实吧,"阿布勒回答道,"我自己也有所猜测。"

"那说说你的猜测吧。"斯杜姆说道。

"是这样的,"阿布勒说道,"老克里斯蒂安写的那句话——'你们为何不查查奶牛里面呢?'——其实是有所指的。壁炉架上面的一个吊架上摆着一排牛脂块。据我猜想,他每年卖牛得到金币,就会将金币浇筑进这些牛脂块中,然后从瓦罐中将之倒出来,摆在吊架上。老人的财富就藏在这些牛脂块中!"

"可你跟我说过你发现老克里斯蒂安的时候,这些牛脂块还在吊架上。"斯杜姆说道。

"是的。"阿布勒答道。

"每一块都在?"

"每一块都在。"

"有没有哪块被切开或是被弄烂掉？"

"没有，每一块都很光滑，很完美。"

"那你第一个结论就完全站不住脚了，阿布勒。应该没有人把克里斯蒂安的钱带出门，钱依然还在吊架上。"

"不，"阿布勒说道，"已经不在那儿了。杀死老克里斯蒂安·兰斯的凶手把金子从这些牛脂块中弄走了。"

"那么，阿布勒，"斯杜姆大声说道，"你这说法就完全不成立了。一个人怎能把金子从牛脂块中弄走，又保持这些牛脂块完好无缺呢？"

"告诉你吧，"阿布勒回答道，"壁炉的转臂上放着一个罐子，壁炉旁边还放着一个瓦罐。吊架上每一个牛脂块都是白色的，这些牛脂块都被重铸过！伦道夫没有注意到，我却注意到了。"

斯杜姆猛地站了起来。

"这么说来，阿布勒，我刚才说这些金子是从壁炉中找出来的，你是不相信了？"

"我不相信，"阿布勒的声音低沉而平和，"因为这些金币上还沾着牛脂呢！"

我注意到阿布勒的目光瞟了一眼拨火棍，又看向了斯杜姆的手。

然而这老人却没有掏出武器。他嘴巴歪扭着，轻笑了起来。

"你说的没错，阿布勒，"他说道，"这些确实是老克里斯蒂安的金子，我刚才是瞎编的。但是你的结论也是错的，克里斯蒂安·兰斯并不是被我这样的小个子杀死的，他是被像你这样的大个子杀死的！"

他顿了顿，倾身向前，手放在桌面上接着说道："杀死克里斯蒂安的凶手并没有猜出谜题，阿布勒，我们来理下线索：克里斯蒂安·兰斯被杀之前，他被捆在椅子上。为什么呢？这是为了以死胁迫他说出藏金的地方。唉，克里斯蒂安虽没有招供，凶手却无意中发现了真相。他弯腰将拨火棍插入炉火烧红，用以折磨克里斯蒂安。那些牛脂块都被放在刷过白灰的壁炉上方的一个悬挂式吊架上，凶手起身的时候，肩膀不小心碰到了吊架，其中一个牛脂块掉落在了壁炉上。接着他用那根烧红的拨火棍杀死了克里斯蒂安，这一点我是从伤口附近被烤焦的毛发看出来的！

"你在那房间里看出了很多东西，阿布勒，不过你注意到壁炉上那个吊架被撞击的痕迹以及白灰上面一个肩膀的印迹吗？那肩膀的印迹，阿布勒，"他抬手往自己头顶比画了一下，说道，"跟你的一样高！"

屋内一片沉寂。

两人正在相互打量时，屋外传来了动静。刚开始，我搞不清那是什么声音，接着我就明白那可能是风变大了，雪块从树上掉落的声音。但在屋中的某个人听来，那绝非是风吹落雪块的声音。

这时，其中一扇通往大厅的红木门被推开了，进来了一个人，手里端着枪站在了门口。我从未见过像他那样的人!他相貌俊美、卓尔不群,但整张脸细看却宛如废墟,令人恶心的可怕废墟。他的身体本应是神灵的居所,现在却俨然成了恶魔的巢穴,不是那种外表整洁、内心恶毒的恶魔,而是完全被罪恶所吞噬的那种低级卑劣的恶魔。此外,这张脸上还有一些东西很令人费解,这一点其他两人肯定也注意到了:那张脸上带着恐怖,却没有恐惧,似乎是他一直在无畏地对抗着一个恐怖的东西。他从内心深处明白四周危险重重,但这危险也不能逼迫他夺路而逃。

阿布勒的叫声响了起来:"戴尔!"像是在喊一个非凡之物的名字。这时,我也听到斯杜姆说道:"我的天啊!服下满满一茶匙的鸦片酊,他居然还能走路!"

威灵顿·戴尔并没有注意我们,他听了会儿外面的声音,就冲出了门口。

"你又在那儿,"他咆哮道,"又在那儿!该死!我这次一定会抓住你,我要追你到地狱!"醉话连篇之后,就是一阵污言秽语与大声咒骂。

他猛地推开门,跑了出去,不停地开着枪,大声说着醉话,我们循声追了出去。他似乎是被引着朝北而去了,我们停下来仔细听着。

"他往河边去了,"阿布勒说道,"这是上帝的旨意。"

接着远处传来了最后一声枪响,一声凄厉的惨叫声从森林中震颤而出。

是夜，在炉火旁，斯杜姆向我们讲起了他如何避雪来到这里，发现醉酒的戴尔正在同克里斯蒂安·兰斯的鬼魂交战。他听了戴尔的故事，在他的杯子里偷偷下了鸦片酊。

我们到来时，他答应为戴尔保守秘密，并将戴尔藏了起来。后来发现阿布勒对他起了疑心，就一直搪塞周旋。不过最让他恼火的是，那鸦片酊麻药居然无效。"如果这药是纯的，就足以麻翻一个陆军准将和他的马。明晚我也喝个十来滴试试看。"

稻草人

六月初，弗吉尼亚，午后的阳光温暖地倾洒在法院巨大的石柱上，倾洒在小酒馆二层的拱廊上，倾洒在小山那边绿色的田野上。小山上只生长着些低矮的灌木，再远处是高高耸立、宛如世界屏障的山脉。

时值巡回法庭第一天开庭，全县人都来旁听观看。当天下午就有两名男子穿过县政府大道，踏着宽大的石阶，进入了法院。

两人看起来大相径庭。其中一人是个中年人，下巴上蓄着黑胡，身材矮小，颇有些发福的迹象。此人衣着考究，亚麻布的外套上纤尘不染，手上戴着一颗硕大的雕刻戒指，表袋上挂着一串印章。另一人是个撒克逊人，身材高大，体格强健，肩宽背厚，浑身没有一丝赘肉，一看就是常年在外，饱经风雨，为帝国开疆拓土的勇士。他长着一张克伦威尔般的脸庞，棱角突出，如钢浇铁铸而成，一对灰色的眼睛平静如夏日的远空，一身朴实的灰衣，却也难掩其高大魁梧的体型。

两人穿过法院门前的两根石柱进入法院，正巧看到一位高大的老人从县书记员的办公室里走了出来。如果不看老人的脸，他和弗吉尼亚千千万万的英国人没有什么两样，高瘦的身躯，面部的轮廓毫不起眼。

但这张脸一下子就能引起人们的注意：脸上既浮现出对生活的极度厌恶，又混杂有残忍的勇气；坚硬而瘦骨嶙峋的下巴向前突出，侧面的线条很是突兀；眼圈红红的，眼睛向前瞪视时毫无神采，似乎是由于上天可恶的疏忽，他的一双眼睛居然没有眼睑。

两人走上前来，衣着考究的那位对老人招呼道："你好，诺斯寇特·穆尔，这是阿布勒，你认识吧？"

老人猛然停下脚步，站直了身子。他用手杖在前面探了探，怒声喝问道："阿布勒，嘿！阿布勒来这儿有个屁用？"

衣着考究的小个子男人在黄色手套里的手一下子攥紧了，不过从他的声音中听不出一丝怒意："我邀请他过来看看伊斯特伍德庄园。"

"每个县的治安官都该死，"老人吼道，"伦道夫，你也该死！你总是把事情搞得没完没了。"

他对阿布勒完全无视，阿布勒却还是泰然自若，一点儿也没有觉得尴尬，反而是打量起了这个粗鲁的老人，就像是在打量一头新奇的、攻击性很强的怪兽。

"伦道夫，要我说，你就别他妈的管这件事了，"那个暴躁的老人继续吼道，"一个整天流口水的瘫子被杀死了，谁他妈的在乎？二十五年前他就该死了！他自己管不了产业，还不让我插手。天天靠着桌子，扶着墙，就这么死乞白赖地撑了二十五年，他倒是耐心十足，我却只能无所事事，骨头都快要等朽了。一个黑人到他家里偷钱，当头敲了他一棍子。要我追捕这个黑人然后再把他吊死吗？他妈的！我看该赏给他一块土地才对！"

伦道夫以一脸沉思的表情，说道："可是，先生，这件事还有些特别之处——我也许该说是很特别。"

老人又站直了身子，放低了声音问道："这么说来，你又找到新线索了吗，现在把阿布勒找来，是又要进行调查了？"

他慢悠悠地晃着拐杖，沉思着，接着用一种诱惑性的语气说道："你就不能消停点吗？全县人都快忘记这件事了，你又挑起这件事来干什么？不能总是让这件事没完没了地在我身后叮当作响烦我吧？"

他用拐杖的金属包箍猛戳着地面，吼道："他妈的！你为什么要揪着伊斯特伍德这件案子不放？弗吉尼亚就没有其他案子了吗？这个案子是谁做的又有什么关系？你们可是为公众服务的，弗吉尼亚已成朽木了，需要几个有胆识的人。年轻时，邓肯·穆尔是个笨蛋；老年时，他活着还不如死了。伦道夫，就让事情结束吧。"

说完，他转身走回了县书记员的办公室。

弗吉尼亚州治安官伦道夫看着老人离开，对他的同伴说道："他来这儿是想依据弗吉尼亚继承法将邓肯·穆尔的地产过户到自己名下，获得其遗留的产业。该法是由弗吉尼亚立法机构制定，比杰斐逊先生制定的严苛继承法要宽松一些。依照该法，土地以及先祖设计建造的英式庄园首先由邓肯·穆尔继承；邓肯·穆尔死后，可由诺斯寇特·穆尔继承；诺斯寇特死后则归艾斯戴尔·穆尔继承。"他顿了顿，有些好奇地说道，"这是一个古怪的家族——我想也许是弗吉尼亚最古怪的家族。家族中每个人都有那么一点儿缺陷。死者邓肯·穆尔没有后代，他的两个兄弟死于癫痫。这个家伙，邓肯·穆尔大哥之子，是个瞎子。老二的儿子，艾斯戴尔·穆尔先生，是个律师……"

就在这时，有人推开人群，走过来拍了拍伦道夫的肩膀，伦道夫的话就没有再说下去。这人皮肤黝黑，头上没戴帽子，穿得衣冠楚楚，活像是裁缝铺里广告画上的明星，看上去很是精明、有股子冲劲，典型的殖民地英国佬儿风范。

他大声说道："是什么风把你给吹来了，伦道夫？我想阿布勒肯定对这件案子已经调查清楚了，"说着，他将头扭向阿布勒，用一副职业性的自来熟口吻说道，"咱们去酒馆谈谈吧，就像大诗人荷马说的那样，'我想听听你的传奇故事。'"

他在前面引着路，一路不是大声招呼着同行，就是向熟人致意，同他们直率地、热情地开着玩笑，四十岁的他正是年富力强的时候。

"太无聊了，伦道夫，"他有些恼火地说道，"从早到晚，都平淡无奇。也就是维奇男爵那件久拖不决的案子还有点儿意思。雨也罢，晴也罢，每天总得耗在这里，总不能让人过来找不到律师吧？"

他迈着军人般的大步，向前一边走，一边说道："律师的生活真的很无聊。伦道夫，要是我名下有个好猎场，再有几个鱼塘，我早就不干这个了。哎，可惜我太穷了！"他说这话时姿势很夸张。

尽管这话有点浮夸，不过也算是实话。他对一些事情真心感兴趣，对于他来说，法律不过是一种游戏罢了，一点儿也不真实，他只求能赢。选择这个职业他是经过长时间深思熟虑的，花费的心思不亚于养马人挑选参加德比赛马比赛的小马驹，或是英国名门望族为自己在牛津的后人挑选一个好的军团。他对于法律或是弗吉尼亚的政策毫无兴趣，他真正从内心深处感兴趣的是打松鸡，或者是在磨粉机旁的小溪中拦水捕鱼。对于他来说，这才是真实的生活，法律诉讼或是待决的案子都与真实生活无关。

"阿布勒，现在我急需一大笔钱，怎么才能搞到钱呢？"他回头问阿布勒，"是靠结婚还是靠犯罪？犯罪很需要勇气，人们说律师都是窝囊虫，干不来这事。再说了，有你和伦道夫盯着，我也不敢犯罪啊！"

他拍了拍一个路过的名叫哈里森的大汉的后背，然后又转头继续跟阿布勒说道："那么靠婚姻呢？你是否碰巧认识一个怀抱金天鹅的孤女？然而既快乐，又能赚钱，这样的事儿只有在田园诗中才有！就是笨蛋也知道这一点。巴黎的作家们不是写过了吗：法国农民们在新婚之夜，会一手抱着新娘，另一只手摸索新娘装着嫁妆的口袋！"

现在他们来到了酒馆二层的拱廊上。艾斯戴尔·穆尔先生按照英国的时髦做法，让黑人侍者上了茶。

接着他挑选了走廊尽头、远离人群的一张桌子，然后三个人坐了下来。

"伦道夫，现在说说吧。"他问道，"你们在伊斯特伍德又有了什么新发现？"

伦道夫回答道："恐怕没发现什么新线索。手头还是以前的那些零碎线索，不过阿布勒对于这堆东西好像有了点新的看法。"

"我相信阿布勒肯定会抓住那个杀人犯的，"艾斯戴尔说道，"来吧，先生，让我单脚站立给你满上一杯吧——就像圣奥古斯丁说过的，请告诉我，是谁要了我年高德劭的叔叔邓肯·穆尔的命？"

黑人侍者拿着一只大银壶和几只杯子走了过来，杯子上还雕刻着怪异的紫色奶牛跪地的图案。

阿布勒举起杯子,用低沉而平淡的声音,说道:"先生,唯有事实非常确定的时候,我才能回答这个问题。"他的声音听起来就像是自然界的平衡元素,四平八稳的。

他等着艾斯戴尔给他杯中倒上茶,才将杯子放回桌上,慢慢说道:"可是先生,我现在还不是非常确定。"

他在杯中放了一块糖,接着说道:"只有万物之主才确定,先生,我们只能推测。我们无法像他一样,使得真相在眼前赤裸裸呈现。我们只能慢慢地摸索,从一条线索摸到另一条线索,直到找出真相。"

"可是,理智,阿布勒,"艾斯戴尔慌忙插嘴道,"我们人有理智啊,上帝也和我们差不多!"

"先生,"阿布勒回答道,"我无法想象上帝会依据'理智'这样粗陋的东西来进行判断。细想一下,我想我们很快就会发现,理智不过是人大脑特有的一种能力。上帝在任何情况下从来不需要这个东西,理智是我们这些不知真相的人类借以逐步找出真相的手段罢了。"

他停下来,目光越过桌子,凝望着远山,说道:"先生,上帝无须整合证据,也无须辛苦地确定一条条线索的指向,就能知道在弗吉尼亚,究竟是哪个人犯下了伊斯特伍德庄园的案子。但伦道夫和我就像是玩拼图游戏的孩子,必须得先收集齐所有的碎片,再坐下来将它们努力拼起来才成。"

他低头看着杯子，脸上一副沉思的表情，接着说道："啊，先生，要是一个人每次都能够确保找出所有碎片，那么人类所谓的谜题就不复存在了。每个事件总会与前后发生的事件相吻合，把所有的事实碎片都拼接完整，真相就无所遁形了。可是，唉，先生，人类的智慧微不足道，还总是自欺欺人，而事件之间的关联与衍生却是很广泛、很复杂的。"

"那么，先生，"艾斯戴尔·穆尔先生问道，"你认为一个罪犯是无法制造出一连串与真相符合的假证据咯？"

"没人能做到这一点，"阿布勒回答道，"要想做到这一点，就必须知晓他意欲造假前后发生的所有事情。这唯有全知全能的上帝才能做到，除非是在很有限的范围内，否则人类的大脑不可能制造出与现实严丝合缝的假象。"

"那么，先生，"艾斯戴尔大声说道，"你这下没借口不把这件事查清了吧？"

"是的。"我的叔叔回答道。

"我可以给你找一个借口——一个光明正大的借口：那就是无能。"艾斯戴尔·穆尔先生由衷地大笑起来。

"你阿布勒，还有伦道夫，可都是大名鼎鼎啊，要是拿无能当借口我可无法接受！"

"唉，"阿布勒说道，"我们也并非比其他人高明，只是有那么一点儿经验，知道一点罪犯的习惯，有一点小小的观察力罢了，这就是我们仅有的优势了。要是我们中间有人有两倍的脑容量，所有罪犯将难逃其手。"

"他会嘲笑我们的，阿布勒。"治安官伦道夫说道。

"他是会一直嘲笑我们，"阿布勒叔叔说道，"不过，他更会嘲笑那些拙劣的罪犯。对于他来说，最狡猾的犯罪也只是拙劣的表演：假证据在他面前会一目了然，他能从千百条线索中很快找出罪犯的身份。"他犹豫了一下，又补充道，"不过幸运的是，在人类社会中，假证据往往自相矛盾，很是显眼，我们都能看得一清二楚。"

"就拿威廉·拉塞尔爵士的案子来说吧，"治安官道，"他的男仆杀掉了主人，并伪装了其自杀而死的假象，结果却不小心带走了那把受害人本应用来割喉自杀的刀子。"

"确实如此，"阿布勒说道，"我想不管是什么案子，如果我们仔细研究，总会发现有前后矛盾之处。"

他转向艾斯戴尔·穆尔先生说道："通过小小的观察，先生，确认好证据，然后再用一点小小的常识来解读证据，我和伦道夫就能够抽丝剥茧慢慢查出真相了。"

艾斯戴尔接着问道："你们在伊斯特伍德那里又发现了什么显眼的矛盾吗？"

阿布勒望着伦道夫，似乎是要征求他的同意，看着伦道夫点了点头，他才道："啊，先生，为什么写字台没上锁，却被强力破开了？"

"可是，阿布勒，"艾斯戴尔说道，"除了我，还有谁会知道写字台没有上锁呢？虽然写字台里面只是放着我叔叔的牌，不过通常都是习惯性锁上的。就像我对伦道夫说过的，我叔叔去世的那天，我打开写字台的锁，把钥匙丢在了写字台抽屉的一堆纸中间。后来我找不到钥匙，只好把抽屉合上了事。这点只有我一个人知道，除了我，每个人都会想着写字台抽屉像往常一样是锁着的啊。"

"并不是每个人，"阿布勒叔叔继续说道，"想想看，要误以为当晚写字台的抽屉是上锁的，就得知道写字台抽屉之前每晚都是上锁的。要是看到写字台抽屉是合上的，就误以为写字台是上锁的，那就得知道之前每晚抽屉合上的情况下写字台肯定是锁上的。更进一步来说，先生，此人必定是熟知这一点——必定对此确信无疑——因此，他压根就没有想着去拉下抽屉看是否锁上，而是选择直接暴力破开了抽屉。"

"这样看来，先生，"阿布勒继续说道，"这下不就可以排除是外贼入室抢劫杀害邓肯·穆尔的可能了吗？一个外贼，是无法知道这个习惯的。他也许'相信'或是'以为'写字台被上锁了，但无法'确定'。

他不可能连抽屉把手都不试着拉一下,要知道就是连最笨的贼也是有这么点小智慧的。"

"天哪!"艾斯戴尔猛拍了下桌子,叫道,"我当时就觉得,叔叔不是死于一个普通小毛贼之手!我想官方应当还没有找出这件事的真相,这也就是我为何要一直缠着伦道夫,催他请你出马去伊斯特伍德庄园再次调查。"

"先生,"阿布勒回答道,"你的恭维让我深感荣幸。不过你的感觉确实没错,我觉得,你对于这案件如此执着,定会有回报的。不过,先生,请原谅我岔开下话题,我对你刚才的话很有兴趣,我想知道,你是怎么产生了这种感觉,才让你拒绝接受显而易见的解释,反而要求进行更加细致的调查呢?"

"阿布勒,"艾斯戴尔·穆尔回答道,"我也没法回答你这个问题,这是某种预感。我有这种感觉,就说了出来,其他的我也说不上来了。"

"巧了,"阿布勒继续说道,"我研究过有关预感的理论,发现最终会得出两个结论:预感要么是源于个体之外没有确切证据的某个东西,要么就是基于大脑中对于已知事物之间关联的模糊感觉。这也就是说,感觉、预感或者前兆,可能都是某种未成型结论的心理阴影。

"无意识或下意识的精神过程生成了某种印象。我们觉得这种印象来历很神秘,事实上,这也仅仅是一种理性的结论。要是我们肯花功夫的话，一定可以发现并解开这个谜团。"

他抿了一口茶，然后轻轻把杯子放回桌子上，说道："先生，也许你重新思考下给你带来这种预感的心理过程，你早就率先解开这个谜团了呢。唉，先生，你还是在靠下意识推理吗？"

"这应该是精神科学方面的问题吧？"艾斯戴尔回答道。

"什么科学不属于精神科学？"阿布勒叔叔继续说道，"难道人们不总是把真相的碎片装进口袋交给哲人来拼贴吗？想想看，先生，那些最原始的感觉——比如说，恐惧——最初难道不是下意识的，或者，我们该说，出于本能？我们的身体不是每天从成百上千次从未见过的危险前退缩回来的吗？我们虽然没有意识到，却还是毫无知觉地绕过了危险。那么我们是否也该相信，人脑也是通过某种精神过程，本能地意识到了某种危险，从而提前趋避呢？"

艾斯戴尔惊讶地看着阿布勒叔叔，说道："阿布勒，别忘记我在这件事中的作为，是我一直在催促伦道夫。那么你觉得我又是在本能地害怕什么？"

"啊，先生，"阿布勒回答道，"你的害怕，同伦道夫和我的都是相同的。"

"害怕什么？"

"你在害怕，"阿布勒说道，"这推理将要导向的结论。"

阿布勒将椅子往桌前挪了挪，压低了声音说道："先生，刚刚我们已经排除了外来小毛贼抢劫杀人的可能性，那么这件事还能怎么解释？你看：凶手暴力破坏的写字台抽屉，说明凶手是知道这抽屉是被习惯性锁上的。谁对此非常确定呢？先生，很明显，只能是和老邓肯·穆尔生活在一座庄园的人。"

艾斯戴尔表现出很感兴趣的样子。他身子前倾，右手肘放在桌上，拇指和食指托着下巴，左手从口袋中拿出一盒烟，打开烟盒时风姿优雅。

阿布勒继续说道："凶手会是伊斯特伍德庄园的某个仆人吗？"

伦道夫插嘴道："在悲剧发生的当晚，家中所有的黑奴都去参加隔壁庄园的仆人舞会了，他们同去同回。在他们离开家的时候，年迈的邓肯·穆尔还活着，回来时，他却已经遇害了。"

"可是，伦道夫，"阿布勒继续说道，"先不管这个意外情况——这个意外事件足以证明这些仆人是无辜的了。我想，我们的推理就会合理地指向伊斯特伍德庄园中仆人以外的人。

"除非有明确的动机，理智的人是不会暴力犯罪的。对于仆人们来说，除非有所收获，否则他们没有任何杀人的动机。然而，除非能从写字台抽屉里翻出点什么值钱的东西，他们并不能从老邓肯·穆尔的死亡中得到分毫好处。可是凶手既然能肯定写字台必然上锁，既然对写字台如此熟悉，又怎会不清楚抽屉里没有什么值钱的东西呢？"说到这，阿布勒有点迟疑，摸了摸杯子的把手才接着说道，"先生，现在只有两个人有嫌疑了。"

艾斯戴尔摸出烟盒，打开来把烟递给我的叔叔和伦道夫。他自己也点上了一根，盯着桌子对面的阿布勒问道："你是指诺斯寇特·穆尔和我吧，"他的声音很是平稳、坚定，"啊，先生，我们两个你指的是哪一个呢？"

阿布勒叔叔还是不动声色地说道："先生，那个伪造外贼入户盗窃的凶手至少给我们留下了一个假象：老邓肯·穆尔被害的房间位于伊斯特伍德庄园南翼，有一条拐弯抹角的长廊与北翼房屋相连。长廊的尽头，北翼有扇窗户被打开了。正如第一次探查时，你对伦道夫指出过的，当晚有人走过这个长廊。长廊拐角处东侧落满灰尘的墙壁上留有指纹，而走廊西侧墙壁上则留有一串血手印，越靠近老邓肯·穆尔的房间，血手印的颜色就越深。

"这些印迹说明凶手确实来回都是经过这个走廊的，不过他并不是从那扇被打开的窗户进入的，因为布满灰尘的窗框只有里面被清理过。除此以外，虽然有用暴力打开窗户的痕迹，但被强力破坏的痕迹只在窗框内部清晰可见。"

他顿了顿，又继续说道："这条长廊是从北翼通往南翼最常走的一条通道——事实上，也是唯一的一条通道。老邓肯·穆尔独自一人住在南翼。先生,当晚,诺斯寇特·穆尔和你住在北翼。你们俩一直住在庄园里,也经常走这条走廊,对之都非常熟悉。"

阿布勒说到这再次住了口,他看着艾斯戴尔·穆尔先生问道:"还要我说下去吗,先生?"

"请继续。"

阿布勒用他那低沉而平和的声音继续说道:"先生,现在你知道为什么我和伦道夫会本能地害怕这推理导向的结论了吧?先生,为何你下意识的结论仅仅是停留在预感,而没有再往前一步,进而揭示出真相呢?"

伦道夫此时接口道:"弗吉尼亚州的法律不会偏袒任何人,州长杀人也得上绞刑架。"

"确实如此,"艾斯戴尔说道,"继续说吧,阿布勒。"

阿布勒叔叔在椅子里轻轻动了动,继续说道:"要是老邓肯·穆尔死了,诺斯寇特·穆尔将会继承宅邸和土地;而艾斯戴尔·穆尔想要获得这些产业,就得把邓肯·穆尔和诺斯寇特·穆尔都除掉。现在只有老邓肯·穆尔被杀了,谁能从中获益?艾斯戴尔·穆尔还是诺斯寇特·穆尔?

"还有一件事也很重要:艾斯戴尔·穆尔先生知道当晚写字台抽屉并未上锁,而诺斯寇特·穆尔并不知道。那么谁更有可能使用暴力打开写字台抽屉，将之伪装成抢劫呢？

"最后，先生，在通过长廊时，谁会用手摸索着拐角向前走呢，是双眼正常的人，还是盲人呢？"

我叔叔说完，就又坐回到了椅子上。

艾斯戴尔身子前倾，双手撑着桌面，对伦道夫和阿布勒说道："先生们，你们让我震惊！你们这是在控告弗吉尼亚最有名望的人。"

"法律面前，"伦道夫说道，"人人平等。"

艾斯戴尔又转向我的叔叔说道："刚才你推理的时候，因为我自己也被牵涉其中，我才一直坚持让你说下去。我从头听到尾，每一步你都让我震惊。现在，我恳求你仔细想想，诺斯寇特·穆尔属于一个古老而荣耀的家族。现在他老了，还是个盲人，肯定有法子能保住他的性命吧？"

"这不可能。"治安官伦道夫的语气很是坚决。

阿布勒这时却突然抬起头来，脸上像是戴了张面具，很是平静、淡然，说道："也许可以。"

桌边的伦道夫和艾斯戴尔俱是大吃一惊。

"也许可以？"伦道夫大声嚷道，"这里可是弗吉尼亚！"

不过艾斯戴尔看起来更加震惊。他虽然没有动，不过脸上却像是突然被施了巫术一般，浮现出惶惑的表情。

所有人都回到了法院里，酒馆里的人只剩下他们三人。除了村子里偶尔传来的声音以及远处飞虫振翅的声响，酒馆里很是沉寂。艾斯戴尔·穆尔先生沿着酒馆的拱廊朝北而坐，阿布勒坐在他对面，而伦道夫朝东正对着法院而坐。阿布勒叔叔没有立马开口，而是伸手去摸烟。艾斯戴尔下意识地用离伦道夫最近的那只手拿起了烟盒，用拇指和食指将它打开，阿布勒拈起一根烟，不过并没有点燃。

"法学家们，"他开始说了起来，"警告过我们，面对聪明的罪犯时，不要轻信显而易见的推论，原因如下：最低级的罪犯总是试图掩盖自己的身份；厉害一点的罪犯总是能撇清自己将嫌疑引到别人身上；而顶级的罪犯，先生，有时手段会更巧妙——能够达到一箭双雕的目的。

"最低级的罪犯不会主动向官方提供怀疑对象；厉害一点的罪犯则在自家的门前竖上一个稻草人，期望能够误导官方；而顶级的罪犯则会把稻草人竖在别人门口，期望官方推翻这个稻草人，把别人抓走。"

"现在，先生，"阿布勒叔叔顿了顿，"再想下这个，我们刚刚得出的显而易见的推论，恐怕还无法确保一定就是正确的结论吧？

"要是诺斯寇特·穆尔因谋杀而被绞死，艾斯戴尔·穆尔就会继承宅邸和土地。因此，他也许会希望诺斯寇特·穆尔被绞死，就像诺斯寇特·穆尔也许会希望邓肯·穆尔被谋杀一样。

"要是有人蓄意放置稻草人的话，破坏很明显没有被上锁的写字台抽屉，不就正好自相矛盾吗？先生，这样的稻草人还不足够显眼吗？"

"推论三，"他灰色的眼睛眯了眯，缓声说道，"要是一个人生来就是个盲人，而另一个人每天在长廊上走来走去，那么在黑暗的夜晚，谁会一步步摸索着长廊的拐角往前走呢——是那个眼睛正常的人，还是那个盲人呢？"

伦道夫惊喜地用拳头擂了一下桌子，大声说道："上帝啊，不会是盲人！因为在盲人看来，走廊永远是黑的，白天和夜晚毫无分别！"

艾斯戴尔没有动，不过绝望惶惑的脸上已经开始冒汗了。伦道夫正准备冲向他，却被阿布勒按住了。

"等一下，伦道夫，"阿布勒说道，"人体很奇妙，躯干两侧有十分相近的结构——一边是右侧，也就是面朝初升太阳时朝南的那一侧；另一边是左侧，也就是面朝初升太阳时朝北的一侧。这两侧并不是完全平等的，其中必有一侧起着控制和支配作用。要是眼前有一件事比较难做，那么肯定是用更有效、更有控制力的那一侧来做。

"因此，凶手在作案时会竭力不发出声响，不走错一步，不撞到任何角角落落，那么他一定会本能地用自己的主导手扶着走廊墙壁前行。走廊是南北向的，血手印全部在西侧的墙上，而灰尘上印的指纹全是在东侧的墙上。因此，凶手必然是先摸着东侧的墙去杀人，作案后浑身带着血迹又摸着西侧的墙返回。"

"也就是说，"他的声音高亢起来，"凶手来回都是顺着左侧的墙走。为什么呢，先生，"他站了起来，手指着那个满头冒汗、穷途末路的家伙，"因为他的控制侧是在左侧——因为他是个左撇子。而，先生，我刚才一直在观察你——"

艾斯戴尔·穆尔先生压抑许久的能量终于喷薄而出，对阿布勒大声吼道："一派胡言！"

说完他就举起左拳，冲向了阿布勒。

天意难测

那晚宛如地狱降临人间，暴雨一直下个不停，时不时还有狂风呼啸而来。乔治三世酒馆的窗户和招牌在狂风中嘎吱作响，酒店招牌上布满了弹孔，就连上面绘制的乔治三世陛下的两只眼睛也只余下两个被烧灼碎裂的孔洞。

乔治三世酒馆坐落在俄亥俄河沿岸，俯瞰着下面的河水和一座狭长、平坦的小岛。小岛是不幸的布兰纳哈塞特家族的私人领地，现已被洪水完全覆盖。四处奔涌的黄浊洪流，围住了幸存的几块草地，一直蔓延到森林的边缘。

外面疾风骤雨、浊浪滔天，进入酒馆却像是进入了另一个世界：

欢声笑语、嘶喊嚎叫，甚至是下流的故事或是歌曲一下子涌入耳朵。新奥尔良"黄金国"号全体船员正在酒馆巨大的公共客厅里大摆宴席，不远处面朝俄亥俄河的客厅是上流社会绅士们专用的。那儿的地板被打磨得油光锃亮，上面摆放着红木高脚橱，就连柴架也抛过光，总之是极尽奢华之能事。

此时，这房间里正有一个人，坐在桌子旁阅读着一本小册子，对于远处的喧嚣充耳不闻。他的手肘放在桌面上，身子前倾，就着两侧高高的铜烛台燃起的烛光，拇指不停地翻动着书页。他的穿着打扮很有绅士派头——外套的料子是进口的精美亚麻布，桌子上搁着一顶时髦的大礼帽，屋角紧挨着炉火的地方放着一只银扣皮箱，上面捆扎着带子，像是旅行专用。此人不到四十，模样很是周正体面，一双蓝色的大眼睛，上面交叉着一对浓眉，在橄榄色的面孔上显得很是醒目。

时不时地，他会站起身来，走到窗边向外张望，只是屋外雨急风骤，什么也看不清。他的手指敲打着窗台，看起来有些焦躁不安。回头瞟了一眼自己的皮箱，他又转过身来，坐在了两根牛油大蜡中间。

每隔一会儿，酒馆的老板就会站在门口对着他谄媚地问上几句，使得这位客人颇为不快。

"该死的，"他说道，"你没事做了吗，为什么一直待在门口？"

"先生，要给您的船员们上些朗姆酒吗？"酒馆老板问道。

"不，"这人回答道，"我才不会为你强卖的进口酒掏钱。"

"可他们想喝啊，先生。"

这人的目光从小册子上移开，抬起头看着酒馆老板一字一顿地说道："哼，他们想，可是，卡斯托先生，我不想。"

他的声音很柔和，不过说到"卡斯托先生"这几个字时，语带嘲讽，留着胡须的上嘴唇向上轻启，龇着牙，模样很是奇怪，看上去很像是某种猫科动物，充满着威胁。

这人刚在桌边坐下，门又一次被打开了。他像是一只黑豹，猛地转过身来。不过等他看清门口的来人，他又站起身来，礼貌地招呼道："阿布勒，你可是早到了一天，弗吉尼亚的马车队已经来运盐和铁了吗？"

"马车队明天就会到达，"我叔叔阿布勒说道，"这里的道路都被大雨冲毁了。"

这人打量了一眼我叔叔，看到他的帽子和大衣上都被溅到了泥污，于是问道："你是怎么来的？"

"沿河过来的，"我叔叔答道，"我以为会在'黄金国'号上找到你呢。"

"怎么会在'黄金国'号上！"这人大叫道，"这大雨夜的，乔治三世酒馆有火、有酒，我才不会待在船上呢！"

我叔叔走进这客厅，关好了房门，脱下外套和帽子，坐在了壁炉旁。

"你那船上好像一个人也没留啊？"他说道。

"连个黑奴也没有留,"这人说道,"我总不能自己在酒馆里享受,却让我的船员们在船上遭罪吧?"

我叔叔将手伸向火堆,一边暖手一边审慎地说道:"伯德,虽然体贴下属是个优秀的品质,不过你有没有为货主和为你船担保的公司考虑呢?"

"阿布勒,货物嘛,"这人应道,"都已经卸在了本顿的仓库里,就等着你的马车队来运走了。船也系好了,不会被上游漂下来的原木撞到的。"

说到这,他摸着他那好看的、颇有点贵族范的下巴继续说道:"从皮特堡顺流下来的这段旅程糟透了,一连几英里都是湍急、黄浊的可怕洪水。说真的,阿布勒,这段航程可不好受,一路都能碰到漂浮的原木,船还没来得及靠近岸边,岸边的移民们居然向我们的船开火。阿布勒,你们这些移民真的都是些肆无忌惮的亡命徒!"

"伯德,还能比驾船掀翻人家快被淹没的木屋的船长,更肆无忌惮的人吗?"

"这条河是蒸汽船的公用河道。"

"可那被掀翻的木屋也是那些移民的家啊。"阿布勒答道。

"他们也许以为,"伯德说道,"他们的家是皇宫,水淹的这块地是金苹果园,而他们就是那黄金山中的国王呢,我的船都快被他们打成蜂窝了。"

我的叔叔坐在火边若有所思,道:"这会导致一场河域战争,会引来暴力和杀戮。"

"战争,哼!"这人说道,"我还没想到这一点,不过我还收到了一份最后通牒呢。晚上我们的船刚靠岸,一个大块头的蛮子驾着独木舟过来给我下了最后通牒。我记不清他具体的措辞了,阿布勒,不过我想他是说除非我不再走这条水道,否则他会把我捆在火刑柱上烧死,让我的船去见撒旦。"

他又停了下来,以那种古怪的姿势摸着下巴说道:"要不是他这样威胁命令我,"他补充了一句,"我倒还真的可能会绕路。不过他既然威胁我了,我也就无所顾忌了,我得让这家伙好好吃吃苦头。他的独木舟被我弄了个底朝天,要不是他身子骨结实,说不定早就自己去见撒旦了。"

"你来这么一下子可有造成什么伤害?"我叔叔问道。

"哦,没造成什么伤害,"这人说道,"也就是一些舱房晃了晃,没有一个舱房倾覆。阿布勒,在我看来,这只不过是你说的河域战争中的一场小冲突。船上的每扇窗户前都被我们架了不止一把来复枪,如果以后还有机会走这条河的话,我一定在船上装上一门六磅炮。"

"这么说你是要放弃这条河道了。"我叔叔问道。

"阿布勒，"这人说道，"现如今，要想在和你们美国佬的交易中挣点钱可真是不容易啊，船主必须自己开船才有的赚。船长们太容易被收买了，我这里说的收买可不是指给他们塞点金币，而是指你们店主的殷勤招待。阿布勒，你们这些美国佬，觉得人人都差不多，即便有一两个特别的，只要塞上六便士铜子就成了。船长只顾着在店主家大吃大喝，货物少不少根本不在意。人不能一边待在新奥尔良享受，一边又在俄亥俄河沿岸做生意。"

"在新奥尔良，人们真的很享受吗？"我叔叔问道。

"在新奥尔良，可没什么享受，"这人答道，"新奥尔良也代表不了整个世界。整个世界的中心在皮卡迪利大街，只有在那里，你才能活得像是个绅士，才能大开眼界——那有威尼斯舞女，有摩登女郎，还有一掷千金的豪赌，这些哪是小商人手里几个油腻的先令可比的？"

伯德再次起身走向窗户。窗外，疾风骤雨依旧，他明显愈发焦躁起来。

我叔叔也站了起来，身子背对着火堆暖着手。他瞥了一眼伯德和桌上的小册子，绷紧了嘴角，露出嘲讽的笑容。

"艾福林·伯德先生，"他问道，"你在读什么？"

这人转身走回桌子前，跷起了二郎腿，说道："我在读一个叫米尔的英国人写的一篇文章，本杰明·富兰克林在费城创办出版社对这篇文章进行了重印出版。我同意菲尔法克斯勋爵对尊敬的本杰明的看法：'他那些该死的座右铭，充斥着新英格兰的味道！'不过他的出版社偶尔也会出版一些有价值的英国文章。"

"那么，这篇英国文章价值何在呢？"我的叔叔问道。

"阿布勒，这篇文章在最后结论中为绅士们一个最有趣的恶习进行了辩护，米尔先生在文中提到，'巧合不仅是我们一切知识的终结，也是一切假定的开始。'阿布勒，我们由此开始，也由此结束。我们哲学体系的一切架构都是以巧合为基，以巧合为屋椽搭建而成的。"

"看来，上帝的意志，"我叔叔说道，"并没有出现在米尔先生的这篇妙文中咯？"

艾福林·伯德大笑了起来。"没有，阿布勒，"他说道，"世事的发生莫不是出于巧合，这个巧合不从属于你的上帝。巧合的发生不以任何人的意志为转移，不会让坏蛋倒霉，也不会因为一个教徒虔诚祷告就加以拯救。一个人竭尽心力进行谋划，巧合出现可能与之有利，也可能与之有害。巧合的发生无关乎道德，也无关乎神旨。"

"你是把上帝排除在外咯？"我叔叔说了一句，但并未加评论。

"为什么不呢，阿布勒？"他回答道，"在自然的这种体系中，还有上帝介入的余地吗？我说，先生，人类的智慧在你们的《圣经》中遭到了极度的鄙视，然而却能轻易扰乱上帝的奖惩制度。阿布勒，统治地球的不是好人，而是聪明人。能够全面考虑且能防患于未然的人才能获得成功，每天都有人类的深谋远虑完胜上帝。"

阿布勒叔叔抬起了头，先是望了望窗外的夜色，又低头看了一眼坐在桌边椅子上这个举止优雅的绅士，最后目光落在了角落里那个捆扎好的皮箱上。他的大下巴向前伸了伸，从他的表情和举止来看，似乎他要做一件十分重要的事。就在这时，那边的公共客厅里传来了一阵咒骂声，是骰子落入盘中的声音还有一阵污言秽语。

我的叔叔伸出手臂，指着那个房间说道："嘿，伯德先生，这就是你说的绅士们的恶习吧？"

伯德伸出珠光宝气的手，掐灭了烛火，说道："恶习倒是不错，阿布勒，不过不是绅士们的恶习。"伯德先生从干净的袖子上拍下少许烟灰，做了个漠不关心的手势。

"这些畜生，"他说道，"就是新奥尔良的渣滓，每天都在丧德败行，我跟这些畜生讲不通道理。阿布勒，赌博，只不过是绅士们的一种消遣，完全靠运气，所有的交易也都是如此，伦敦的主教也不能说这有什么不道德的。"

"这只能说明这伦敦主教不够聪明。"阿布勒说道。

"在新奥尔良的咖啡馆，已经有人讨论过这个话题了，"伯德先生回答道，"也没有人提出什么有意义的反对理由。"

"我想我倒是能提出一个反对理由。"我的叔叔回答道。

"那就说来听听,阿布勒?"

"至少我可以提出一条反对理由,伯德,赌博使人期望能够不劳而获,如此一来,弱者就会锒铛入狱,强者则会铤而走险。"

阿布勒低头看了一眼伯德,宽大的下巴又动了动,接着说道:"伯德,智慧的上帝告诉我们,唯有劳动才能拯救这个世界。我们要想有所收益,就得劳动。人只有耕耘土地,才能享受土地中长出的果实;人只有砍掉树木让阳光照射进来,庄稼才能成熟;人只有纺纱织布,才能有衣服穿。不管从事什么行当,人必须劳动,才有富余的东西去换取别人富余的物品。唯有劳动,才能得到回报,而你所谓的绅士的恶习,伯德,只会一无所获,并最终毁了这个世界。"

只是伯德对于阿布勒说什么似乎并没有在意,他又站起身来走到窗前,手托着下巴,低声诅咒起来。

"你为何心烦,伯德?"我叔叔问道。

问这话时,他站在火前烤着火,一动不动。伯德却突然转过身来,说道:"还不是因为这样的夜晚,阿布勒——风雨交加的,真该死!"

"伯德,根据你的哲学,天气是巧合发生的,遇到什么天气你都该满足,就像你刚刚说的,巧合才不会管人们的计划,不管是聪明人,还是笨蛋,巧合都不会有所偏向。"

"对好人和坏人也一样，阿布勒。"

我叔叔低头看着地板，古铜色的手指紧扣在背后说道："随你怎么想吧，伯德，我和你的看法不太一样。我相信你说的'巧合'其实就是上帝的旨意，是偏向好人的。"

"阿布勒，"伯德此时从窗前转过身来，大声说道，"你相信也没用，又没有证据。"

"不，我有，"我的叔叔回答道，"就在今晚，我就有了证据。"

他顿了一下，才接着说道："我原本是和弗吉尼亚马车队一起赶过来的，本打算慢慢地跟着马车队，第二天早晨再赶到这儿。不过大雨使得这一侧的山路泥泞不堪，于是我决定丢下马车队，连夜骑马先赶过来。

"呃，伯德，随便你怎么说——总之，出现了不可预见的道路状况，计划也被临时改变了，就算这是'巧合'吧！"

他又顿了下，绷紧了下巴。

"不过，先生，弗吉尼亚的麦迪逊、马里兰州的西蒙·卡罗尔，还有我的兄弟鲁弗斯，他们都很正直，做生意从来都是值得被尊敬的，为人也是公正无私，这一点人所共知，这可不是什么巧合，也不是什么意外了。

"啊，先生，今晚，我抛下弗吉尼亚的马车队先赶到了这里，如果这个巧合或者意外看起来就像是带着某种明确直接的意图，就像是经过了预先明确的设计，使得麦迪逊、西蒙·卡罗尔和我的兄弟鲁弗斯因此受益，那这就可以作为一个证据，或者，艾福林·伯德先生，至少作为一个小证据或是明白无误的迹象，说明那些值得被尊敬，且为人公正的人，能够从这些无法预测的事件中受益。"

伯德认真地听着阿布勒的话，他从窗口走回到了桌边，手指紧握放在桌子上，问道："你到底想要说什么，阿布勒？"

阿布勒叔叔抬起了下巴，答道："我在证明我自己的观点啊，伯德。"

"可是，阿布勒，到底发生了什么事？"

我的叔叔低头看着他，道："别急，伯德，现在才半夜，你不必急着开始你的旅程。"

"我的旅程！"伯德重复了一句，问道，"你什么意思啊？"

"哎呀，这个嘛，我猜，你正要去皮卡迪利大街，去找那些舞女，还有靠着巧合过活的'绅士们'。不过，既然你现在还不准备走，我们还有足够多的时间再谈谈。"

"阿布勒，"伯德先生大声问道，"你这是在打什么哑谜？"

我叔叔站在火前，身子稍微挪了挪，接着说道："我是正午时离开弗吉尼亚车队的，夜幕降临时，风雨交加，道路泥泞，整个世界宛如地狱，我几乎寸步难行。人们一般认为，不管天多黑，马在夜晚也能看得见，可惜这种想法是错误的，动物或野兽也没有什么超自然的能力。我的马穿过树木和栅栏，时不时地从路边的窗户中透出一缕烛光，然而这烛光却无法照亮黑夜，反而让这世界显得更加黑暗了。路被洪水冲垮了，我对道路又不熟，简直难以前行。不止一次，我想干脆先去某个移民者家中借宿一晚算了。不过，伯德，我又继续向前走了，记住这点哦。为什么要继续走呢，我也说不上来。这就是你喜欢说的'巧合'吧，艾福林·伯德先生，我倒是宁愿换种叫法，不过无所谓了。"

他顿了一下，继续说道："我沿河走到了这里，周围一片漆黑，宛如是魔鬼撒旦的地盘。这时，突然有一点光亮传来，我也看到了你抛锚的船。那光仿佛是从船舱透出来的，这让我很是困惑。于是我下马，上了你的那艘蒸汽船。在船上我没有见到一个人，我发现那道光原来是一堆正在燃烧的火焰发出的。舱内有木匠曾在那里干过活，地上乱糟糟地堆着一些刨花和几小截蜡烛，火正是从上面燃起来的。"

伯德坐在椅子上，就坐在两根牛油大蜡旁边。

"火！"他说道，"是的，今天确实有个木匠在我的办公舱中干过活。他留下了刨花，也许还有几小截蜡烛，这是很有可能的。火是在我的办公舱里被点着的吗？"

"就是在你办公舱里，沿着地板在烧！"我的叔叔回答道，"火苗已经起来了。"

"沿着地板烧！"伯德先生重复了一遍，问道，"我的办公舱里没有别的东西被烧到吗？阿布勒，壁台，那个带着长长的红木抽屉的壁台——没有被烧到吗？"

他的声音里带着急切，显得很有兴趣。

"没有被烧到啊，"我的叔叔答道，"里面有什么东西很值钱吗？"

"是非常值钱。"伯德说道。

"你就这么不加防范地把这么值钱的东西放在那里，这有点奇怪啊，"我的叔叔说道，"我进去的时候，舱门可是开着的啊。"

"桌子又没被打开，阿布勒，桌子是被锁得好好的。锁是我从英国的谢菲尔德专门购置的，只有我的钥匙才能打得开它。"

伯德精致的手指摸着下巴，嘴唇微张，呆呆地坐了好一会儿才慢慢地努力恢复了常态。

"阿布勒，我要谢谢你，"他说，"你救了我的船。你能及时赶到真是够巧的啊。"

说完他就大笑了一声坐回到了椅子上，说道："这下你的理论说不通了吧，阿布勒？这个巧合不能支持你的理论啊，好人和基督徒都未从中受益。阿布勒，我倒是从中受益了，可我既不是好人，也不是基督徒。"

我的叔叔没有立马回答，脸上依然一副沉思的表情。

雨点敲打在窗户上,远处公共客厅里面的酗酒狂欢还在继续着。

"伯德,"阿布勒问道,"你认为火是怎么被燃起来的?是某个粗心鬼随手丢了个烟头,还是某个敌手故意纵火?"

"是敌手做的,阿布勒,"伯德回答道,"肯定是这些该死的移民干的。他们不是派人来威胁我,怕我的船伤害到他们的木屋吗?我当时对他们的威胁没有放在心上,看来是我错了,我早该当心这些家伙的毒招。他们就这么单独派了个人随意威胁了我一下,对他们的话我也没有太在意。"

他停下来,抬头问道:"阿布勒,你怎么看?你认为是有人纵火吗?"

"只是一堆燃烧的垃圾,很难从中看出什么。"我的叔叔回答道。

"可你怎么看呢,阿布勒,"伯德问道,"你怎么看?"

"我看是有人纵火。"

伯德站了起来,一拳砸在了桌上,恨声说道:"这样的话,该死的,明天船一开出来,我就去把每个移民的小屋都弄个底朝天。"

对他的这番暴力言论我叔叔毫不在意。

"你这样胡来只有伤害无辜,"他说,"你的船不是移民们烧的。"

"你又是怎么知道的,阿布勒?"

我叔叔脸上的表情一下子变了,脸上身上都洋溢着活力,充满了钢铁般的意志。

"伯德,"他说,"我们刚刚还争论过,你还记得吧,你说'巧合'对所有人都是平等的,而我说所谓的巧合都是受了上帝的指挥。要是我今晚未能及时赶到,你那艘船肯定会被烧掉,移民们就得蒙冤,而弗吉尼亚的麦迪逊、马里兰的西蒙·卡罗尔以及我的兄弟鲁弗斯,他们三人在巴尔的摩的公司由于为你这艘船承了保,必然遭遇难以承受的损失。"

他的声音忽然严厉起来,仿佛一道光刃滑过。

"你是没有损失,伯德,就如你刚才说的,你不是好人,也不是基督徒,可这些好人和基督徒却得承担损失。我说的没错吧,艾福林·伯德先生?"

伯德蓝色的眼睛在橄榄色的脸上一下子瞪大了。

"我当然要索赔,这是我的权利,"他没有被阿布勒吓住,只是冷冷地说道,"可是,阿布勒……"

"说的真不错!"我的叔叔回答道,"现在,艾福林·伯德先生,我们接着说吧,我想我们还有点事儿得争论争论。先生,你觉得人能够智胜上帝,我没想到你自己居然真的跟上帝斗智!你的船员现在都醉倒在这儿,船被遗弃在岸边,移民们会承担嫌疑,而你已经整理好了你的旅行箱,准备经由陆路去巴尔的摩。你一直站在窗前,想看着船舱起火。"

伯德橄榄色的面孔上两只蓝色的眼睛原本带着不可思议的神情，现在变得像玻璃球似的，显得是那样的冷酷无情。他嘴唇动了动，手慢慢伸向了缎子马甲那鼓囊囊的口袋。

我叔叔那冷酷、严厉、坚定的声音又接着响起："可是你失败了，伯德！上帝智胜了你！我扑灭地板上那堆火时，整个船舱里黑了下来，然而，就在这黑暗中，伯德，我看到壁台锁眼里有光透了出来，那壁台抽屉被锁得死死的，只有你一个人能打开。而在那壁台的空抽屉里，有三截蜡烛正在燃烧。"

伯德的手靠近了那鼓囊囊的口袋。

我叔叔的声音像是敲击在钢板上，铿锵有力。"智胜上帝！"他大声说道，"哼，伯德，你忘了一件小学生都知道的事了。你忘了，一截蜡烛放在密闭的抽屉中，由于空气不足，燃烧的速度要比在外面慢得多。你放在外面用来点燃刨花的几截蜡烛已经被烧完了，但是你为了以防万一，在抽屉里又点燃了几截蜡烛，妄图用来愚弄上帝，等我破开抽屉时，它们却还在烧着呢。"

伯德的手宛如灵蛇，敏捷地从鼓囊囊的口袋中掏出了一把大口径手枪。

不过阿布勒叔叔的动作更快，犹如电光火石，眨眼间就扑到了伯德的身上。那手枪没来得及开火就被打掉在地上，伯德纤细的手指"咔嚓"一声被叔叔的铁手给扭断了。阿布勒叔叔如喇叭般响亮的声音一下子压过了屋外的暴风雨,盖过了醉汉们的嚎叫:"智胜上帝!这怎么可能呢?哼!艾福林·伯德先生,你连我这个最弱小的上帝造物都斗不过!"

看不见的路

我叔叔在大石屋门口下马的时候，夜已深沉，天空中正纷纷扬扬地飘洒着十月的第一场雪。这石屋坐落在山麓，屋后是一片森林，下面则是辽阔的牧场。

查尔斯·爱德华·斯图尔特[1]王子在苏格兰的复辟行动惨遭失败后，很多大家族被迫漂洋过海来到了弗吉尼亚，此后百年一直保持着苏格兰世家大族的传统。我叔叔现在就站在这样一个大家族门前。

---

[1] 绰号"美王子查理"，是在1688年"光荣革命"中被推翻，但依旧觊觎王位的斯图亚特王朝的继承人，曾于1745联合法国从欧洲大陆起兵打回苏格兰祖地，最后几乎全军覆灭，仅以身免。

我叔叔和马儿都是风尘仆仆，一看就是旅途劳顿，经过了长途跋涉。这时，门内出来了一个老头招呼叔叔进屋。

"谁在家？"我叔叔问道。

这个老仆用苏格兰的盖尔语回了两个字——"赤鹰"。

说完就引领我叔叔穿过客厅，来到了带着横梁的狭长餐厅，这场景仿佛又回到了百年前苏格兰高地的斯凯岛。餐厅里，映着牛油大蜡的灯光，一个身材高大的中年女人正在独自享用晚餐，一名老仆随侍身后。

这女人身上有两个地方特别显眼——鹰钩鼻子和一头粗糙的红发。

看到我叔叔进来，她立马站起身大声招呼道："阿布勒，上帝啊，见到您真高兴！快请进！快请进！"

叔叔闻言走了进来，这女人把他让到了对面坐下。

"阿布勒，吃点东西吧？"她说道，"你看起来像是走了很远的路啊。"

"是啊。"我的叔叔回答道。

"是先知以利亚的乌鸦把你派到我这来的吧？"这个女人说道，"我正有事想找你呢。"

"什么事？"叔叔一边问，一边动手对付着桌上的牛排和烤土豆。晚餐虽然摆放得很正式，却相当简单。

"啊，是这样的，阿布勒，我需要一个证人，一个名望盖世的证人。"

"一个证人。"阿布勒叔叔重复道。

"是的,一个证人,"这女人接着说道,"这个国家的人对我总是过于严苛,总是喜欢对我指手画脚。今晚,在这栋房子里要举行一场婚礼,你什么也不用做,只要做个见证就行。我侄女玛格丽特·麦克唐纳终于想通了。"

我的叔叔低头看着桌布问道:"新郎是谁?"

"坎贝尔,"这女人答道,"足以配上她这个傻孩子啦。"

我叔叔的身子僵住了——他的手、身子甚至是眼睑上的肌肉一下子好像都变成了石膏塑像,一动也不动。过了好一会儿,他才又吃起了桌上的烤土豆和牛排。

"这么说来,坎贝尔在这里了?"他问道。

"今晚过来的,"女人答道,"这次他总算是有点志气了,要想娶走我这侄女,今晚是最后的机会了。他和我丈夫艾伦·埃利奥特已经赶着牛群从牧场出来去巴尔的摩了,现在艾伦正赶着牛群走在坎伯兰大道上,坎贝尔则快马加鞭来到这做最后的努力。不论她是去是留,他都不会再回来了。等把牲口卖掉,他就会坐船从切萨皮克出海,去往格拉斯哥。"

她顿了下,做了一个嘲讽的手势,接着说道:"阿布勒,坎贝尔不是着了魔了就是中了巫术了。他以前是那么的优柔寡断、不温不火,可今晚,他就像是苏格兰低地的偷牛贼一样大胆,今晚的坎贝尔才像是一个真正的格林莱恩人。真的,阿布勒,这个向来犹豫不决的小畜生今晚就像橡树一样坚定,有着魔鬼般的勇气。为何一个人可以变化这么大?"

"夫人,一个人未择主时会犹豫不决,会很软弱,可是一旦最终择定了主人,不管是选择信奉天堂的上帝,还是信奉地狱的撒旦,都能从其主人那里获得勇气。"

"哈哈!"她大笑了起来,"上帝还是撒旦,不管是谁赋予了坎贝尔勇气,这活都干得漂亮。坎贝尔今晚和格林莱恩的老偷牛贼一样疯狂!"

"您觉得,"我叔叔说道,"格伦科的麦克唐纳家族和格林莱恩的坎贝尔家族通婚合适吗?"

那个女人的面孔变得严峻起来。

"斯泰尔勋爵与格林莱恩的坎贝尔家族屠杀格伦科的麦克唐纳家族,这事可不是发生在昨天日出之前,而是都过去两百年了!玛格丽特这个傻瓜!我昨天最后逼问她时,她也像你这么问我。"

"不是有这么句格言吗,"我叔叔说道,"苏格兰高地的人永远不会改变。"

"可是,阿布勒,这个世界变了啊,"她回答道,"坎贝尔不是'美王子查理',他虽人至中年,不善言谈,可他这次能够得到一半的卖牛款,他会照顾好这个女孩的。"

接着,她尖声大叫道:"你说,在这山沟沟里她能得到什么?我们穷了,还要供养老人。这次艾伦得到的一半卖牛款,几乎不够他还债的。就连老麦克弗森,"她指了指站在椅后的老仆——"也絮絮叨叨地对她说:'我看到你这少女要大难临头,需要一个宽肩膀的男人来拯救你。'阿布勒,他这话可不是什么预兆,而是他通过常识进行的预见。未来饥馑的岁月会耗干这个傻瓜的青春,而坎贝尔的肩膀也足够宽厚,应该就是这预见中的男人。好了,阿布勒,你会留下来做个见证吗?"

"我会的,"我的叔叔慢慢说道,"不过前提是你得把我兄弟鲁弗斯也请来做个见证。"

这个女人奇怪地看着眼前的客人,说道:"那样得走二十英里的山路呢,明天早上鲁弗斯也赶不过来。"

"不会的,"阿布勒说道,"到麦克斯韦客栈只有三英里路,鲁弗斯今晚住在那儿。"

这个长着鹰钩大鼻的红发女人用指尖轻扣着桌布,她心里在盘算什么显而易见。人们谈起她来总是说她很无情,凡是她想做的事情都会毫无顾忌地强力推行。

然而,那个女孩很害怕坎贝尔。在她看来,坎贝尔很邪恶,这倒不是从他的行为看出来的,而是出于那个女孩的本能。她觉得这个男人从本质上就像是某种毒物，在发起致命攻击前，会伪装成一幅很是温顺的样子。这种恐惧很是强烈，迫使她鼓起勇气对抗这女人无情的意志。

世人皆知，这个女人对于坎贝尔长期追求那个女孩是乐见其成的，而女孩本人却是竭力抗拒。这女人能想到附近山里人会如何议论她，为了防患于未然，她必须得找几个说话最有分量的人出席这场婚礼。要是阿布勒和他的兄弟鲁弗斯能够出席，女孩是被逼出嫁的流言蜚语大概就不会再有了。

她深知，由于自己个性强硬，外面对她的风评不好。家里大事小情，能做主的是她，不是她的丈夫。她以钢铁般的意志尽可能地保留着苏格兰高地的每一项传统、每一种形式，甚至封建制的每一个细节，对抗着滚滚而来的民主时代，对抗着人们的讽刺奚落，对抗着贫穷对家庭的侵袭，也对抗着连年饥馑，这一切重责都要她一力承担。她的丈夫艾伦·埃利奥特个性软弱，通常要么是和身材高大的搭档坎贝尔在山中放牧，要么就是像现在这样，赶着大群牲口去巴尔的摩贩卖，而她却得独自面对整个世界。

"那得等着啦，"她说，"坎贝尔很着急，几个女人正在为新娘打扮，而牧师……去了麦克斯韦客栈！"

她站了起来，说道："好吧，我跟你做个约定，我会派人把鲁弗斯请来，你呢，得拖坎贝尔一会儿。阿布勒，你得用自己的法子拖住他，要知道我不能对他明说我已经找人过来见证这场婚礼，从而证明我侄女是自愿嫁给他。只要你能拖住他，这婚礼就拖到鲁弗斯来了再举行，全靠你拖住他了，我可没法帮忙。"

"坎贝尔也在这房子里？"我叔叔问道。

"是的，"她说道，"牧师一到就准备好了。"

"他一个人？"阿布勒问道。

"当然是一个人啦，"她嘲弄般地笑道，"新郎官不该最后做下盘算吗？"

"好吧，"我叔叔答道，"这样的话，我们成交！"

她像个男人似的粗着嗓子嘎嘎大笑起来，说道："尽可能地先拖住他。阿布勒，这活可不简单，得运用你的智慧才成，这事还得秘密进行。我可不想你像《圣经》中的强人那样把新郎给绑起来。"她笑得更灿烂了，"再说了，我认为，要把他绑起来也不会比你耍点小聪明省心，要知道他和你一样身高体壮。"

她起身往外走，不过在走之前，又说了另一番话："阿布勒，你别怪我，"说这番话时她的语气很是平静，"总得有人为这些漂亮的小傻瓜着想，她们就像是生长在地里的百合花，傻得可怜，只会一个劲儿地绽放，在她们想来，根本不会有冬天！她们的脑子比羊杂布丁也好不了多少，她们那小小的爱情又怎么与无情的现实生活对抗？而她们的泪水，阿布勒，就像夏天的雨水，只要来朵云，就会哗哗而下。她们的小脑袋瓜里总是充满着对白马王子的幻想，从而只会错过一个个好男人！"她顿了一下又补充道，"我这就派人去请鲁弗斯来，你吃过饭，麦克弗森会带你去见坎贝尔的。"

那女人刚走，那老仆就溜到了阿布勒椅子边。

"老爷，"他小声问道，"要给您来点酒吗？"

"酒就不喝了，麦克弗森。"我叔叔说道。

麦克弗森眨了眨昏花的老眼，看起来真像是一头快瞎了的猫头鹰。

"今晚有大场面，喝一点吧。"他说道。

"为了欢乐的婚礼吗？"我叔叔说道。

"不是的，老爷，不是的，老爷！"

他快速地环顾了一下四周，接着问道："老爷，鹰有利爪和尖喙，请问鸽子有什么？"

"麦克弗森，你这话是什么意思？"我叔叔问道。

这老仆凝视着桌子对面的阿布勒说道："老爷，你的臂膀可真粗壮啊。"他说道。

我的叔叔放下了叉子，问道："麦克弗森，你到底想要说什么？"

"我天生就能看到一些特别的东西！"

"你看到了什么？"阿布勒叔叔问道。

"我看到一只正在飞翔的秃鹫，"麦克弗森说道，"下面却是无边的黑暗。"

听到这个，叔叔的身子和脸上的表情再次僵住了，仿佛化成了一尊木雕。

过了好一会儿，他才喃喃重复道："一只秃鹫。"

"哎，是的，老爷，鸽子该当如何自保呢？"

"秃鹫吗，也许是吧。"我叔叔说道。

"红鹰和恶心的秃鹫[1]！"老仆大叫道，"啊，老爷，这些都是死亡之鸟啊。"

"死亡之鸟倒是不错，不过算不上是猛禽，"我叔叔站起来，冷声说道，"麦克弗森，就我所知，或许你养有一只妖精，或许隐多珥女巫之后，妖精还是存在的吧，我们的这个世界很神秘，不过你也别在我面前冒充撒母耳先知，现在我明白为何上帝要剿灭你们的巫术了，因为巫术会误导人民。即便真有什么秃鹫，麦克弗森，那也和新郎无关。好了，现在能带我去见坎贝尔了吗？"

麦克弗森猛地一下推开门，阿布勒出门走进了大厅。他跨过门槛时，

1　通体黑褐色，头裸出，仅被有短的黑褐色绒羽，后颈完全裸出无羽，大部分栖息于低山丘陵和高山荒原，以及森林中的荒岩草地、山谷溪流和林缘地带，主要以大型动物的尸体为食。

正巧看到一个刚刚蜷缩在门边偷听的女孩从他身旁一溜烟地跑开了。

她一身白衣，尚未穿戴整齐，似乎是刚从一群恼人的女人魔爪下临时逃脱出来的。她的脸一片惨白，眼睛瞪得老大，仿佛见了鬼似的，一副十分害怕的样子。

我叔叔却若无其事地继续往前走。那走在他面前的苏格兰老仆只是摇了摇头，喃喃低语道："今晚会有大场面，喝一点吧！"

两人走进一个大房间，桌上点着蜡烛，壁炉里烧着栗树树干，一个男人正在屋里来回踱步。这是一个身材魁梧的中年人，此时在壁炉前停下了脚步。

看到我叔叔进来，他的脸上闪现了一道凶光。

"阿布勒，"他大声说，"魔鬼撒旦把你带来这做什么？"

"坎贝尔，"我叔叔答道，"要是魔鬼来对付你，那才是怪事呢。人们对魔鬼撒旦的看法大多有不实之处，根据《圣经》里的传说，魔鬼撒旦几乎能与万能的上帝匹敌。他可不傻，既不会误导他的子民，也不会陷害自己的仆人。坎贝尔，我发现魔鬼撒旦其实对自己子民的利益很是热心，为了拯救自己的子民，他可以不择手段，用尽千方百计。坎贝尔先生，我虽对魔鬼撒旦并不景仰，但我没发现他有害自己人的恶习。"

"那就说明，我不是魔鬼撒旦的自己人了。要是魔鬼撒旦是站在我这边的，阿布勒，他今晚就不会让你跑到这来了。"坎贝尔大声说道。

"为什么不呢，"叔叔摆出一副沉思的样子说道，"这说不通，我认为魔鬼没有特别强的支配力，毕竟在其之上还有一个上帝呢。即便他不能总是让其子民心想事成，他也不至于招致他们的指责背叛。"

坎贝尔毅然决然地转过身，说道："阿布勒，先给我说明白了，你是听到了什么闲言碎语故意过来干涉我的婚姻大事呢，还是只是赶巧了来这儿的？"

"都不是，"我的叔叔回答道，"我到山里去买你和埃利奥特放养的牲口，结果发现你们已经赶着畜群前往马里兰。在我回去的路上正巧经过埃利奥特的家，就停下来歇一下、喂喂马。"

"埃利奥特在赶着牛群呢。"坎贝尔说道。

"不，"阿布勒答道，"埃利奥特没同牛群在一起。我在多石河附近赶上了你们的牛群，赶牛人说你今早雇了他们，就骑马离开了。"

坎贝尔动了动脚，低头看着我叔叔，说道："现在也到了季末了，得有人先去安排好牧场，备好草料。埃利奥特就走到前面安排去了。"

"他并没有在前面，"阿布勒回道，"阿诺德和他的牧人从马里兰返回来，一路都没有看到他。"

"他没有走那条大路，"坎贝尔说道，"他走的是山中的小路。"

我叔叔默然许久，才说道："坎贝尔，《圣经》上提到过一条即便是秃鹫的眼睛也看不到的小路[1]，埃利奥特走的是这么一条路吗？"

坎贝尔换了个姿势说道："阿布勒，你这个愚蠢的问题我可回答不出来。"

"好吧，坎贝尔，"叔叔答道，"我来替你回答，埃利奥特没有走那条路。"

坎贝尔掏出了一块大银表，用拇指挑开表盖看了一眼，说道："她应该打扮好了。"

我叔叔抬头看着他，说道："坎贝尔，把婚礼推迟吧。"

坎贝尔转身，问道："为什么？"

"唉，坎贝尔，理由倒是有一个，"阿布勒回道，"出现了一些不太吉利的征兆。"

"我可不信什么征兆。"

"《圣经》中充满了征兆，"阿布勒说道，"约书亚、亚哈斯都遇到过征兆，现在你也遇到征兆了。"

坎贝尔转身咒骂起来。

"你在暗示会发生什么不幸的事吗，阿布勒？"

"坎贝尔，"我叔叔回道，"不幸这个词用得恰如其分。"

---

[1] 语出《圣经·约伯记》第二十八节：矿中的路鸷鸟不得知道，鹰眼也从未见过。《圣经·马太福音》第二十四节也提到：尸首在哪里，鹰也必聚在那里。

"把话给我说明白了！有什么预兆？什么征兆！"

"啊，是这样的，"阿布勒回答道："麦克弗森生来可以看见一些特别的东西，他现在看见一只秃鹫在盘旋飞翔。"

"该死的！"坎贝尔大声说道，"你怎会相信这种蠢话？他的这些幻象都是在玉米酒杯里看到的吧，喝上几口酒，说不定会看到希腊帕特莫斯岛飞翔的野兽呢。阿布勒，你不会对我说，你真相信麦克弗森能看到什么征兆吧？"

"我相信自己亲眼所见的。"我叔叔回答道。

"那你又亲眼看到了什么？"坎贝尔问道。

"我看到了秃鹫，"阿布勒回答，"你知道我生来不会喝酒，也素不喜酒。"

"阿布勒，"坎贝尔说道，"你这是在瞎琢磨，我可没时间跟着你瞎琢磨。新娘应该已经打扮好了。"

"你自己准备好了吗？"我叔叔问道。

"喂！喂！"坎贝尔吼道，"你非要在这儿绕来绕去吗？见鬼去吧！我早准备好了，听，那些女人们已经来了！"

然而进来的却不是新娘，是麦克弗森过来问新娘是否可以过来了。

我叔叔站起了身，以低沉平和的语气说道："坎贝尔，新娘准备好了，你还没有呢。"

坎贝尔简直忍无可忍，他大叫道："见鬼！有什么意见，就给我说清楚！"

"坎贝尔，依照惯例，婚礼上会问是否有人有什么理由取消这场婚礼。你是选择我在大庭广众之下提出理由让婚礼暂停呢，还是现在先推迟婚礼，我告诉你理由。"

坎贝尔在叔叔的威胁后面似乎嗅出了一些别样的味道，于是对麦克弗森说道："让她们先等一下。"

说完他关上门，转身对着我的叔叔——他的两膀前倾，双拳紧握，先是一通咒骂，接着才说道："哼，先生，说出你的理由吧？"

我的叔叔站起身，从口袋里拿出一件东西放在了桌上。那是一块麻布，紧紧地绞在一起，就像有人用两只手掌使劲搓过似的。

"坎贝尔，"他说道，"今早，我在山里骑马追着你牛群的蹄印正往前走着，一个白色的东西引起了我的注意，我下马从坚硬的道路上捡起了这块麻布。我很是困惑，这块布怎么会绞在一起呢？我开始让马放缓脚步，慢慢地向周围搜寻。很快，我发现了第二块，接着是第三块，都和第一块一样被绞在了一起。接着，我发现了一件重要的事情：这些麻布片呈一条直线，一直从山坡上的牧场延伸到森林的边缘。我又回到了最初发现蹄印的地方，在干裂的地面上，有一块地方和这些麻布片也是呈一条直线，说明这里有人冲过一桶水。"

坎贝尔站在对面，盯着那块麻布看了一眼，就抬起了头，肩膀都未曾晃动，说道："说下去。"

"我突然想到，"我叔叔继续说道，"既然在牛群蹄印下方发现了麻布块，会不会在上面也能发现呢？于是我骑马上了小山，到了一个围栏处。在这里我没有发现什么麻布块，不过，坎贝尔，我却发现了一些别的东西：围栏对面的草被践踏过了。我下马仔细查看：被践踏的草地前面，有一段平整的围栏，围栏上面留下来一道压痕，就像是一根铁棒曾在上面放过似的。"

我叔叔住了口。

"接着说下去。"坎贝尔催促道。

我叔叔盯着坎贝尔好一会儿，才接着说道："这道压痕与路面泼水的地方正好呈一条直线，这让我感到很是困惑。我骑马从原路下山，又走回到捡到麻布块的地方。在森林的边缘，我发现了一堆烧过的木柴。我再次下马顺着一路的麻布块往回走。经仔细查看，我又发现了一些碎干草，不时还有几株被压扁的豚草，似乎有什么东西从山坡上一路滚到了柴堆旁。坎贝尔，现在说下在那山坡上发生了什么事吧？"

坎贝尔站起身来，盯着我叔叔的脸，问道："你认为发生了什么事？"

"我想，"阿布勒答道，"是有人蹲坐在围栏后面的草地上，在平整的围栏上面架起了一条有着方形枪管、半装火药的来复枪，先是伏击射杀了路过围栏的某个东西,又将之从山坡上一直拖到柴堆旁。我想那桶泼到地上的水就是为了冲洗掉那东西倒地留下的血迹吧?我不明白那些麻布片是从何而来的,我想也许是在这东西巨大的重量作用下才绞在一起的吧?喂,坎贝尔,我说的对吗?"

"你说的没错。"坎贝尔答道。

坎贝尔居然会直面这个问题,这让我叔叔大吃一惊。他看上去认真严肃、决心满满,似乎是要甘冒奇险也要将对他的威胁完全弄明白。"阿布勒,"他说道,"你一直追查这件事肯定也是有依据的,直说吧,你的依据是什么?"

我叔叔又一次被他惊到了。

"坎贝尔,"他回答道,"既然你想让我直说,我也就不遮遮掩掩的了。两人共同拥有一大群牛,现在要把这群牛赶过山,弄到巴尔的摩卖掉。要是其中一个合伙人被别人从马上射杀下来,而这场谋杀又被掩盖下来的话,那另一个合伙人不正好可以卖掉所有的牲口,把这笔钱独吞吗?

"要是这个活着的合伙人,坎贝尔,能狠下心来,我想他会试着干这么一票的。他会雇人帮他赶牛,声称合伙人走在前面了,而他会回来找那个他想要的女人,把她带到巴尔的摩,送她上船。等卖掉牲口,就带着女人和钱一路扬帆从切萨皮克出海返回他的家乡——苏格兰高地!谁会知道在那个失踪的合伙人身上发生了什么事?谁又能知道他不仅没有拿到自己应得的那一半钱,还在回家的路上遭遇强盗被害身亡了呢?"

话说到这,我的叔叔住了口,坎贝尔却突然嘲弄般地大笑起来。

"阿布勒,吸取教训吧,你前面的推理没有错,结论却非常荒谬。

"我们的牛群里有一只野蛮狂野的小母牛,根本赶不走,不得已我们把它杀了。想射杀它可不大容易,我费了好大劲儿,才终于在栅栏后面把它射杀了。"

"可是那些麻布布条,还有泼水的地面又是怎么回事?"

"阿布勒,"坎贝尔大声说道,"你放了一辈子牛,难道不知道牛见到血会受惊吗?为了不引起牛群骚乱,我们清洗了小母牛被射杀的地方。至于你说的那几块麻布条,是这样的,为了防止血流得到处都是,我们在小牛身下垫了一床被子,然后拖着小牛的尸体到了山下。那些麻布布条是从被子上掉下来的,在小牛的体重作用下绞在了一起。"

接着他又补充道:"这是数周前的事了,不过近一个月都没有下雨,阿布勒,看来是天意要把这些'犯罪的迹象'保存下来,让你发现啊。"

"那个柴堆呢,"我的叔叔似乎是不把事情完全弄清楚誓不罢休,"为什么要烧柴?"

"我说,阿布勒,"坎贝尔说道,"你刚才的推理不是很犀利吗,难道这个还要问我?这个还需要我来回答吗?点燃柴堆当然是要烧掉那头牛的内脏，血都被冲洗干净了，我们又怎会留下那东西让牛群发狂呢。"

他又大笑起来，一副胜券在握的样子，很是得意。

"我说，阿布勒，"他大声说道，"你本来是想看我被吊死的吧？现在没指望了，你还会留下观看我的婚礼吗？"

我的叔叔早已站在了窗口前。坎贝尔说话时，他似乎是在听，其实主要是在听外面的动静。这时，远处的廊桥上传来了模模糊糊的马蹄声。

阿布勒诡笑着转过身来，说道："我留下，倒要看看结果如何。"

这是一场最为怪异的婚礼——首先现身的是一位身材高大、意志坚决，像是命运女神的女人，接着是几个手里举着蜡烛、衣衫褴褛的仆人，再接着是牧师，最后是躲在面纱下面的新娘，就像是一只木偶，毫无生气。

婚礼开始了，气氛很是沉闷。我的叔叔走到窗前，路上的积雪掩盖了奔驰而来的马蹄声。这时他听到了马蹄铁踏落在门前石头路面上的声音，像是终于等到了这个声音，他突然大声呼喊着反对这场婚礼。那个大鼻子的红发女人转向他，问道："关你什么事，你为什么要反对？"

"我反对，"阿布勒说道，"因为坎贝尔把埃利奥特送上了错误的路。"

"错误的路！"那女人大声重复道。

"唉，"阿布勒说道，"就是错误的路。约伯提到过一条秃鹫也看不见的路,不过坎贝尔送埃利奥特走上的那条路,却真有秃鹫看到了。"

他大步走进房间,说道:"坎贝尔,在离开你那恶心的牧场前,我看到一只秃鹫降落在了柴堆那边的森林里。我走进去,就看到了艾伦·埃利奥特的尸体,他被射穿了心脏,浑身赤裸。坎贝尔,你那柴堆是用来烧掉那床被子和死者衣物的吧?坎贝尔,你相信秃鹫会帮你处理好善后,却没想到它一下子拖了那么多天吧?"

我叔叔的声音变得高亢而深邃:"我给我的兄弟鲁弗斯捎口信,让他率领一伙人先去麦克斯韦客栈。之后,我就来这儿歇歇脚、喂喂马。坎贝尔,在这里我看到你又在接着谋划你的邪恶计划!

"我让埃利奥特夫人派人去请来鲁弗斯,同我一起见证你这该死的婚礼,我则想办法推迟婚礼,一直等到鲁弗斯的到来。"

他举起粗壮的手臂。"我本可以亲手阻止这场婚礼的,"他说道,"只是我想亲眼看着山里的好汉们把你吊死,现在他们已经来了。"

话音刚落,外面的大厅门口就响起了一阵杂乱的脚步声。

走进来的是一群身材高大、神情严肃、意志坚定的男人,阿布勒——喊出了他们的名字:"阿诺德、伦道夫、斯图尔特、以利拿单·斯通还有我的哥哥鲁弗斯。"

阴影边缘

这块土地上从来不乏奇勇之士，然而，即便是在大山之中，我也从没见过像赛勒斯·曼斯菲尔德那样勇敢的人。当那可怕的危险降临时，他已经垂垂老矣，离死不远，然而即便在这濒死的时刻，面对着死亡的恐惧，他依然以一种异教徒看待众生福利的方式，坦然面对，任由自己的神明为其决断。

秋日的下午相当漫长。一间刷着白漆的小屋中停着一具男尸，圆睁的双目正对着蛛网密布的天花板，在死者左眼下方的脸颊上有被枪击烧灼的痕迹，子弹擦过眉毛在其耳朵上方穿入颅骨，他一头灰白的头发像是灌木丛一般根根竖起，脸上那狂热的表情在尸僵之后显得更为瘆人。

门口的阳光下,一个枯瘦修长的女人坐在那儿,怀抱着一兜皂荚树枝,正在将之编成花环的模样。这些皂荚树枝上布满了尖刺,女人的指肚和手掌上到处都是一条条伤口,不过,她对此毫不在意,只顾着将尖刺折入花环中。

我叔叔阿布勒和治安官伦道夫进来时,她并未起身,只是淡定地坐在那里,继续干着自己的活儿。

死者和这个女人都是外乡人,暂居在曼斯菲尔德的一间小屋中,他们为何流落至此,大家都猜测不出,而现在那个男人的死,使这一切显得更加扑朔迷离。

伦道夫问起死者死因时,这女人站起了身,默默地走向壁柜,从中取出一把决斗手枪递给伦道夫,闷声说道:"他疯了。'为了事业,'他说,'必须有人流血牺牲。'"

她直直地盯着死者,又加了一句:"啊,是的,他疯了!"说完就转身走回到门前阳光下的椅子上坐下了。

伦道夫和阿布勒一起检查了那把决斗手枪:镶银的枪托、长长的八角形枪管,由锋利的硬钢打造而成,看起来十分漂亮。这枪不久前刚开过火,火帽还在火门上扣着呢。

"枪法真烂,"伦道夫评论道,"差点没打中。"

我叔叔一边仔细查看了死者的伤口以及伤口下面被灼伤的脸颊，一边用手慢慢摆弄着那把枪，伦道夫这时有些不耐烦了。

"喂，阿布勒，"他问道，"他是被这把枪杀死的呢，还是死于神力？"

"是被这把枪杀死的。"我叔叔回道。

"那个女人可信吗，阿布勒？"

"我愿意相信她。"我叔叔答道。

两人在小屋四处看了看，地板上、墙壁上以及枪管上到处都血迹斑斑，似乎死者被子弹击中后又摇摇晃晃走了几步才倒地死去。伤口看起来并非即时致命，而是等了一会儿，人才死去。

伦道夫记好了备忘录，就和阿布勒一起走到了屋外的大路上。

下午户外的景色宛如天堂。向西通往俄亥俄州的大路，像根长长的绸带，绵绵无尽。黑奴们在广袤的河滩上收割完玉米，用葡萄藤扎成一捆一捆的。远处高高的山丘上，树木繁茂，一栋带有一排排粉白柱子的庄园矗立其上。

我叔叔从口袋里掏出那支手枪递给了伦道夫，说道："伦道夫，决斗手枪都是成对的，肯定还有一把，看，枪托板上有徽章。"

伦道夫却不以为然地说道："在弗吉尼亚，这种东西到处都是，经常被人买卖、抵押或交易，靠这个是确定不了死者身份的。再者，阿布勒，我们操心这个做什么？他死在自己的手上，权利也罢，伤害也罢，都与他人无关，就让他带着自己的秘密安息吧。"

他用食指朝上画了一个小圆圈，引用了一句戏剧台词道："'邓肯已经死去，经历了人生的阵阵狂热之后，他睡得很安然。'[1] 在离开前，我们要不要去和曼斯菲尔德告个别？"他用手指了指上方峭壁上那座白色屋檐大宅，问道。

他们一直背对着木屋的门站着。这时那女人突然从他们身旁走了过去，她头顶白棉布的遮阳帽，手里拿着一个用棉布手帕裹着的小包，顺着通往俄亥俄的那条大路一路向西走了。她走得很是缓慢，像是打算远行。

两人心中突然一阵悸动，不由得再次向屋内看去。死者仍是脸面向上躺着，两手诡异地交叉在一起，尸体已经僵硬。不过，那个女人用皂荚树枝编成的花环现在已经套在了他蓬乱的花白头发上。阳光洒落在地板上，四周一片沉寂。

他们一言不发地离开了小屋，沿着长长的山路向着山上宅邸攀爬。

曼斯菲尔德正坐在立柱门廊下一张宽大的椅子中。这里宽敞凉爽，地上铺着从英国漂洋过海运来的彩色瓷砖。

---

[1] 语出莎士比亚的戏剧《麦克白》第三幕第二场：邓肯已经进了坟墓，经历了人生的阵阵狂热之后，他睡得很安然。叛逆使他遭逢了最凄惨的命运，无论是刀剑、毒药，还是内忧外患，都不能再对他有丝毫伤害了。

我见过的人中数他最怪。虽已垂垂老矣，行将就木，不过他却仍是斗志昂扬，万事莫想让他低头。他坐在那里，一条灰色的披肩搭在肩膀上。午后的光影落在他犁头般的下巴上，落在他又瘦又弯的大鼻子上，落在他锐利的灰色眼眸上，瞬间抚平了他脸上的条条沟壑。

"曼斯菲尔德，"伦道夫大声问候道，"你好吗？"

"还活着，"老人回答道，"不过随时都可能一命呜呼。"

"我们每个人都是如此啊，"我的叔叔接口道，"能活多久，全看上帝的心意。"

"喂，阿布勒，"老人大声说道，"你又在絮叨教堂里那些条条道道了，据我们所知，宇宙中，唯有人类的意志才能左右万事万物的发展。除此之外，没有什么可以影响到哪怕最细小事物的生灭。历史上从没有什么想象中的神魔可以影响到万物的秩序，人类虽然孱弱，但短短一刻所造成的影响也不是什么神魔可比拟的。坐下吧，阿布勒，现在让我像野地里的走兽一样，临死前告诉你真相吧。"

他指了指带有雕饰的橡木椅子，招呼两名访客坐了下来。

伦道夫喜欢这种浮华的论调，这时他插嘴道："曼斯菲尔德，我怕你永远也享受不了天堂的快乐啊。"

老人轻蔑地做了个手势，说道："伦道夫，快乐是小人物的幸福，大人物所追求的是更高层次的东西。他们追求的幸福感来源于指点江山,这才是幸福的唯一源泉:摧毁任何其他的权威、让自己成为唯一的主宰、让每件事情按自己的意愿进行,这是宇宙之神的快乐,如果真有神的话。"

他在扶椅里挪了挪身子,双肘张开,手指前伸,扬起消瘦的脸孔,大声说道:"阿布勒,我想多活几年,在你看来,这得看上帝的意思,然而,我却不会因为遭到恐吓就屈服。机器轰鸣可能会让别人战战兢兢,而我却不会因此而畏畏缩缩,不敢上前操纵。"

"曼斯菲尔德,"阿布勒以他那平稳、低沉的声音回答道,"敬畏上帝是智慧的开始。"

老人猛地舞动了一下双臂,宛如一只秃鹫扇动巨翅。

"敬畏!"他大声说道,"嗨,阿布勒,敬畏是野兽的本能,是智慧人类仅存的一点兽性。人类的始祖们以为身边的怪物是神明;我们的祖辈们以为自然力量是神明;而我们则以为推动世界这个大机器运转的是神明的意志。然而,在宇宙万物中,真正处于唯一主宰地位的东西却偏偏没有自信。人类的意志本来可以变革一切,可以为所欲为,却害怕他们没有遇到过,本可以避开的幻象。"

他握紧双拳,手肘往回收了收,然后突然嘲弄般地抖了抖手,说道:"我不懂,但我也不怕。我不会被前人传下的模糊的恐惧打趴下,不会在弱于自己的力量面前奴颜婢膝,更不会将万事万物的控制权拱手让出，不管其是无生命的自然力、没有思考能力的法则，或是亘古不变的影响力。

"并不是所有被人膜拜的神祇都能够在明天就实现你的愿望，但我可以。因此，我是比他们更高的神，怎么能让一个高于其他神明的神将自己对万事万物的统治权交到这些还不如自己的小神手里呢？"

"曼斯菲尔德，"阿布勒说，"所以你就是一直秉持着这样的信念行事的吗？"

老人那瘦骨嶙峋的脸猛地转向我叔叔，说道："阿布勒，你这神神叨叨的话到底是什么意思？"

我的叔叔没有回答，而是伸手指了一下那被白漆粉刷的小屋问道："下面死去的那个人是谁？"

"伦道夫会告诉你的。"曼斯菲尔德说。

"我之前从未见过他。"伦道夫治安官说道。

"啊，伦道夫，"老人大声说道，"你是执法者，记性怎么能这么差？盛夏在县政府法院的那场审判，你难道不记得了？"

"我还记得呢，"伦道夫说道，"那是一场愚蠢的审判。尼克森的一个女黑奴报告说一个奴隶向水井里投毒，并用一种古怪的武器攻击人们。她描述的这种武器就是传教士布道中提到的枪。要是她说的武器是某种现代武器，她讲的这套话可能还可信些。"

"唉，伦道夫，"老人大声说道，"你们这些法官没想到吧，她说的都是真的。这女人看到的那武器是矛，而不是古以色列骑兵用的长枪。你有没有注意到有个陌生人一直待在法庭的一个角落里？他在审判结束后就消失了。伦道夫，你有没有注意到他？而现在他就死在我那间本是黑奴住的小木屋里。"

伦道夫突然灵光一闪，大声说道："上帝啊！所以说他是一个废奴主义者！"

他弹弄了下表袋上挂着的金图章，用手指画了个圈，说道："唉，他已经亲手结果了自己的性命。"

"他死了，"曼斯菲尔德犁头一般的下巴向前伸了伸说道，"像他这样的害虫都该死。我们南方人对于这些害虫太疏忽了，应该见到一个就统统踩死，否则他们就会威胁到这块土地的和平。他们煽动奴隶纵火、谋杀，就像野豹豺狼一样无法无天。我们该鼓起勇气灭掉这些东西。"

"合众国的命运，"他又补充道，"掌握在我们自己手里。"

我的叔叔插嘴道："是掌握在上帝的手里。"

"上帝！"曼斯菲尔德大叫道，"我可不会在家里供奉他。我们无所事事的时候，阿布勒，北方佬就会打击我们。唉，长此以往，也许只需一场诉讼、一纸判决书，我们的财产就会被剥夺个干净。我们不仅将无法在这个共和国实现自己的意愿，还得不停地应付那些小小的新英格兰律师的举证与反驳。"

"用刺刀不是更好吗？"我叔叔说道。

"喂，阿布勒，"曼斯菲尔德说道，"你太搞笑了。这些北方佬对刺刀可不感兴趣。他们都是商人，阿布勒，每天经手的要么是股份，要么就是钢材集散场。"

我叔叔镇定地看着曼斯菲尔德说道："在英国王室军队登陆时，弗吉尼亚人对于新英格兰也曾是这样的看法，人们大都对他们有这种看法。嘿，先生，听到邦克山战役[1]的消息，华盛顿骑马北上去指挥殖民部队时，他没问哪方打赢了，而只是问：'马萨诸塞的民兵参战了吗？'曼斯菲尔德，事实上新英格兰的民兵无比英勇地参战了。"

阿布勒叔叔扬起脸，望着下面的山谷，山谷中成熟的玉米一片金黄。他沉思着说道："合众国的形势堪忧，我非常担心。不过，凭借上帝之手，一切都会走上正途的，上帝会以自己舒缓而迂回的方式，让事情最后得到妥善处理。然而，你曼斯菲尔德或是废奴主义者们，都不愿将这个事情交给上帝。你们非要莽撞地用暴力去解决，非要抛开上帝精心的安排，去找寻什么解决的捷径。你们将会让我们陷入血腥之中，每念及此，我就不寒而栗。"

他又顿了一下，高大古铜色的身体透着一种因某种崇高信仰而带

---

[1] 邦克山战役为美国独立战争的第一场战斗。

来的安详。

"要做到公平,"他说,"不管在合众国的任何一个角落,都要依法行事,取缔暴力;要公正地在法庭上审判任何一个以身试法的人,要是有罪,就根据法律条文对他不偏不倚地加以惩罚,让每一个地方都充盈着公平行事的公众信念,在这个见火就着的危急时刻更是要不管公众的喧嚣,坚持秉行正义,这才是和平的唯一希望!"

他的声音低沉、平和,一个个字仿佛化成了实物,具有了维度和重量。

"对于煽动奴隶谋杀的狂热分子,"曼斯菲尔德说道,"也该像对待绅士一样,送到陪审团面前审判吗?"

"是的,曼斯菲尔德,"我的叔叔回答道,"就该像对待绅士一样,送到陪审团面前审判!要是一个狂热分子杀了一个公民,我会绞死他;反之,要是一个公民谋杀了狂热分子,也要被绞死,在程序上,两者没有任何区别。我会让新英格兰看到,弗吉尼亚的司法是正义的,是不偏不倚的,这样新英格兰就也会有样学样。这样一来,法律就能被用来应对日益严重的、肆意妄为的无政府状态。"

"阿布勒,"曼斯菲尔德大声说道,"你和你信的上帝一样磨蹭,我知道一个更快的解决办法。"

"我相信。"我叔叔说道,"是谁杀了下面那个废奴的疯子?"

"谁会在乎，"曼斯菲尔德说道，"反正那个畜生已经死了。"

"我在乎。"阿布勒回答。

"在乎的话，阿布勒，那就去找出真相吧！"曼斯菲尔德咬牙说道。

"我已经查出真相了。"我的叔叔说道，"这个案子如此奇怪，有这么多稀奇古怪的干扰，看来州政府注定要蒙羞了。"

"这案子多简单啊，"伦道夫说，"那个傻瓜是自杀的啊。"

伦道夫这样想也有其道理。整片土地都已极度紧张，在这种极端情况下，人们不再把财产甚至是自己的生命当回事。国家随时可能燃起战火，为了成为点燃战争的导火索，牺牲个把人命又有什么关系？成百上千的疯子随时准备为此牺牲自己的生命。在弗吉尼亚，要是有个疯子开枪自杀，只是为了让奴隶主被国家以谋杀罪起诉，从而引发战争，在当时的极端狂热之下，这也并非全无可能。这个疯子也许会认为，牺牲了他的小命，能引起一场圣战，那就永远值得了。

我的叔叔脸上带着古怪的微笑，看着伦道夫说道："我想曼斯菲尔德恐怕不会相信你这个结论的。"

曼斯菲尔德大笑着说道："伦道夫，你的解释很有趣，值得我推荐给每个人，只是我自己并不信。"

"不信！"伦道夫大声叫道，他先是看了看我叔叔，又看了看那个老人，问道，"喂，阿布勒，你说过那个女人说的是实话啊！"

"她确实说的是实话。"我叔叔回答道。

"该死的!"伦道夫吼道,"你干什么拐弯抹角的?要是你信她说的是事实,那你们两位先生现在又为何质疑我基于她所说的话,而得出的结论?"

"伦道夫,我不信你的解释,"我的叔叔回答道,"是因为我有充分的理由,那就是我知道是谁杀了他。"

"而我,"曼斯菲尔德大叫道,"不相信的理由也同样充分——这世上再没有比这个更充分的理由了,伦道夫,"他大笑起来,笑声在门廊的柱子和屋椽间回荡,"因为他是被我亲手杀死的。"

阿布勒坐着一动不动,而伦道夫则是信念完全崩塌了。他从口袋中摸出那把决斗手枪,放在椅子的扶手上,一句话也说不出来,曼斯菲尔德的供词让他一下子懵了。

老人站起身来,从他那年老衰微的身体里发出的声音却是十分洪亮:"呵呵!伦道夫,你以为我会恐惧,你以为我会像你们这种小人物一样东躲西藏,战战兢兢,惶惶不可终日?"接着他夸张地把身子缩进了披肩里。

"恐惧是什么东西?!"他又断断续续地高声大笑起来,"就连在阿布勒信仰的基督教里,在地狱的魔鬼都不知道什么叫恐惧!我开枪打死了那个家伙,伦道夫!你听到这可怕的话了吧?你浑身颤抖,是担心我会被吊死，然后被丢进阿布勒的地狱吗？"

老人言谈中假装出来的恐惧样子真是惟妙惟肖。他指了指椅子扶手上的手枪，说道："没错，这把枪是我的。阿布勒应该早就认出上面曼斯菲尔德家的族徽了吧？"

"我确实认出来了。"阿布勒答道。

曼斯菲尔德先是对着伦道夫古怪地讽刺一笑，然后走进了屋子。

"你等下，伦道夫，"他说道，"我会拿出证据，让你明白的。"

伦道夫被这话刺激到了，大声咒骂起来："天啊！我像上帝所创造的其他人一样无所畏惧，不过我这次真是被他打败了！"

他说的是实话。当时的弗吉尼亚，只有绅士才能当治安官。作为拓荒者的后代，他不像他的先祖那样镇定自如、能力十足，反而有些爱慕虚荣，喜欢夸夸其谈，不过他从未怕过什么，也不知道什么叫作害怕。

曼斯菲尔德拿着一个紫檀木盒从房间走了出来，伦道夫转过身，平静地看着他道："曼斯菲尔德，我警告你，我是代表法律的，要是你杀了人，我会把你送上绞刑架的。"

曼斯菲尔德顿了顿，看着伦道夫，疯狂的脸上带着讽刺的笑容。

"伦道夫，呵呵，又是恐吓！"他说道，"你就只能想到用恐吓来控制我吗？难道恐吓就能让我不用上绞刑架，恐吓就能让我不用下阿布勒口中的地狱了吗？我早就不在意这种威胁了，你还是换换别的法子吧。"

曼斯菲尔德打开紫檀木盒，从中拿出了一把枪，这把枪和伦道夫放在扶手椅上的那把一模一样。他轻轻地把枪握在手中，说道："那个家伙来我这儿大放厥词，就像铜锅里的妖怪，他既然找死，我就成全了他。"

他又大笑起来，好像一想到这个就乐不可支。

"他站在门廊的台阶处对着我装腔作势，大放狂言，阿布勒，我走过去递给了他那把手枪，我则坐在这里，手里拿着另一把枪还有我父亲的手表。'三分钟，先生，'我对他说道，'三分钟后我就会朝你射击，我要对你开枪，这就是你对着我做这番演说的代价。你最好在三分钟之内开枪。为了你的方便，我会给你报时。'

"阿布勒，我就手拿着我父亲的手表坐在这里，任凭那家伙手拿着我的枪，对着我大声指责。

"我开始计时，他则对着我慷慨陈词：'黑人的黑皮肤要用血来洗白！'我对他的回应是：'一分钟，先生。'

"'上帝会让弗吉尼亚成为麻鸦的领地！'他的演说达到了第二个高潮，我的回应是：'你的时间过去两分钟了！'

"'南方就是个大妓院，'他大吼道，而我则回应：'三分钟到了，我的好伙计！'说完我就像之前承诺过的那样，对他开了枪！他手里拿着那把没开火的手枪跳入了黑暗之中，逃进了下面那间你们发现他尸体的小木屋。"

一时间周围一片静寂。我的叔叔伸出手臂向下指着，他的手臂掠过了广阔的草地，指着远方大路上一个渐行渐远的忧郁身影，说道："曼斯菲尔德，你点燃了上帝闲暇时原本会将之扑灭的导火索，你破坏了我们对这个世界的真挚信仰。弗吉尼亚会记住这个人的死亡，不过我们不能因为这个就把你绞死。"

"怎么就不能？"伦道夫站起身大声说道，他早已被刺激得怒气难抑了，"合众国又没有颁发过什么捕拿特许证，绞死杀人犯是完全合法的。不管是曼斯菲尔德或是其他人，都不享有杀人免责的特权，我会把他绞死的！"

我的叔叔摇摇头，说道："不，伦道夫，你不能把他绞死。"

"为什么不能？"伦道夫站起身，挑衅般地大声叫道，"难道曼斯菲尔德能凌驾于法律之上？就因为他杀了这个疯子，难道就该得到豁免书吗？"

"可是那个疯子并不是被他杀的啊！"我叔叔回道。

伦道夫惊呆了。

曼斯菲尔德慢慢地摇了摇头，脸上还带着讽刺的微笑。

"不，阿布勒，"他说道，"把这案子交给伦道夫处理吧，是我把那人射杀的。"

他向我叔叔伸出一只手，像是在行礼致意。

"别激动，"他说道，"要是我心有所惧，又何须舍近求远，等着上伦道夫的绞刑架，我不用等到陪审团的审判，就会早早地结果自己的生命，入土为安了。"

"曼斯菲尔德，"我叔叔回答道，"是你自己应该别激动，因为你根本没有杀他。"

"没有杀他？"曼斯菲尔德大声说道。

"可我像这样开枪了啊！"他坐回到椅子上，从紫檀木盒子里拿出了那把手枪，想象着门廊对面站着一个人，手枪平举瞄准了。他的手很稳，阳光照在钢铁枪管上，闪闪发光。

"正因为你是这样开枪的，"阿布勒说道，"所以才说你没有杀他。听着，曼斯菲尔德，杀掉那个废奴主义者的手枪是倒着拿的，而且距离死者很近。死者脸上烧灼的痕迹位于弹孔之下。如果是以正常的姿势持枪，烧灼的痕迹应该位于弹孔上方。这就是枪伤的法则：烧灼的痕迹会随枪移动。倒着持枪，灼伤的痕迹就会在弹孔之下。"

老人带着讽刺微笑的脸庞上浮现出了深深的疑惑之色。

"要是我没有打中，那这家伙是怎么死的？"

阿布勒拿起伦道夫椅子扶手上的手枪，说道："在曼斯菲尔德与他的古怪决斗中，死者并未开枪，然而这把手枪现在却是开过火的。注意看，枪管的锋利边缘明显有血污，我想我猜到究竟发生了什么。

"这个疯子拿着枪，紧张兮兮地挣扎着回到了那边的小木屋，想要以自己'血之牺牲'来引发战争。有人为了阻止他这种疯狂的行为抓住了枪管，在扭打中，也被割伤了手。那么，伦道夫，在小木屋里谁的手受过伤？"

"上帝啊！"伦道夫大叫道，"是那个编荆棘花环的女人！她编花环是为了掩饰她受伤的手。"

阿布勒的目光越过草地望着远方那个小小的身影，在黄昏中慢慢隐没在了远处通往俄亥俄的大路上。

"为了掩饰她受伤的手，"他重复了一遍伦道夫的话，"不过，谁知道呢，也许她是为了表达自己的看法，用荆棘花环来象征那死者的使命呢！女人心啊，是上帝所出的最深奥的谜语。"

养　女

"喂，伦道夫，你看她漂亮吧？"

维斯帕先·弗朗米举起一杯法国白兰地，一口干掉，把酒杯放在了桌上。

这是弗吉尼亚最怪的一座房子，有点像是某种外国风格。房子二层东侧是两个宽敞的大房间，巨大的落地竖铰链窗使得房内光线明亮。这是一个明媚的早晨，屋外的世界干燥、枯黄。秋日的阳光不是很强，空气很凉，但再凉人也得呼吸啊。

我叔叔阿布勒、治安官伦道夫、老村医斯杜姆和房子的主人维斯帕先·弗朗米现在就坐在其中一个大房间里。四人面前的红木桌子是从英国打造然后远渡重洋运来的,桌上放着一瓶法国白兰地和几个酒杯。弗朗米喝多了,斜睨着伦道夫和那个他刚刚叫进来的女孩,颇有点放浪形骸。

倒退上几年,他俊美的容貌肯定值得人大老远前来围观。他的身材像雅典人一样健美,脸庞棱角分明,仿佛是由阿诺河[1]畔的某个不为人知的铸造厂铸就而成,一头红色卷发十分浓密,眼睛就像意大利栗子的外壳一般呈迷人的紫色。他的容貌可谓巧夺天工,不过现在却仿佛中了地狱的魔法,令人望之欲呕。

看到他的脸,人们肯定会想这是由地狱魔法造就的。日复一日,年复一年,天天喝烈酒、骂脏话,不这样才怪。也许烈酒和脏话尚不足以如此,再加上时间的流逝和俄摩拉城[2]般的罪孽就足够了。他脚上的袜子,身上的精美褶边衬衫以及绸缎马甲都被酒弄得污秽不堪。

"法国侯爵的女儿,"他接着说道,"简直是神灵们在开玩笑——居然从女修道院的花园中被偷出来卖做了奴隶!传说中新奥尔良历史上所有八分之一黑人血统的混血儿都是这么来的吧?"

无论是否是传说,这女孩看着真的像是混血儿:脸部的线条在她

---

1 意大利托斯卡那地区的河流,除了台伯河以外,是意大利中部最重要的河流之一。佛罗伦萨、恩波利与比萨都位于阿诺河畔。

2 《圣经》中因其居民罪恶深重而与所多玛城被神同时毁灭的古城,罪恶之都。

下巴处交汇于一点，很是对称，皮肤柔软，像东方人一样呈橄榄色。她显得是那样的完美，无论是身材线条或是面部容颜均是无可挑剔。沐着清晨的阳光站在门口，她一身少女人时的打扮很是漂亮迷人，此时被醉酒的弗朗米喊进来，她显得有些不安。

维斯帕先用沙哑、恶心的声音继续说道："我的兄弟谢泼德，当年去北方视察我们共同的产业，将这女孩带了回来，并宣称这是他的养女。可等他昨晚一头倒地死在了这屋里，我安排他尸体供你们调查时——啊，先生们，你们猜我发现了什么？我找到了一张十年前这漂亮小美人的卖身契。

"来自法国，还是贵族，从女修道院花园里被偷出来的，也许是吧，不过肯定不是我兄弟谢泼德偷出来的。被收为养女——还真是令人感动啊！就算是吧，但就法律而言，也是财产的一部分，我想，也该归继承人所有。是吧，伦道夫？"

他将一卷发黄的文件递了过去。治安官伦道夫放下几乎还是满满的酒杯，审查起这卖身契来。

"这卖身契是真的！"他说，"弗朗米，就法律字眼来看，你刚才的说法没有问题。不过，我想，你不会真的要这么干吧？"

"为什么不呢，伦道夫？"维斯帕先·弗朗米大声叫道。

伦道夫紧紧地盯着他的脸说道："先生，你已经幸运地得到足够多的东西了。你父亲过世后,你和谢泼德共同继承了这笔遗产。现在,你的兄弟谢泼德也去世了,这笔遗产完全属于你了。你不是连他的养女也都要占有吧?"

伦道夫又补充道:"这份卖身契会受到法庭的支持,不允许有任何公然违背或是企图违背契约的意图或行为。不管是编造或是传说这女孩的身份有多么了不起,也无法改变其作为奴隶的地位。法官会认为你兄弟谢泼德轻信了这个编造的身份,买下了这个女孩,并以非正式的方式将尚是幼年的她收为养女。法庭不会受这一推测的影响,还是会将这份卖身契视作某种不可撤销的契约加以支持的。"

"一定会支持的,"维斯帕先大叫道,"我就会支持!让别人放弃到手的权利,说的倒是轻松!"说着,他脸上浮现出淫荡的表情,"放过她?呵呵,还她自由?嘿,伦道夫,为了这个小美人,我宁愿付给谢泼德五百金币,宁愿把五百金币交到他手里。看看她,伦道夫,你还不老,还记得女人身上这些妙处吧——精致的脚踝、窈窕的身段,还出身优良,我真是太幸运了!要知道这是法国侯爵的血脉啊,有一点点黑色混血又算得了什么?"

接着,他大笑起来,得意地打着响指,道:"这张卖身契现在把这高贵的女士变成了商品。也许,就像你说的那样,她的出身可能是瞎编的。不过,老天啊!要是谢泼德同意,我愿出价一千金币,一千金币啊！现在，我一分钱也没花就能得到她，谢泼德死在我的家里，我只要把她继承过来就行了。"

他说的一点也不错。维斯帕先·弗朗米和他的兄弟谢泼德在他们的父亲去世后共同继承了遗产，两兄弟都没有结过婚，现在，谢泼德去世了，按照法律，维斯帕先就成了遗产的唯一继承人，可以继承亡父、亡兄名下所有的房屋、土地和奴隶。这张卖身契使得这个女孩与庄园和土地一样，成了遗产的一部分。

事情就这样发生了，财产的归属就像掷骰子一样，瞬息而变。

今天早上一大早，维斯帕先·弗朗米派了一个黑奴骑快马找来了村医斯杜姆、乡绅伦道夫和我的叔叔阿布勒。昨天午夜时分，就在大家现在坐的这个房间里，谢泼德手持着蜡烛刚站起身，却一下子倒地死去了——据维斯帕先讲，他当时根本来不及赶到谢泼德身边。等他赶到时，发现谢泼德早已断气了。现在，谢泼德的遗体已被刮过胡须，穿好衣服，静静地躺在隔壁的大房间里，等待下葬呢。

老斯杜姆早已脱去死者的衣服做过全身检查了，没有发现什么异常：死者身上没有抓痕或者淤痕。

他无法确定是谢泼德哪个重要脏器出了问题——也许是心弦突然断了吧。总之，并未发现死者在生前遭受过任何暴力，也没有中毒。老斯杜姆说，任何一种致命的药物或是草药都会在人体身上留下特别的印记，就像刀伤会留刀痕，扼死会留淤痕，只要眼力足够，就能看得出来。

伦道夫断定，谢泼德的死是"上帝的旨意"。于是乎，治安官伦道夫和村医斯杜姆下了结论，开始准备例行询问，走一下必要的法律程序。

对于两人的结论，阿布勒没有说什么，只是静静地看着。不过，对于伦道夫提出的谢泼德的死是"上帝的旨意"，他倒是进行了激烈的驳斥。他不愿意将"上帝的旨意"同任何诸如此类吓人的事情关联起来，他说应当写作"被上帝放弃了"。不过，他的反对好像也没有什么特别的意思，他看起来似乎很是困惑的样子。

维斯帕先命令那个女孩进来时，阿布勒叔叔依然没有说什么。只是在维斯帕先厚颜无耻地说出自己邪恶意图时，阿布勒叔叔黝黑的脸庞严峻起来，下巴绷得紧紧的，颧骨凸出，好像钢铁铸成。

他的座位离桌子稍远，坐在那儿，就像是星期天坐在布道坛前一样，一动不动，陷入了深思。

伦道夫和维斯帕先·弗朗米聊着天。老斯杜姆则低着头，双手交叉坐在椅子上。随着尸检的结束，他对于这件事的兴趣早已烟消云散了。就算还有那么点兴趣，那也是对隔壁房间躺着的死者。死者的眼睑像百叶窗一样紧闭着，自此与生者的世界永世隔绝。斯杜姆偶尔也会瞥一眼那女孩，不过也只是像看一个小玩意儿，毫无兴趣。

在伦道夫和维斯帕先聊天、老斯杜姆低头的当儿,那女孩一脸惊惧地默默向阿布勒叔叔递了个恳求的眼神,眼神中满是恐惧,她的动作很快,仿佛暗影中的一道闪光。大桌子的桌腿中间,距地板不高的地方,镶嵌着一块木板,女孩恐惧的眼神引得阿布勒叔叔的目光落到了这块木板上。

这是一块长方形红木木板,在桌子下面充当置物架。木板上面放着一个用布包起来的黑白格子国际象棋棋盘,以及一套巨大的象牙棋子。这块布铺开来可以盖住整张桌子,棋子很大与棋盘正好相配。棋子兵的圆头有弹珠那么大,象棋旁边还摆着一只紫檀木盒子,里面放着一把决斗手枪,正是当时流行的款式。

叔叔弯下腰,把这些东西摆在了桌面上。

"看来,弗朗米,"他说道,"你和谢泼德还下象棋呢。"

维斯帕先·弗朗米猛地转过身来,喝了一口酒,顿了一下才说道:"还不是尽可能地哄我兄弟开心,咱们这儿可是弗吉尼亚的穷乡僻壤,没有咖啡厅,也没有养眼的舞女。"

"你们下棋拿什么做赌注?"阿布勒叔叔问道。

"阿布勒,我不记得了,都是些小玩意儿吧。"

"那谁赢了?"

"我赢了。"维斯帕先立马回答道。

"你记得是你赢了,却一点儿也记不得赢了什么?好好再想想,弗朗米。"

维斯帕先骂了一句,一脸怒容说道:"阿布勒,有意思吗?赌注大小又有什么关系?反正现在都是我的了!"

"昨晚可不都是你的啊。"阿布勒叔叔说道。

"我赢了就是我的。"维斯帕先分毫不让。

"说到这儿,"阿布勒叔叔说道,"有一点我得说明下。也许,一个人赢了却拿不到赌注。这个赢家宣称赌注是自己的,而输家也许会拒绝承认。要是赌注很大的话,输家可能会赖账,那如何才能保证赌约能被履行呢?"

维斯帕先放下了杯子,俯着身子,紧盯着阿布勒叔叔。

阿布勒用拇指和食指慢慢地拉开了紫檀木盒子的银搭扣,说道:"我想,你心目中的那种绅士要是碰到输家赖账的话,可能不会到法院起诉或者采取其他法律手段来迫使输家履行赌约。像你这种人肯定会习惯于用你们自己惯用的方式来解决。"

说着,阿布勒叔叔打开盒子,取出了两把很时髦的手枪,看了一眼。阿布勒叔叔脸上浮现出了困惑之色:两把枪都很干净,都是上好膛的。

维斯帕先双手托着脸,大笑起来。他的那副嘴脸和笑声真像是随同撒旦被驱逐出伊甸园的堕落天使,只不过偶尔一次胜过大天使长米迦勒就忘记了地狱的可怕。

"阿布勒,"他大叫道,"你是不是噩梦做多了,怎么尽想些稀奇古怪的事情?"

说着又咯咯嘎嘎地笑了起来。

"我来说说你的推测吧。你这推测虽然细节不是很完善,不过总体而言真的不错,很有戏剧性。我来给诸位展示下,放心吧,我不会有意关照狡猾的恶棍,也不会压抑他邪恶的本质。我会原原本本地展现他一切邪恶的手段。"

他接下来对悲剧演员进行了一番讽刺才继续说道:"墓地都开始打哈欠的午夜时分——就在这栋老宅里,维斯帕先·弗朗米与他的好兄弟谢泼德坐在桌边。维斯帕先邪恶的内心中有着大卫王一样的贪心,他想占有那法国侯爵的女儿。这女儿在孩童时,很不幸地被卖做了奴隶,不过在上帝的眷顾之下,被谢泼德买来并收为了养女!你看看,阿布勒,这多符合悲剧准则!

"邪恶的维斯帕先·弗朗米,受恶魔的教唆,在上帝的眼皮底下,企图买下并占有这养女。他同兄弟谢泼德下象棋,赢光了谢泼德的庄园、土地和每一枚金币,最后诱使谢泼德以养女为赌注进行一场终极对赌。恶魔暗地里帮维斯帕先赢了这一局,清醒过来的谢泼德才意识到了自己做了何等蠢事,吓坏了,于是拒不承认赌约。两兄弟隔着长桌决斗,维斯帕先枪法更高,最后杀掉了谢泼德!

"阿布勒,这是《诗学》中提到的悲剧的大纲吧,很完整,跟欧里庇得斯的作品可以媲美吧!"

一头漂亮卷发的维斯帕先侃侃而谈,他那张阿多尼斯般俊美的脸庞略带污渍,在酒精的刺激下,很有男子气概。老斯杜姆毫不在意,伦道夫像欣赏演讲一样倾听着。阿布勒叔叔坐在那儿,看着桌子上的一堆东西困惑不已。那个女孩儿,则趁着维斯帕先眼睛注视叔叔的时机,时不时地用眼神暗示他注意棋子。

阿布勒叔叔手捂着这些棋子慢慢摸索着,一副漫不经心的样子。突然,他的手停了下来,手下是一个"兵",这棋子很大,不过顶部的象牙球已经被人锯掉了。

维斯帕先·弗朗米完全沉浸在自己的幻想中,被自己的演讲打动了,并没有注意到我叔叔的举动,继续说道:"这是古希腊式的悲剧,典型的五世纪雅典悲剧,是索福克勒斯[1]和埃斯库罗斯写的那种悲剧。看看最后是如何着眼在希腊人主宰命运的思想上的,命运主宰着人们的一切,异教徒和坏人是主宰,无辜和善良的人总是吃亏,而精明和邪恶的人获利。善良的谢泼德死去了,邪恶的维斯帕先占有了他的女儿、

---

[1] 索福克勒斯与埃斯库罗斯以及欧里庇得斯并称为古希腊三大悲剧作家,其代表作品为《俄狄浦斯王》。

庄园和土地，享受着纸醉金迷的幸福余生！"

他看到了阿布勒叔叔一脸沉思的表情，以为是被他的智慧镇住了。

"阿布勒，这个结局你肯定不满意。亚里士多德在著作《诗学》中提到的悲剧准则，路德、加尔文还有约翰·卫斯理[1]没有照搬。他们会惩罚恶人——把匕首插入邪恶的维斯帕先的心脏，沦为奴隶的女孩，在上帝的眷顾下得以保持清白。而你，阿布勒，就像是上帝的使者，是来这里拨乱反正的！"

阿布勒叔叔用手盖住被毁坏的棋子，抬头看着他，一脸平静、沉思的神情。

"你刚才卖弄辞藻，引用了很多悲剧诗人，"他说，"我也来引用两句吧：'魔鬼为了要陷害我们起见，往往故意向我们说真话！'[2]你刚才那番话，到底有多少真相？"

"阿布勒，"维斯帕先大声说道，"要是你说的就是这种真相，而不是推理想象，这样的真实又有什么意义呢？如果事实不是建在花岗岩般的基石上，就很容易像美丽的泡泡一样，一口气就被吹到了星外！可是，这气泡一碰到硬东西，准就会破灭掉。首先说吧，这手枪是没

---

1 英国18世纪著名的基督教牧师、基督教神学家。
2 语出莎士比亚的戏剧《麦克白》：魔鬼为了要陷害我们起见，往往故意向我们说真话，在小事情上取得我们的信任，重要关头我们便会堕入他的圈套。

有被击发过的！"

"也可能是发射过子弹后又重新装上了啊。"阿布勒叔叔回答道。

"不过，阿布勒，子弹射在人身上，怎么可能不留下痕迹？"

说到这儿，维斯帕先对着老斯杜姆说道："为了不让别人说闲话，我找伦道夫的时候，也喊来了斯杜姆。你可以问问他，我兄弟身上有没有什么遭到暴力的痕迹。"

斯杜姆抬起皱纹堆砌的枯瘦脸庞说道："死者身上没有任何痕迹。"

维斯帕先·弗朗米俯下身子继续问道："你可确定？会不会是你搞错了。"

他说这话时一派以利亚先知嘲笑邪神巴力牧师的口吻。

斯杜姆坚决地说道："哼！我验过上千人的尸体，绝不会弄错的！"

维斯帕先·弗朗米举起双手，做无可奈何状。

"啊哈，阿布勒，"他说道，"看来我们得放弃你这精妙的推理了。你的推理很有创造力，让人赞叹，要不是因为这把枪，真该向全世界宣扬下。但你看，斯杜姆和全世界的人都坚信子弹一定会留下痕迹。他们基于经验对此深信不疑，我不认为能说服他们改变看法。对此我感到万分抱歉，阿布勒，你在弗吉尼亚的名声想要保全可就难了。我们想想看，有没有什么别的出路呢？"

他用手拍打着额头，一副嘲弄的神情。

就在维斯帕先用手拍向自己脸的刹那，门口站着的女孩向阿布勒叔叔递了个奇怪的眼神，这眼神中充满了暗示意味。

维斯帕先·弗朗米放下手时，注意到了女孩的表情。他忽然大笑起来，握紧拳头捶打着桌面，大声嚷道："天啊！见鬼！这个风骚的小美人，在对着阿布勒抛媚眼呢！"

他只是看到了女孩的表情，却没有注意到女孩之前极力暗示的内容，于是便妒火中烧，忍不住大叫起来："我不允许我的家奴在我家里对着别人抛媚眼。阿布勒，我要同你决斗，不过我得先警告你，先生：在弗吉尼亚，我的眼神最准，手最稳。"

这是事实。这个家伙是这个地方的传奇，能在十步之外用枪打断一根线，站在门外能射中地毯钉。就当时的那种武器而言，这个人的枪法弹无虚发，非常致命。

"没有人，"他吼道，"能拐走这个小美人，选择你的武器吧，阿布勒，让我们来为这个美人决斗！"

他肆意嘲笑着。阿布勒叔叔的脸上却浮现出明悟的亮光，就像是一个人看一件事物尽管还是有点模糊，却已开始能看清楚事物的大概轮廓。

令弗朗米感到意外的是，阿布勒叔叔真的伸手拿起了一把枪。他突然一枪打在桌子那边壁炉的饰板上，然后他起身，观察着弹痕，却发现子弹在饰板上几乎没留下什么痕迹。

"弗朗米,你火药放得分量不够啊。"阿布勒叔叔说道。

尽管对于阿布勒的行为很是不解,维斯帕先还是立马回答道:"阿布勒,这是我学到的一个小秘诀。握枪很关键,在发射子弹时,要避免两件事:一是别扣扳机太猛;二是在后坐力作用下枪口会上扬。如果填满火药,没有人能够控制好枪,要想做到弹无虚发,必然得少放火药。"

这解释发人深思。在场并非每个人都了解其中原理,很多人由此深受启发。

"但是弗朗米,"阿布勒叔叔说道,"要想在决斗中杀人,这么点火药怎么够?"

"你错了,阿布勒,"他说道,"人的身体是非常柔软娇弱的,只要刻意避开骨骼,少量的火药也可以射入人体要害。没有必要像穿线一样把人体射穿,火药只要能够保证子弹射入要害即可。"

"人体上肯定有些位置,不射穿也足以致命。"阿布勒说道。

维斯帕先平静地看了一眼阿布勒叔叔,打了一个你这是痴心妄想的手势。

"你说的对,阿布勒,但没什么用。关键在于要分毫不差,正好把子弹射入选好的位置。看这一点点火药能做什么吧。"

说完，他拿起另一把决斗手枪，在手中稳了一下，射向阿布勒叔叔刚刚射过的弹孔。壁炉饰板上没留下任何弹痕，人们几乎要相信这枪管中的子弹在空中完全消失了。不过，仔细观察后，大家才发现我叔叔的子弹，正好被维斯帕先的子弹向饰板里推了进去。此人的枪法不愧是这块土地上的传奇。

阿布勒评价道："你的枪法真像便雅悯的投石器一样精准！"

说完他回到桌前，俯身看着维斯帕先。他左手握着那颗被毁坏的兵棋子，女孩像是待价而沽的物品，在门口站立着。

斯杜姆和伦道夫呆呆地看着这一切。

"弗朗米，"阿布勒说道，"你已经告诉了我们这么多真相，真是超乎我们的想象。你的兄弟谢泼德是怎么死的？"

维斯帕先脸色变了。他手指紧扣着扳机，眼神坚定而警惕。

"该死的，"他吼道，"怎么又说到这事了！谢泼德摔倒就死了，就在你站的位置，就在这个桌子旁。我又不是医生，我怎么知道他为何会死。我请斯杜姆来确认过死因的。"

我叔叔转而面向性格古怪的村医斯杜姆。

"斯杜姆，"他说，"谢泼德·弗朗米是怎么死的？"

老人耸了耸肩，双手紧张地往前伸着，说道："我不知道，心脏吧，也许。他的身上没有伤痕。"

伦道夫突然打断了他的话，说道："阿布勒，你这个问题没人能回答：人身体内部有器官不起作用了，就会死亡。对于谢泼德死因我们毫无线索。"

"哦，是吗？"阿布勒叔叔回答道，"我想我有线索。"

"什么线索？"伦道夫问道。

"线索嘛，"阿布勒说道，"刚才雄辩的维斯帕先已经告诉我们了，他在回想复述《撒母耳书》时已经说明了原因。"

他停下来，俯身看着维斯帕先。

维斯帕先·弗朗米站了起来，脸色大变，神情颇为不安，用坚决和威胁的声音对阿布勒说道："阿布勒，够了，该结束了。我刚才只是拿你提出的线索开了个玩笑，但事实毕竟是事实。我什么也不说了，还是用决斗来证明我的清白，维护我作为绅士的尊严吧。"

阿布勒叔叔盯着他说道："弗朗米，其实你不必用中世纪决斗的方法来表明你的清白，有一种方法更简便、有效。在弗吉尼亚，决斗是违法的行为，法律是明令禁止的，我们没法用。不过我给你说的这个方法也是源自中世纪，这是基于同样的信念，很有效果。这方法就是：用上帝的旨意来指出凶手，这种方法还不违法。

"在中世纪，人们通过决斗、诅咒或是烧红的犁头来判定谁是凶手，同时人们也相信当触碰被害人时，被害人的尸体必定会流血！"

"弗朗米，"他说，"要是你打算用中世纪的方法来证明清白，我看还是选最后一种吧……跟我一起来，触碰你的兄弟谢泼德的尸体，我以自己的名誉保证接受这检验的结果。"

真的难以相信阿布勒叔叔会开出这样的玩笑，这简直是令人无法理解。

斯杜姆和伦道夫，还有门口的女孩，都惊讶地望着他。

维斯帕先·弗朗米也惊呆了。

他吼道："该死！你这个迷信的疯子，你居然会相信这种事？"

"与其相信决斗中上帝会控制凶手射出的子弹，"我的叔叔回答道，"我宁愿相信这个。"

他坚定有力的声音接着说道："要想消除我的怀疑，要想快乐地继承土地和财产，你就得当着众人的面触碰你兄弟谢泼德的尸体。这尸体身上没有任何伤痕，斯杜姆也没有发现任何伤口和流血之处。你告诉我们说谢泼德的死亡与你无关，你是清白的。这样的话你触碰他的尸体就没有任何风险，我也会告诉其他所有人，谢泼德·弗朗米就像伦道夫说的那样，是死于'上帝的旨意'。"

他伸出胳膊，指着隔壁的房间，望着弗朗米的脸，说道："走在前面，去触碰下死者。"

"见鬼！"维斯帕先叫道，"既然你非要坚持这一愚蠢的仪式，那就如你所愿。阿布勒，你真是太迷信了。"

他转身猛地推开房门，走了进去。斯杜姆、伦道夫、我的叔叔阿布勒，还有那个浑身颤抖的女孩紧随其后。

谢泼德·弗朗米躺在房间的正中央，准备下葬。阳光透过巨大的竖铰链窗洒在他的身上，给他的尸体镶上了一圈金边，死者的眼睑紧闭着。

他们站在死者面前，维斯帕先要触碰尸体，阿布勒叔叔伸出手来。

"弗朗米，"他说，"死者应该看到是谁在触碰他，我来打开他的眼睑吧。"

阿布勒这句话说完，让围观的几人不解的是，维斯帕先·弗朗米叫骂着冲向了我的叔叔。

他恐惧得要死。可即便是在他年轻的时候，也绝不是阿布勒叔叔的对手。如今，酒精和放纵已经掏空了他的身子，我叔叔一下子就把他按倒在了地上，就像是用锤子敲晕了一头愤怒的公牛。

伦道夫大叫了起来，其他人围拢在了死者身旁，维斯帕先倒在地上，不省人事。

"阿布勒，阿布勒，"伦道夫问道，"你这是在打什么哑谜？"

阿布勒叔叔没有回答他，而是掀开了死者的眼皮。伦道夫和老斯杜姆弯腰看去，发现谢泼德·弗朗米被射穿了眼睛，那颗象牙棋子的球形圆头被射进了眼珠内,隐藏在了眼皮之下。

女孩紧紧地抓住了阿布勒的胳膊,低声抽泣起来。伦道夫一把将那张卖身契撕成了碎片。老村医斯杜姆站起身来,难以抑制心中的厌恶,他伸开双臂,做了一个极度夸张的手势,大声叫道:"我的天啊!我父亲是外科医生界中的拿破仑,我从小就与尸体打交道,而如今在弗吉尼亚这山沟沟里,我居然会被一个酒鬼给耍了!"

拿伯[1]的葡萄园

在美利坚合众国，经常会听到有人鼓吹人民的主权。然而，很多人以为这不过是谎言罢了，他们不知道人民的主权哪里会有，又要靠谁来捍卫。我本人倒是没有这些疑虑，因为我亲眼见识过这原始的最高权力展现其威力的场景。就因为亲眼见识过，我才知道这权力展现出来时会是多么的有力，多么的可怕；我才知道这权力存在于何处，由谁来捍卫，以及一旦有需要，又该如何行使。

1　拿伯是《圣经·列王纪上》第二十一章中提到的一个葡萄园主，其葡萄园被撒玛利亚王亚哈所觊觎，最后被亚哈王的王后耶洗别设计害死了，葡萄园也被亚哈王霸占。

法庭里人头攒动，全县的人都来观看这场臭名昭著的审判。

伊莱休·马什在家中被枪杀，他被人发现倒在一个房间里，身上有一个拇指大小的血洞。马什是个脾气暴躁的老头，整个家族只剩下他一个人还活着，因而，他不得不过着独居生活。他拥有数块良田，不过只有终生产权，等他过世后就要由几个外国继承者继承。一个附近农场的女孩会时不时地过来帮他烤烤面包或是收拾下屋子，农场里的活计则靠一个雇来的短工忙活。

邻居们发现马什尸体时，屋子没被人动过的痕迹，也没有遭遇劫掠，因为马什身上带着的一大笔钱并没有被凶手拿走。

这案子是谁做的并不难猜，因为事后农场的那名短工不见了。那名短工是个外乡人，数月前才从大山那边过来为马什做事。他身材高大，金发碧眼，年轻英俊，可以说，相对于普通雇工而言，他出身相对较好。他自称名叫泰勒，不过由于他不太爱交际，对他其他的情况大家所知甚少。

全村人都出动了，在山脚下把他截住时，只见他手提着用衣服打成的一个包，肩头上还扛着一把长管猎枪。据他说，他当天早上已找马什结清了工钱，中午就离开了马什家，只是他把猎枪落下了，于是又折返回去取枪。大约四点钟他赶回到了马什家，走进厨房，从壁炉上方的山茱萸架子上取下猎枪，就立马离开了。他回去时没见到马什，也不知道马什在什么地方。

他坦言在枪里只装了一颗大铅弹,目的是想杀掉一条狗。那条狗有时会出现在马什家附近,不过却常常躲在普通子弹的射程之外。被人指出这猎枪开过火,他装出一副惊诧莫名的样子。他说他没有开过火,也才注意到枪膛里已经没子弹了。当被问及为何突然决定离开这个村子时,他却是闭上嘴一言不发。

他被带回去关在了县监狱,现在正接受九月的巡回法庭审判。

审判早早就开始了。法官西蒙·基尔雷尔是一个地主,住在五六英里外的农村庄园里,早上,他骑马去法院,晚上则把法律文件放在鞍囊里带回家。只有巡回法庭开庭期间他才是个法律人士,平时他和山里其他人一样收割干草、放牧牛群,竭力增加自己的土地,交易时,他很难缠,对每一英亩的土地都极度渴望。

在弗吉尼亚,拥有土地就是高人一等的象征。杰斐逊先生取缔了英王乔治三世授予的各种头衔,这样一来,土地就成了身份尊贵的唯一表征。基尔雷尔法官也想成为一名地位尊贵的乡绅,现在离达成这个目标也不远了。每当巡回法庭开庭时,他摇身一变就成了冷酷无情的法官,像英国的同行们一样言语刻薄。

我想所有人都来观看这场审判了。我的叔叔阿布勒和古怪的老医生斯杜姆一起坐在临近法庭中心过道的长凳上,我则坐在他们后面。

我那时也是个半大小子了,所以获允亲眼见证法律的可怕与庄严。

大家大多都在关注那个被囚禁的农场短工。他坐在那儿表情呆滞,似乎已经不在乎生死。不过也并非所有人都在关注他,比如我的叔叔阿布勒和斯杜姆医生就在注意那个常去帮马什先生烤面包和打扫房间的女孩。

这女孩在女佣工中也算是颇为俏丽,黑发黑眼,像是吉卜赛人,性格宛如四月的天气,时而狂风暴雨,时而阳光灿烂。她手里握着一块手帕坐在证人席上,紧张得快要崩溃了,我觉得老斯杜姆医生注意她就是因为这个。她似乎马上就要号啕大哭,却又突然愤愤地抬起头,使劲儿地拉扯揉结着手里攥着的手帕。开庭前法庭气氛很紧张,很多证人们都显得有些烦躁不安,要不是斯杜姆医生和阿布勒叔叔悄声谈论到她,我想我是不会注意到她的。

随着审判的持续进行,几乎可以肯定那个被囚禁的短工要被判绞刑了。对于匆忙离开马什家的原因,他固执地不予解释,这意味着什么就不言而喻了,而且旁证也足以定他的罪。只是他的作案动机仍不能确定,法官参考了很多相关判例,再加上作案手段凶残,动机不动机的也就无关紧要了。法官对待这个短工很是严厉,他也确实没有什么地方值得被同情的,这场谋杀太恶心——受害者是个老人,即便脾气暴躁也罪不至死。

凡是引起公众兴趣的审判，随着有罪的证据呈压倒性的指向某个囚犯，法庭中的所有人，尽管未曾带有什么共同的目的，在某个时刻也会万众一心，在心底里达成一致的裁决；尽管这裁决是表面上看不见的，不过大家可以感觉得到，这才是最紧张的时刻。

对泰勒的审判现在就到了这样一个时刻，突然间法庭里一片沉寂。就在这时，坐在证人席上的那个女孩忽然歇斯底里地大哭起来，她抽噎着站起来，身子颤抖着，声音被卡在喉咙里，泪水从指缝中奔涌而出。

她说了什么旁听的群众一时没有听清楚，不过法官却一下子站了起来，陪审团也上前围住了她。那个囚犯终于不再沉默了，他拼命地否认。我们听到他的声音盖过了法庭里的嘈杂声，也看到他挣扎着想冲向那个女孩去制止她。不过，她说的话很快就被大家知道了，这些话已经被记了下来，并签字确认了。这番话使得对泰勒的指控，用律师的行话来说，一下子被驳回了。

是这个女孩亲手杀了马什。怎么杀的？什么原因呢？原来她和泰勒本是一对情人，就要结婚了，然而，在马什被杀的前夜两人吵了一架，第二天一早，泰勒就离开了村子。他们之所以争吵是因为马什对泰勒说了一些对这女孩名誉有损的话。她那天下午去了马什家，发现她的爱人已经离她而去。看到这个夺走她爱人的老头，她怒不可遏，就从壁炉上取下了枪，杀了马什。之后她把枪放回原处，离开了马什的家。

当时是下午两点钟，正是泰勒回来取枪前一小时。

人们深感这下终于算是真相大白了，人心也发生了很大的变化。女孩的说法不仅与指控泰勒有罪的旁证和泰勒自己的说法相吻合，也揭露了谋杀的动机，与此同时，也解释了泰勒为何会拒绝说出他离开的原因。泰勒否认女孩的说法，并试图阻止她发言，只是因为他身为一个男人，不会允许他爱的女人为他做出如此大的牺牲。

我无法一一列举余下几个小时的审判所进行的每一个法律程序，总之女孩的供词一直未能被动摇。很快她就依法被县司法官暂时羁押起来，静等第二天一大早再次出庭。

尽管对泰勒的指控似乎完全被推翻了，他却并未获释，而是像那女孩一样也被羁押了起来。法官拒绝依照泰勒律师的请求当堂做出裁决，而是说他会撤掉一名陪审员然后继续审理。看上去，除非有人因此案受到处罚，他是一点也不愿松手了。

当晚，在回家的路上，基尔雷尔法官与我们并辔而行。他同阿布勒和斯杜姆一路谈论着牧场和牛价，却没有像我期望的那样谈论起白天的审判。只有一次，他问起来为何检察官没传唤两人，毕竟两人是最先发现马什尸体的人，斯杜姆还是给马什做尸检的医生之一。斯杜姆解释说他在检察官竞选拉票时说，只有绅士才能担任公职，这句话把检察官得罪死了。虽然他这句话并非是要引用汉密尔顿先生的话，却被检察官视作是对他极大的侮辱，这反而验证了汉密尔顿先生说的话很有道理。而阿布勒的解释是，马什死亡的详细情形没有被问及，已经传唤过和他差不多同时到达的人做过证了，检察官一定认为无须再传唤他出面作证了。

听到两人的解释，基尔雷尔法官点了点头，三人又谈论起其他话题了。走到法官家大门口，法官礼节性地招呼我们进屋坐坐，可令我惊讶的是，阿布勒和斯杜姆居然欣然接受了。我能看出法官也很惊讶，我想他有些郁闷，不过他还是领着我们进了他家的图书室。

我刚开始不太明白为何阿布勒和斯杜姆要在此停留，后来我记起来他们两人审判开始时对那个女孩的关注，我突然想到他们来此可能是希望能在法官面前为这女孩说上几句好话。这个女孩令人同情，她的牺牲令人惊讶，更兼勇气可嘉，值得两人尽可能地伸以援手。

两人来这儿确实是谈这女孩的事的，只是他们的话对那女孩并非有利。西蒙·基尔雷尔静静地听着两人讲述着这件颇不寻常的事情：审判开始时两人就认为泰勒不是凶手，只是他们想要看看事情会如何进展就忍住没有说出来。他们之所以持有这种看法是因为有旁证显示，凶手是那个女人，泰勒是无辜的，只是这旁证被检察官忽视了。斯杜姆进行尸检时，发现马什是死于中毒，中弹之前就已经死了。这说明枪击是被伪造出来的，目的是将嫌疑指向泰勒。那个女人那天早上去帮马什烤面包了，毒就下在面包里，马什中午吃的正是这毒面包。

阿布勒正要进一步解释，一个仆人进屋来问法官几点了。基尔雷尔法官听了两人这番话很受触动，正坐在那沉思。他下意识地从口袋中掏出表擎在手中，然后像是才意识到仆人问的问题，回答说他的表停了。阿布勒告知了仆人时间，说也许可以用他的发条钥匙来帮忙上下发条。基尔雷尔把表递给他，他上好发条后把表放在了桌子上。斯杜姆观察着我叔叔的一举一动，我觉得，他对此好像十分好奇，只不过基尔雷尔倒是没有在意。他正沉浸在忘我的沉思之中，对于周围的一切都视而不见。

终于，他站起身来发表了自己的看法："这下真相大白了，那个女人出于其供词中的动机杀了马什，且因为泰勒抛弃了她就伪造了对泰勒不利的证据，不顾一切同时向两人复仇，女人总是这样，先是极力报复，后又会反悔从而招供出一切。"

接着他又问起我叔叔是否还有什么要对他说的。尽管我敢肯定刚刚那个仆人进来时，阿布勒是有话要说的，不过现在却回答说没什么可说的了，并让法官帮忙安排备马。法官出去让人为我们备马了，我们三个却留在屋里一言不发。阿布勒叔叔很是平静，似乎在思考着什么问题。斯杜姆却紧张得像是一只猫，门刚一关上他就从椅子上站了起来，急不可耐地查看着架子上包着皮革封皮的法律书籍。突然间，他停了下来，从中抽出了一本书。他用食指快速翻看，大声咒骂了一句，就把那本书塞进了自己的口袋，然后他冲阿布勒叔叔勾了勾手指，两人就站在窗前聊了起来，直到法官返回屋子。

我们骑马离开了法官的家。我敢肯定他们本来是想替那个女孩向法官求情的，无论她是否有罪，她能够站出来坦白一切就值得被肯定。不过在与法官的会面中发生了某件事改变了他们的初衷，也许是他们听了法官的评论，觉得他们开口求情也没什么用了？他们并辔而行，边走边聊，我则被抛在了后面，因此听不清他们在说些什么，不过从偶尔听到的只言片语，我也知道他们正在谈论那个女孩。

"可是动机是什么？"斯杜姆问道。

我的叔叔回答道："从《列王传》第二十一章可以找到动机。"

第二天一大早我们就赶到了县政府，事实证明我们这么做是对的：法庭里摩肩接踵，人群一直排到了大门口。我叔叔从县书记官办公室里为我取来了一个大号记录簿，我非常高兴，把这记录簿垫在座位上，我的视野一下子就被抬高了。斯杜姆也来了，实际上，县里稍有地位的人都到齐了。

县司法官宣布开庭，两名囚犯被带进了法庭，法官也在其席位上就座。法官看起来好像昨晚通宵未眠，十分憔悴。也难怪啊，一方面每个人都想着能救下这女孩，而依照法律她又必须被绞死，要做出这么残忍的裁决，又怎能睡得着？不过，虽然脸带倦容，审判开始时，他又变得很是强硬。

他命令宣读供词并让女孩起立。泰勒又试图站起抗议，却被按回到了椅子上。女孩勇敢地站了起来，只是脸色煞白，眼睛睁得大大的。法官问她是否还坚持昨天的供词，是否知道坚持供词的后果。尽管女孩浑身发抖，还是大声说知道。法庭上一时鸦雀无声。法官正要开口宣判，这时法庭上突然响起了另一个人的声音。我坐在记录簿上扭头观望，却发现自己的头正好撞在了阿布勒叔叔的腿上。

"我对这份供词有异议。"阿布勒说道。

整个法庭一阵骚动。大家的目光都落在了这两个站起来的悲剧人物身上：一个是身形纤弱、脸色苍白的女孩，另一个是身材高大、面容严峻的阿布勒叔叔。法官也大吃一惊，问道："你有什么理由吗？"

"理由就是，"阿布勒回答，"这供词是一派谎言。"

法庭里此时落针可闻。那女孩一下子屏住了呼吸，而那个囚犯泰勒刚刚半直起身子，却又一下子跌坐回到了椅子上，好像他那脆弱的膝盖已无法支撑起他的身体了。法官的嘴张开来，却一时间一句话也没说出来。我能够理解他的震惊。阿布勒现在公开站起来质疑供词，宣称这女孩无辜，而私下里他却曾当着法官的面支持供词的说法，并亲自证明这女孩有罪。如此公私立场迥异，究竟有何用意？这也就难怪法官再次开口时，声音颇为严厉。

"你这么做不合规矩，"法官说道，"你似乎是想说，也许是这个女孩诱骗杀了马什，也许是泰勒杀了马什，两人必是有所勾结。你或许知道点线索可以弄清这个问题，也或者你没有线索。无论如何，现在不是我来听你说这些的时候。等我开始审讯此案，你会有机会说话的。"

"可你永远不会再审理此案了。"

法庭上此时人们的兴趣之大简直难以形容。大家都屏住了呼吸，人们能听见远处村庄的声音，也能听到窗外的人喊马嘶声。没有人知道阿布勒在暗示什么，不过大家都深知他这个人言必有中、令人信服。

法官转向他，脸色十分难看。

"你什么意思？"他问道。

"我的意思是，"阿布勒用低沉严厉的声音说道，"你现在必须离开法官席。"

法官暴怒欲狂，大声咆哮道："你这是藐视法庭，我要下令逮捕你，司法官！"

阿布勒却一动没动，只是平静地盯着法官的脸，说道："你威胁我，万能的上帝也会威胁你。"他转身面向法庭中的观众说道，"法律的权威是在这个国家的选民手中。选民们，能否站起来？"

我永远无法忘记之后发生的那一幕，我真的从未见过如此从容不迫,如此令人印象深刻的场面。慢慢地,静静地,就像在教堂中一样,人们开始在法庭中一个个站了起来。

伦道夫第一个站了起来。身为治安官,他爱慕虚荣,喜欢排场,为祖先的能力感到自豪,尽管他本人并未继承这些能力。阿布勒叔叔经常因为他的肤浅而感到苦恼。不过,不管以后我如何评价他,在这里我想说,他虽然偏执,虽然虚荣,但至少他是一个真正的男子汉。他根本没有去看别人怎么做,就旁若无人地站起身来,目光越过自己宽大的黑领巾平静地看着上面的法官。那时我才明白,一个男子汉可以如狂风怒吼,也可以如雄狮咆哮。

海勒姆·阿诺德站了起来,接着罗克福德、阿姆斯特朗、阿尔凯尔、库普曼、门罗、以利拿单·斯通、我父亲、刘易斯以及大山那边来的代顿、沃德和麦迪逊都一一站了起来。在我看来,整个山区的人都站了起来。

这场景甚是奇异,又极富教育意义。法庭中仍然坐着的是些平时喜欢高谈阔论、做事情很是鲁莽的人。这些人可以在政治集会中大声喊叫,可以和暴徒一起边跑边嚷,不过,在阿布勒号召人民权威时,他们却偏偏没有站出来。站起来的都是些平时不怎么显眼的人——铁匠、马具商、老业余潜水员等。我看到法律、秩序以及我们整个文明的结构,都在于有些人胸中有正义感,并能在关键时刻不计得失挺身而出。

多诺万老头站了起来，他在河滩那边养着一小群羊，他虽贫穷而卑微，却毫不畏惧，还有传布加尔文教的布朗森，以及卫理公会的传教士亚当·赖德也站了起来。

他们中每个人都不会轻易信人，不过他们都相信正义，一旦界限分明，他们只会站在正义一方。

最后一个起来的是纳撒尼尔·戴维森，他年纪实在太大，必须等儿子们搀他起来。在只有绅士和地主才能担任议员的时代，他就曾多次出席弗吉尼亚议会。他为人公正、德高望重、勇敢无畏。

法官满脸通红，竭力维持自己的权威。他重重地敲着桌子，命令县司法官将这些站起来的人清出去。然而，司法官却仍是默默站在一边，无动于衷。他不乏勇气，我想如果是职责需要，面对众人他也绝不会退缩。他态度很坚决，毫不犹豫，只是他并未按法官的命令行事。

法官对着他怪声叫道："在这，我就是法律的代表。赶紧的！"

司法官并非是一个哲人，对于杰斐逊先生的精妙用语并不熟悉，不过即便是杰斐逊先生亲自出马，也未必就能做出比他更出色的回答："要不是法律就在我眼前，我会选择遵从法律的代表！"

法官站了起来，说道："你们这是造反，我会让州长派国民军过来。"

这时纳撒尼尔·戴维森的声音响起。他年纪很大了，身上笼罩着死气，不过他的声音很是平稳。

"坐下吧,法官大人,"他说道,"这里没有人造反,你也无须召集军队来维护你的权威。只要你的权威合法,我们这些人就会主动维护。人民选举你当法官是因为他们相信你的廉正,如果他们错信了你,他们应该会知道,"他顿了下,像是攒了些力气,又接着说道,"你权力的基础全在于你法官的身份。你依靠着我们的权威来执行法律,我们在背后支持你。我们要确定自己的权威不会因你个人的原因而有所损害。"他的声音深沉而又坚决,"召唤所有人起来反对你,这件事很严重,我们这些人也不会仅仅因为一些微不足道的小事就敢轻易这样做。"说完他转过身来,问道,"喂,阿布勒,说说到底是怎么回事吧?"

虽然我那时还很年轻,我也能感觉到这个老人是代表着在法庭上站着的这些人发声,代表着他们的声音和权威。此时,我开始有些担心我叔叔的做法是不是有点太蛮横了?不过他还是静静地站在那,仿佛巨石投下的阴影,一动不动。

"我控告他,"他说道,"谋杀了伊莱休·马什!我要求他立刻离开法官席。"

时至今日,每每想起这一非常事件,我依然想知道为何西蒙·基尔雷尔遭遇如此重击还能镇定自若。随即我想到,他事先已预见了会发生这种事,早已做好了面对的准备。然而即便有所准备,遭受这样的攻击,还能让每块肌肉都一动不动,真的需要钢铁般坚韧的神经。

他尝试过采取暴力解决，失败了，现在又摆出了身为法官的那一套威严做派。他坐在那，手肘放在桌上，手指紧握撑着下巴。他冷冷地看着阿布勒，一言不发。现场一片肃静，这时纳撒尼尔·戴维森又开口了。他面容冷酷，声音坚定。

"不，阿布勒，"他说道，"他不会仅仅因为你的指责或是其他任何人的指责就离开法官席。如有可能，请拿出证据。"

法官冰冷的面孔从阿布勒转向纳撒尼尔·戴维森，接着又转向了站在法庭上的人们，说道："我不会待在这儿，不会因为一个旁观者的口头指控，就接受一群暴民的审判。如果你们愿意，你们可以取缔法庭，可以暂停一切法律形式，但你们不能取缔弗吉尼亚州宪法，也不能暂停我身为合众国公民的权利。"

他站起身来，说道："你们的暴力行为已经让这法庭一片混乱，现在请让开，让我离开法官席。"

他的语气冰冷而平静。我想他给大家出了一个难题。他面前的这些人既然要维护法律秩序，既然要让一切非法的要素在审判中都合法化，又怎么能不合法地对他？正常法律程序中该有的大陪审团、正式指控、所有的权利和特权难道可以因人而异吗？

又是纳撒尼尔·戴维森出面回答了他这个阴险的问题。

"此时此刻，"他说道，"我们并不关心你身为公民的权利。你个人的公民权并未受到侵犯，只要你恢复普通公民的身份，这些权利你就会一直拥有。不过，你不是一个普通公民，而是我们的代理人。我们选择了你代为执行法律，而现在，你代为执行法律的权利受到了质疑。那么，作为赋予你权威的人——我们似乎有权知道原因。"

法官依旧很是镇定。

"你们这是要把我当成囚犯了吗？"他问道。

"我们只是把你当成一个正在履职的官员，"戴维森回答道，"我们不仅不允许你离开法庭，也不允许你离开法官席。除非我们立志改变，这个法庭应当保持最初的原貌。除非在我们面前展现出足够的理由，否则任何人不得随意要求对之进行改变。"

我再次为我叔叔担心起来，因为我看得出来，挑战人民的权威，扰乱法律的形式，干扰法律的代表，这样的事情会有多严重。阿布勒必须得有十分充足的理由。

他的理由确实很充足。他没有做什么开场白，而是言简意赅地直入主题。

"这两个人，"他指着泰勒和那个女孩说道，"都情愿以死来拯救对方的性命，两人都是无罪的。泰勒之所以一直保持沉默，而那个女孩之所以撒谎都是出于相同的目的。事实是这样的：这对爱侣发生了争吵，泰勒确如他所说的那样离开了这个村子，只是他未说明因何离开，因为他担心会把女孩卷入这个案子。而这个女孩,为了救自己的情郎,自承了一起从未犯下的罪行。"

"那么谁是凶手呢?"他顿了一下,指了指斯杜姆和他自己,说道,"我们曾怀疑过这个女孩,因为马什是先被下在面包里的毒药毒死的,之后尸体才又遭受了枪击。昨天我们同法官大人一起骑马回家,向他通报了这些事实。"他又顿了顿,接着说道,"在和法官面谈时,发生了一件事,表明似乎是我们弄错了,接着又发生了第二件事让我们对此有了把握,后来又发生了第三件事,我们终于彻底确定了。第一件,法官的怀表停了;第二件,我们在他家图书室发现有一本书,除了其中一页被撕掉了,其他页面完好无损;第三件,我们在县书记员办公室的一本老契约簿中,查到了一条未编入索引的契约记录。"

法庭里一片沉寂,阿布勒叔叔继续说道:"此案中除了泰勒或这个女人行凶这两种可能外,其实还有第三种可能,只是这个可能性只有一个孤证,我们在其他两种可能被解释清楚之前不敢轻易提出。这第三种可能就是某个人,为了从马什的死亡中获益,密谋策划杀死了马什,并将嫌疑引到为马什烤面包的那个女孩身上,杀人后他发现泰勒已经离开,壁炉架上面挂着泰勒的那把枪,干脆就想再造一个假证据,结果却做过头了!

"扳机护环在后坐力作用下撞到了凶手的表链,表从口袋中掉到了地板上。他捡起了表，却没有注意到掉在地板上的发条钥匙，结果被我从死者的尸体旁捡到了。"

阿布勒转身面向法官，说道："因此，我控告西蒙·基尔雷尔谋杀。首先，那个发条钥匙正好和他表的发条匹配；其次，那本老契约簿中的那条记录，是马什死后其土地的继承者将土地转让给西蒙·基尔雷尔的财产转让证书；再者，我们从他家图书室里发现了一本有关毒药的书，其他书页都完好无损，只有记载着毒杀伊莱休·马什的那种毒药的那页被撕掉了。"

阿布勒说完后，法庭里死一般的沉寂。这时，伦道夫惊雷般的声音响起，打破了这番沉静。

"滚下来！"他大吼道。这一次，纳撒尼尔·戴维森也默然无语。

法官慢慢站起身，他的脸上很快浮现出决绝的神色。

"我很快就会给你们一个交代。"他说道。

说完他就转身走入了法官席后面的房间。那房间只有一扇通向法庭的门，人们都在等待着。

法庭的窗户开着，透过窗户，绿野、骄阳和远山一一映入眼帘，宁静平和的秋天来临了。法官没有再出现。又过了一会，从紧闭的房门中传来一声枪响。司法官撞开门，发现西蒙·基尔雷尔法官正四仰八叉地躺在地板上的血泊中，手里还握着一把决斗手枪。

图书在版编目（CIP）数据

神探阿布勒／（美）梅尔维尔·波斯特著；董杰译
． —— 上海：上海文艺出版社，2020 (2021.8 重印)
（域外故事会侦探小说系列．第一辑）
ISBN 978-7-5321-7481-2

Ⅰ．①神… Ⅱ．①梅… ②董… Ⅲ．①侦探小说－小
说集－美国－现代 Ⅳ．① I712.45

中国版本图书馆 CIP 数据核字 (2020) 第 061623 号

神探阿布勒

著　　者：[美] 梅尔维尔·波斯特
译　　者：董　杰
责任编辑：蔡美凤　杨怡君
装帧设计：周艳梅
责任督印：张　凯

出　　版：上海文艺出版社
出　　品：上海故事会文化传媒有限公司
　　　　　（200020　上海市绍兴路74号 www.storychina.cn）
发　　行：上海文艺出版社发行中心
　　　　　（上海市绍兴路50号）
印　　刷：上海中华印刷有限公司
开　　本：889毫米x1194毫米　1/32　印张10.25
版　　次：2021年2月第1版　2021年8月第2次印刷
ISBN：978-7-5321-7481-2/I.5954
定　　价：35.00元

版权所有·不准翻印

上海故事会文化传媒有限公司 出品（01009）www.storychina.cn

想看更多精彩故事？
扫码下载故事会APP

上海故事会文化传媒有限公司所有图书可办理邮购，免收邮费（挂号除外）
汇款地址：上海市绍兴路74号(200020)　收款人：上海故事会文化传媒有限公司出版发行部
联系电话：021-64338113
如发现本书有质量问题，请与印刷厂质量科联系 T.021-60829062